GRöLS Verlage

*„Bücher sind wie Fallschirme. Sie nützen uns nichts, wenn wir sie nicht öffnen."*

**Gröls Verlag**

## Redaktionelle Hinweise und Impressum

Das vorliegende Werk wurde zugunsten der Authentizität sehr zurückhaltend bearbeitet. So wurden etwa ursprüngliche Rechtschreibfehler regelmäßig *nicht* behoben, denn kleine Unvollkommenheiten machen das Buch – wie im Übrigen den Menschen – erst authentisch. Mitunter wurden jedoch zum Beispiel Absätze behutsam neu getrennt, um den Lesefluss zu erleichtern.

Um die Texte zu rekonstruieren, werden antiquarische Bücher von Lesegeräten gescannt und dann durch eine Software lesbar gemacht. Der so entstandene Text wird von Menschen gegengelesen und korrigiert – hierbei treten auch Fehler auf. Wenn Sie ebenfalls antiquarische Texte einreichen möchten, finden Sie weitere Informationen auf www.groels.de

Viel Freude bei der Lektüre wünscht Ihnen das Team des Gröls-Verlags.


**Adressen**

Verleger: Hermann-Josef Gröls,

Im Borngrund 26, 61440 Oberursel

Externer Dienstleister für Distribution & Herstellung:

BoD, In de Tarpen 42, 22848 Norderstedt

**Unsere „Edition | Werke der Weltliteratur“** hat den Anspruch, eine der größten und vollständigsten Sammlungen klassischer Literatur in deutscher Sprache zu werden. Nach und nach versammeln wir hier nicht nur die „üblichen Verdächtigen“ von Goethe bis Schiller, sondern auch Kleinode der vergangenen Jahrhunderte, die – zu Unrecht – drohen, in Vergessenheit zu geraten. Wir kultivieren und kuratieren damit einen der wertvollsten Bereiche der abendländischen Kultur. Kleine Auswahl:

**Francis Bacon** • Neues Organon • **Balzac** • Glanz und Elend der Kurtisanen • **Joachim H. Campe** • Robinson der Jüngere • **Dante Alighieri** • Die Göttliche Komödie • **Daniel Defoe** • Robinson Crusoe • **Charles Dickens** • Oliver Twist • **Denis Diderot** • Jacques der Fatalist • **Fjodor Dostojewski** • Schuld und Sühne • **Arthur Conan Doyle** • Der Hund von Baskerville • **Marie von Ebner-Eschenbach** • Das Gemeindekind • **Elisabeth von Österreich** • Das Poetische Tagebuch • **Friedrich Engels** • Die Lage der arbeitenden Klasse • **Ludwig Feuerbach** • Das Wesen des Christentums • **Johann G. Fichte** • Reden an die deutsche Nation • **Fitzgerald** • Zärtlich ist die Nacht • **Flaubert** • Madame Bovary • **Gorch Fock** • Seefahrt ist not! • **Theodor Fontane** • Effi Briest • **Robert Musil** • Über die Dummheit • **Edgar Wallace** • Der Frosch mit der Maske • **Jakob Wassermann** • Der Fall Maurizius • **Oscar Wilde** • Das Bildnis des Dorian Grey • **Émile Zola** • Germinal • **Stefan Zweig** • Schachnovelle • **Hugo von Hofmannsthal** • Der Tor und der Tod • **Anton Tschechow** • Ein Heiratsantrag • **Arthur Schnitzler** • Reigen • **Friedrich Schiller** • Kabale und Liebe • **Nicolo Machiavelli** • Der Fürst • **Gotthold E. Lessing** • Nathan der Weise • **Augustinus** • Die Bekenntnisse des heiligen Augustinus • **Marcus Aurelius** • Selbstbetrachtungen • **Charles Baudelaire** • Die Blumen des Bösen • **Harriett Stowe** • Onkel Toms Hütte • **Walter Benjamin** • Deutsche Menschen • **Hugo Bettauer** • Die Stadt ohne Juden • **Lewis Caroll** • *und viele mehr….*

# Inhalt

I. Teil Georgia .................................................................................. 2

II. Teil Carletto ................................................................................ 41

III. Teil Der farbige Gentleman ........................................................ 89

# Das blaue Mal

## Der Roman eines Ausgestoßenen - 1925

*Hugo Bettauer*

## I. Teil
## Georgia

„Gutes Land, in das Sie fahren, Herr, nur zu viel verdammte Neger! Wenn wir da für je zehn von den schwarzen Teufeln einen Dutchman von euerer blonden Sorte hätten, wär's Paradies. Ein gesegnetes Land, Sir, dieses Georgia, das Juwel des Südens, und damit das Juwel der Welt überhaupt!"

Belustigt hatte der blonde, blauäugige Herr, dem man trotz tadelloser Eleganz auf hundert Schritte Entfernung das europäische „Greenhorn" anmerkte, seinem Gegenüber zugehört. Das maßlose Selbstgefühl der Amerikaner, die, je nachdem, von wo sie kommen, New York, Illinois, Kalifornien oder eben Georgia als das Paradies der Erde priesen, machte ihm Spaß. Zugleich aber verdroß ihn das Schimpfen auf die Schwarzen, das mit jedem Breitengrad, den er mehr nach Süden kam, heftiger und brutaler wurde. Er strich mit den kräftigen Fingern die Haare aus der Stirne und meinte achselzuckend: „Was wollt ihr nur von den armen Negern. Ich habe sie als Barbiere, Schuhputzer, Hausdiener, Kondukteure und Matrosen kennen gelernt und finde sie durchaus anstellig, wesentlich höflicher als untergeordnete Bedienstete unserer Hautfarbe und dabei immer gut aufgelegt und drollig. Ich kann sie direkt gut leiden."

Der Amerikaner spuckte virtuos an dem Deutschen vorbei in den Spucknapf.

„Vor allem, Sir, mein Kompliment über das Englisch, das Sie sprechen. Feineres Englisch, als wir Staters. Bei Gott, die Deutschen können doch alles, und was sie können, können sie ganz. – Aber mit Verlaub, das mit den Negern verstehen Sie nicht, da sprechen Sie Quatsch. Der Neger ist als Barbier, als Schuhputzer, als Kellner gut, sehr gut sogar, aber im Haufen ist er schlecht, sehr schlecht, wo er haufenweise lebt, ist er schlimmer als ein Vieh! Er ist auch ein Vieh, und das Unglück ist nur, daß ihm die verdammten Yankees, sie mögen zur Hölle fahren, obwohl sie tüchtige Kerle sind, eingeredet haben, er sei kein Vieh, sondern ein Mensch, so gut oder noch besser wie der weiße böse Mann, der ihn nicht als Mensch anerkennen will. Na ja, das gilt für den Norden, wo er eben ein Kellner oder ein Barbier oder Hausdiener ist, aber für uns im Süden ist das anders. Hier gilt es nicht: er *und* wir, sondern er *oder* wir! – Herr, wenn Sie in dem gesegneten Georgia ein paar Monate gelebt haben werden, so werden Sie sagen, der James Brockfield aus Atlanta ist gar nicht so dumm, obwohl er keine Medizin studiert hat, wie Sie, und der Neger ist ein schwarzes Biest."

Der Deutsche wurde der Diskussion müde, er hatte solche Gespräche auf seiner Kreuz- und Querfahrt durch die Staaten und auf dem Dampfer, der ihn von New York nach Savannah gebracht, zu oft geführt und sich immer über die gleiche bornierte Anschauung der Leute geärgert. Da aber der Amerikaner seinen Namen, wenn auch in etwas indirekter Weise, genannt hatte, so hielt sich der Deutsche seinerseits zur Vorstellung verpflichtet.

„Mein Name ist Rudolf Zeller, Doktor, aber nicht Arzt, sondern Botaniker."

„Botaniker? Hm, was ist das für ein Geschäft, mit Verlaub?"

Dr. Zeller erklärte lächelnd und fügte hinzu, daß er eben nach Irvington fahre, um der Einladung eines Herrn zu folgen, der ganz seltsame, noch nie vorgekommene Kreuzungen von Blumen und Früchten erzielt habe.

„Also dann sind Sie das, was wir einen Gärtner nennen. Trägt bei uns nicht viel, höchstens fünfundzwanzig Dollars die Woche, damit könnten Sie keine Europareise machen, muß also in Deutschland besser gezahlt sein."

Dr. Zeller, der verschwiegen hatte, daß er trotz seiner achtunddreißig Jahre eine europäische Berühmtheit und Universitätsprofessor in Göttingen sei, gab es auf, dem Amerikaner die Bedeutung der Botanik auseinanderzusetzen, sondern steckte lieber eine amerikanische Key West-Zigarre in Brand und betrachtete durch die hohen geschliffenen Fensterscheiben die Gegend, durch die der Lokalzug von Savannah nun schon seit früh morgens recht langsam fuhr. Links und rechts endlose Baumwollplantagen, durch nichts unterbrochen, als von Zeit zu Zeit durch erbärmliche Lehmhütten, vor denen zahllose schwarze Kinder standen und den Zug anbrüllten. – Ganz wie in Deutschland, dachte Zeller, – nur daß dort die Häuser schmuck und stattlich sind und die Kinder blond.

Ein uniformierter Neger kam nun zu dem Gelehrten und sagte in seinem merkwürdigen drollig-breiten Negerenglisch: „Irvington ist das nächste, Lord! Ich werd' Ihnen alle die Koffer, die kleinen hier und die großen, aus dem Gepäckwagen hinausbringen." Und als ihm Zeller einen Silberdollar in die schwarze, aber von Innen schmutziggraue Hand drückte, grinste er vergnügt, nannte ihn nicht mehr Lord, sondern Herzog und bürstete ihn liebevoll von oben bis unten ab. Und Zeller wollte es wieder nicht begreifen, wie man diese harmlosen, gutmütigen Burschen mit Haß und Verachtung verfolgen konnte.

Der Zug hielt in Irvington und Dr. Zeller wurde von einem hageren, langen Herrn mit Hakennase und glattrasiertem, von der Sonne tief gebräuntem Gesicht lebhaft begrüßt. Es war dies Oberst Henry Whilcox, im Süden ist jeder anständige Mensch Oberst, Besitzer einer riesigen Baumwollplantage und Blumenzüchter aus Passion. Zeller hatte ihn einmal auf einem Kongreß der Blumenzüchter in London kennen gelernt, sie waren in Korrespondenz geblieben und Whilcox hatte den deutschen Gelehrten öfters eingeladen. Der Tod eines Onkels, der ihm ein hübsches Vermögen hinterlassen hatte, ermöglichte Zeller die längst ersehnte Studienreise nach den Vereinigten Staaten; er nahm auf ein Jahr Urlaub, fuhr nach New York, von dort nach dem Westen und zurück nach Philadelphia, um von hier aus mit dem Küstendampfer nach Savannah zu fahren. Dann brachte ihn der Zug in knapp zehn Stunden nach Irvington, einem aufstrebenden Städtchen im Staate Georgia. Bei Irvington aber hatte Oberst Whilcox seine Plantagen und seine Besitzungen, auf denen die seltsamsten Orchideen, gekreuzte Nelken, tiefschwarze Rosen, kopfgroße Tulpen in zwanzig Farbennuancen und violette Bananen mit Orangengeschmack gediehen.

***

Oberst Whilcox begrüßte den Gelehrten herzlich und überaus pathetisch, wie überhaupt der hagere lange Herr ein wenig an einen Komödianten erinnerte. Während das Gepäck Professor Zellers auf dem eleganten, mit zwei prachtvollen Trabern bespannten Wagen verstaut wurde, konnte der Angekommene sich ein wenig umsehen.

Der primitive Bahnhof von Irvington, der wie ein Holzschuppen aussah, stand mitten in der Stadt, und zwar auf dem Hauptplatz, der ein seltsames Bild bot. Zwei Warenhäuser nebeneinander, mit mächtigen Auslagefenstern, grellen Plakaten, bekleideten Damenpuppen, zwischen Stoffen und Kleidern Bonbons gestreut, dann vier unendlich primitive und geschmacklose Kirchen in der Runde, von denen nur eine, die Kirche der Baptisten, aus Stein war, während die anderen Holzbauten waren und durch ihre niederen Türme und die marktschreierischen Aufschriften, durch die der Gottesdienst warm wie ein Ausverkauf von Hemden empfohlen wurde, erraten ließen, daß es sich um Gotteshäuser, und zwar um presbyterianische, lutheranische und katholische handelte. Zwischen den Kirchen und Warenhäusern schmale Wohnhäuser, im Erdgeschoß meist Likör- und Bierkneipen, in mindestens dreien aber Apotheken, aus denen die weibliche Hautevolee von Irvington eben neugierig, das Glas mit den Eiscremen noch in den Händen, herausströmte, um die Ankömmlinge zu begucken. Der blonde Deutsche schien Eindruck zu machen. Man hatte von seiner bevorstehenden Ankunft wohl schon vernommen, neugierige, musternde und kokette Blicke trafen ihn, und Professor Zeller konstatierte nicht ohne Behagen, daß fast alle diese Weiblichkeit sehr schick gekleidet und schlank, rassig und hübsch war.

Zwei Neger waren indessen mit dem Gepäck fertig geworden, der schwarze Kutscher hatte die Zügel ergriffen, der Oberst neben seinem Gast Platz genommen, und die Füchse griffen aus. Durch die hübsche asphaltierte Straße, in der wohl die gute Gesellschaft Irvingtons ihre Häuser hatte, ging es, dann aber änderte sich das Bild. Der Wagen zitterte auf seinen Gummirädern durch schmutzige, verwahrloste Straßen, und aus den drei- und vierstöckigen Häusern lugten links und rechts aus allen Fenstern und Haustoren nichts als Negerköpfe. Im Flug sah Zeller kohlschwarze Neger reinster Rasse, braune Mulatten, gelbgraue Terzeronen, allerliebste kleine schokoladebraune Negerkinder, die sich halb nackt auf der Straße balgten; mitunter aber erblickte er auch junge schlanke Negermädchen, deren eigenartige Schönheit in die Augen fiel.

Oberst Whilcox, der den Augen Zellers gefolgt war, nickte: „Ja, von der Sorte haben wir genug hier! Von Jahr zu Jahr mehr farbiges Volk, das sich wie die Kaninchen vermehrt, während unsere Frauen gar keine Kinder oder höchstens eines haben."

„Macht sich dieser schwarze Zuwachs irgendwie unangenehm bemerkbar?"

„Das gerade nicht, im Gegenteil, wenigstens fehlt es in den letzten Jahren bei der Ernte nicht an Hilfskräften. Und wir sorgen schon dafür, daß das Gesindel nicht aufmuckst! Unsere jungen Leute verstehen in dieser Hinsicht keinen Spaß.

Erst vor ein paar Tagen war so ein schwarzer Haderlump von einem methodistischen Wanderprediger hier, um seinen Rassegenossen irgendeinen Schwindel von Gleichberechtigung vorzumachen. Na, bevor der Tag um war, wurde er geteert und gefedert und aus der Stadt gepeitscht!"

Eine Wolke des Unmutes flog über das offene helle Gesicht Zellers. Er, der in der Pflanzenwelt die Berechtigung jedes lebenden Fädchens, die Entwicklung von Stufe zu Stufe, das Wachstum aus der Urzelle heraus sehen gelernt hatte, konnte Rassenvorurteile nicht verstehen, durchdrungen davon, daß alles auf der Welt seine tiefe Bedeutung, seine

Berechtigung und vor allem die fast schrankenlose Entwicklungsfähigkeit hatte. Für ihn waren die Neger nur Menschen mit anderer Hautfarbe, aber durchaus nicht minderwertig, höchstens auf einer tieferen Zivilisationsstufe stehend, von der aus sie der weiße Gärtner mit Milde und Liebe heben könnte.

Oberst Whilcox sah auf seine Uhr und schlug mit dem Reitstock dem Kutscher derb auf die Schulter: „Rasch, Sam, rasch, schlaf nicht ein." Und zu Zeller gewandt: „Wir sind etwas verspätet und Mrs. Whilcox liebt es nicht, mit dem Essen zu warten."

Zeller lächelte unwillkürlich. Also war auch dieser hagere, sehnige Mann mit der gebieterischen Nase ein Pantoffelheld, wie fast alle Amerikaner. Und die Tatsache, daß hierzulande die gebildeten Leute von ihrer Frau nur per Frau So und So sprachen, erschien ihm bedeutungsvoll und durchaus keine leere Formsache. In Europa *besaß* man eben eine Frau, hier war man mit einer Dame verheiratet. – Ein frischer Abendwind blies, und der Wagen jagte jetzt zwischen endlosen Baumwollstauden dahin. Der Oberst deutete auf einen obeliskartigen Stein. „Bis hierher geht die Plantage meines Nachbarn Perkins, von da an bis zu meinem Haus gehört alles mir."

Kleine Blockhütten tauchten auf, aus denen sich Negerkinder und dicke schwammige Negermamas drängten. Unwillkürlich erinnerte sich Zeller der Geschichten aus der Sklavenzeit, und er zweifelte daran, ob sich im Kern viel geändert haben mochte. Die gut erhaltene Landstraße machte eine Kurve, die Pferde fielen in langsamen Trab. Da bot sich die Gelegenheit, eine vollbusig schwarze Frau und ein junges Mädchen, die beide vor einer Hütte standen, ganz nahe zu sehen. Ein Ausruf der Verwunderung entfuhr seinen Lippen: dieses Mädchen, halb Kind, halb Weib, war von einer eigenartigen Schönheit, die jeden Kenner gefangen nehmen mußte. Es war ersichtlicherweise keine Vollblutnegerin, sondern ein Mischling, die Hautfarbe mattbraun, und die bloßen Füße sowie die fast bis zu den Knien nackten Beinen von edelster Form, und aus dem schmalen Gesicht mit dem kleinen Mund, dessen Lippen voll, aber nicht wulstig waren, leuchteten große Augen, von langen, dichten Wimpern umschattet. Die Frau und ihre Tochter grüßten tief und ergeben, und ein baumlanger, schwarzer Kerl, der eben aus dem Garten hinzutrat, schwenkte ehrerbietig seinen Strohhut. Oberst Whilcox nickte kaum. Zeller hingegen dankte freundlich. Der Wagen flog in vollem Trab weiter und der deutsche Gelehrte fühlte förmlich, wie ihm das braune Kind nachsah. Er wollte an seinen Gastgeber eine Frage richten, dieser kam ihm aber zuvor und sagte nach rückwärts deutend:

„Eine brave ordentliche Frau, die früher bei uns im Hause gearbeitet hat. Ihre Tochter ist ein auffallend hübsches Ding, natürlich irgendein weißer Mann der Vater. Mit dem Kerl, den die gute Bessie später geheiratet hat, hat sie ihre liebe Not. Ein fauler Galgenstrick, hinter den Weibern her, säuft wie ein Schwamm und prügelt seine Frau, die mir neulich weinend gestanden hat, daß sie ihre Tochter, die kleine Karola, die Sie eben gesehen haben, vor ihm hüten muß. – Na, schließlich gleichgültig, ob der oder ein anderer Strolch es sein wird ...“

Zeller fühlte einen dumpfen Zorn in sich aufsteigen, den er aber mit Erfolg niederkämpfte. Andere Lebensauffassung, dachte er, ich muß erst in die Dinge hineinblicken, bevor ich hier Recht und Unrecht, Moral und Unmoral unterscheiden kann.

Und nun fuhr der Wagen vor dem „großen Haus“ vor, wie noch immer die Villen der Plantagenbesitzer im Gegensatz zu den Negerhäusern genannt werden. Weiß leuchtete ihnen der schöne, langgestreckte, aber nur einstöckige Bau entgegen. Eine mächtige Terrasse, die sogenannte „Porch“, getragen von schönen, schlanken Säulen, zog sich um das ganze Hochparterre des Steinbaues. Von der Terrasse aus führte das Hauptportal in die geräumige, kühle Halle, um die herum die Wohnräume, das Speisezimmer, die Bibliothek und verschiedene kleine Gesellschaftsräume lagen. Eine dunkelbraun gebeizte, mit Teppichen belegte Treppe führt in die im ersten Stock gelegenen Schlaf-, Gast- und Badezimmer, während vom Garten aus rückwärts ein paar Stufen hinabgingen in die Küche, in die Zimmer des Gesindes. Alle diese Landhäuser in den ganzen Vereinigten Staaten weisen fast dieselbe Anordnung und Bauart auf und divergieren nur durch das Material, aus dem sie erbaut sind, und ihre Größe. Das große Haus des Obersten Whilcox aber war ein wahrhaft fürstlicher Besitz aus schneeweißem Sandstein, behäbig und schlicht von außen, prunkvoll und gediegen von innen.

Mrs. Harriett Whilcox, die Gattin des Baumwollpflanzers, empfing die Herren auf der Terrasse. Eine prachtvolle Erscheinung, die typische „American Beauty“ der guten Gesellschaft, groß, schlank, gepflegt und körperlich kultiviert, mit allen Finessen der Toilettenkunst; die Abendtoilette war elegant und dabei doch einfach, aber für deutschen Geschmack zu viel Perlen und Diamanten in den kastanienbraunen, reichen Haaren, auf der tiefdekolletierten Büste, in den kleinen Ohren, an den langen, schmalen Fingern. Ein Bild, dachte Zeller, aber ein Bild ohne Gnade. Und er empfand, daß hinter dieser schneeweißen, fast zu hohen Stirne viel Eigenwille und jene Herrschsucht ruhen mochte, die den Amerikaner zum willfährigen Diener seiner Frau macht.

„Mr. Whilcox hat mir viel von Ihnen erzählt, und es freut mich, Sie nun kennen zu lernen. Aber Henry hat wahrhaftig kein Erzählertalent, denn er hat Sie ganz falsch geschildert. Ich dachte einen würdigen deutschen Professor mit langem Bart und Brille bei mir als Gast zu haben, der überall einen Regenschirm stehen läßt und statt dessen – nun, ich will Ihnen kein Kompliment machen.“

„Madame, Ihr Gatte hat mir von Ihnen fast nichts erzählt, aber ich habe geahnt, hier im Süden der Staaten die typische Vertreterin der nordischen Schönheit aus den Nordstaaten zu treffen, und meine Ahnung hat mich wahrhaftig nicht betrogen.“

„Oh, wie reizend Sie einem den Hof machen können, Professor,“ lachte sie.

Nach diesem kleinen Wortgeplänkel begab sich Zeller auf das ihm angewiesene Zimmer, nahm blitzschnell ein kaltes Bad, das jede Müdigkeit verscheuchte, warf sich dann nach amerikanischer Sitte, die im Süden noch strenger beobachtet wird, als in den Nordstaaten, in Full Dreß und wurde von einem schwarzen Diener nach dem Speisesaal geleitet.

Spät nachts lehnte der deutsche Botaniker noch an seinem Fenster und atmete mit weinschwerem Kopf die milde, weiche Frühlingsluft. Die vielen Eindrücke der letzten Wochen zogen an ihm vorbei und seine Gedanken blieben bei Frau Harriett Whilcox stehen, die bei der Verabschiedung ihre Hand sekundenlang in der seinen ruhen gelassen und ihn dabei aus ihren grauen, irisierenden Augen so seltsam durchdringend angesehen hatte. Siedend heiß stieg es in ihm auf. Er schüttelte das von sich ab. „Pfui – die Frau des Gastgebers! Man muß sich solch häßliche Gedanken aus dem Kopf schlagen, schon das Denken macht zum Lumpen."

Rudolf Zeller, der von den Geheimnissen und Untiefen des amerikanischen Flirts noch nicht die leiseste Ahnung hatte, schlief unruhig und träumte Seltsames: Die schöne Frau Harriett und das junge Negermädchen von vornhin standen vor ihm, die eine nahm die Perlenschnur von ihrem Hals und bot sie ihm, er aber griff nach einer Wiesenblume, die das schwarze Kind ihm reichte. Da schlug die weiße Frau mit der geballten Faust dem Negermädchen ins Gesicht und schrie: „Weg von da, du bist kein Mensch, du darfst einen weißen Mann nicht ansehen!" Und ihm zischte sie zu: „Wie können Sie es wagen, eine Schwarze zu betrachten, wenn ich da bin – oh, ihr Deutschen seid Unholde, wie die Neger, nur wir Amerikaner verkörpern das Menschentum."

Zeller erwachte, draußen glühte die Sonne am wolkenlosen Himmel, und lachend über den dummen Traum zog er sich rasch an, um die berühmte Pflanzen- und Obstzucht des Obersten Whilcox, die ihn nach dem Süden der Vereinigten Staaten gelockt, kennen zu lernen.

Auf einer nach Süden liegenden Anhöhe, etwa eine halbe Meile vom großen Haus entfernt, lag die seltsame Zucht des Obersten Whilcox. Eben jetzt standen die meisten Blumen in voller Blüte und boten dem Botaniker ein Übermaß des Bewundernswerten. Nach jahrelangen Bemühungen, mit unendlicher Geduld und Sorgfalt, hatte es der Oberst in diesem fast tropischen Klima unter Anwendung künstlicher Düngstoffe zuwege gebracht, Pflanzen der verschiedensten Art zu kreuzen, merkwürdige

Produkte hervorzuzaubern und sogar fortpflanzungsfähig zu machen, so daß es hier Blumen gab, die weder Nelken noch Rosen, sondern beides waren, niedere, im Gras wurzelnde Pflanzen auf Bäume und Sträucher zu ziehen, Reseden auf einem fast manneshohen Baum wachsen zu lassen, Nelken so groß wie ein Kinderkopf in sieben Farben, rote Vergißmeinnicht, gelbe Veilchen, unerhört komplizierte und rätselhafte Schlinggewächse zu produzieren und die verschiedenartigsten Früchte auf einem Baum zu vereinigen.

Stundenlang hielten sich die beiden Herren in der Gartenanlage auf, das fachliche Interesse bei dem Gelehrten, der freudige Stolz über die Anerkennung bei dem glücklichen Besitzer waren so groß, daß sie der sengenden, fast schon im Zenit stehenden Sonne nicht achteten. Bis die kleine Karola Sampson, das Mulattenmädchen von gestern, mit zwei riesigen Panamastrohhüten kam und sie den Herren übergab.

„Die Lady schickt mich damit, weil sonst die Sonne dem Herrn den Kopf verbrennen tat," sagte sie lachend, und ein Hauch von Frische und köstlicher Anmut ging von ihr aus.

Während der Oberst ohne Erwiderung den Hut nahm und an Stelle der schottischen Mütze aufsetzte, dankte Zeller lächelnd und strich mit der Hand Karola über die offenen, nur mit einem roten Band zusammengebundenen blauschwarzen Haare. Und er überzeugte sich, daß die gar nicht wollig, sondern wohl gekraust, aber seidenweich waren. Seltsam erschreckt sah ihn Karola aus den großen wissenden Kinderaugen an und hielt still, wie ein Hühnchen, das man streichelt. Und mit einem raschen Blick auf den Obersten, der aber mit der Schere sich an einem Strauch beschäftigte, ohne sich umzusehen, sagte sie dann: „Deutscher Herr sollen schwarze Karola nicht streicheln. Wenn das Lady sehen tät, würde sie sehr böse sein und deutschen Herrn nix mehr Hand geben, aber Karola ins Gesicht mit Stock schlagen." Und dann mit weicher, besorgter Stimme: „Mister dürfen nix in Sonne bleiben, sind schon ganz rot im Gesicht, Oberst is Sonne von Georgia gewöhnt, aber deutscher Herr kommen aus Land, wo keine Sonne sein, da müssen achtgeben."

Nun richtete sich der Oberst auf und wandte sich dem Gast zu, und Karola sprang mit großen Sätzen davon, daß ihr Röckchen hochflog und die hellbraunen Beine in ihrer ganzen Schlankheit sehen ließ.

Zeller ging schweigend mit dem Obersten dem Haus zu, plötzlich sagte er: „Eigentlich eine komplette Schönheit, dieses Mädchen! Was wohl aus der hier werden wird?“

Der Oberst lachte kurz auf: „Na, ich glaube, zunächst Ihre Geliebte! Eilen Sie sich, Professor, damit Ihnen nicht so ein schmutziger Nigger bei dem kleinen Biest zuvorkommt. Aber Vorsicht, damit meine Frau nichts merkt. Die ist sehr heikel in solchen Dingen und verabscheut alles, was nur mit einem Neger entfernt in Berührung kommt. Am liebsten möchte sie weiße Dienstboten haben, wenn das hier nicht fast unmöglich wäre. Sie stammt eben aus Boston, und dort sind die Damen noch genauer als anderwärts. Famose Stadt, dieses Boston, beste Universität, bestes Orchester, die gebildetsten Leute der Welt.“

Zeller erwiderte nicht. Er wollte es nicht tun, weil er sonst die Gebote der Höflichkeit verletzt hätte. Die Bemerkungen des Obersten über das braune Mädchen empörten den deutschen Schweizer, den kultivierten, jenseits von allen Vorurteilen stehenden Menschen, maßlos, und was Boston anbelangte, nun, Zeller war dort gewesen, hatte sich überzeugt, daß die Orchestermitglieder vom Dirigenten bis zum letzten Flötisten Deutsche oder Slawen waren, daß die Studenten vorzüglich Baseball spielen konnten, aber von wirklicher Wissenschaft keinen Schimmer besaßen, und die vornehme Gesellschaft, die sich für die gebildetste der Welt hielt, gerade jene Allerweltdurchschnittsbildung besaß, die ärger ist als Unbildung.

Frau Harriett trug beim Luncheon eine blaßblaue, tiefausgeschnittene Voiletoilette, mit tiefroten Rosen im Ausschnitt. Und wie sie nach dem schwarzen Kaffee im Schaukelstuhl wippend dasaß, die Beine übereinandergeschlagen, daß die kleinen Füße in den Goldkäferschuhen voll zur Geltung kamen, und wie sie von Zeit zu Zeit die Arme hob, um etwas an der Frisur zu richten, so daß dabei die schlanke, geschmeidige

Gestalt sich straffte und die Schönheit des Busens ahnen ließ, war Frau Harriett von vollkommener Schönheit. Sie hätte gar nicht kokettieren müssen, um das Blut des Deutschen gegen seinen Vorsatz zur Wallung zu bringen.

Man hörte das Anrollen eines Wagens und gleich darauf meldete der Diener Herrn und Frau Jackson. Ein junges Ehepaar betrat den Salon, gleich darauf ritt ein älterer Herr, der erste Arzt von Irvington, Dr. Dobb, an, und nun kamen Wagen auf Wagen, die meisten von der Dame gelenkt, vorgefahren. Ganz Irvington war eben neugierig, diesen blonden Deutschen kennen zu lernen, der die halbe Welt durchquerte, um ein paar Pflanzen zu bewundern. Und auf der Terrasse, auf die nun die Schaukelstühle getragen wurden, begann ein lebhaftes Durcheinander und ein Gezwitscher, wie in einem Vogelkäfig.

Zeller machte wieder dieselbe Beobachtung, wie schon vorher im Osten und Westen der Staaten: Die Herren sahen mehr oder weniger wie Brüder aus, allen war eine gewisse joviale Gutmütigkeit eigen und fast keiner hatte irgend eine originelle Ansicht, Geist oder tiefere Bildung. Die Frauen hingegen verkörperten eher Individualitäten, sie waren ihren Männern und Gatten an Bildung und Verstand überlegen, wußten dies auch und bildeten untereinander eine Art Freimaurerschaft im Kampfe gegen den Mann, der unterjocht werden mußte. Und noch etwas stellte er mit behaglichem Lächeln fest: während der Engländer zugeknöpft, reserviert und diskret bis zur Unnahbarkeit ist, verkörpert der Durchschnittsamerikaner, besonders der, der nicht als Yankee zu betrachten ist, die unerhörteste Indiskretion, erzählt unaufgefordert die intimsten Dinge aus dem eigenen Leben und fragt einen Unbekannten aus, wie ein Detektiv. So mußte auch Zeller von sich selbst berichten, warum er eigentlich nach Amerika gefahren sei, alles Wissenswerte erzählen und gewissermaßen seine Biographie zum besten geben. Viel hatte er allerdings nicht zu erzählen. Er entstammte einer alten, vornehmen Baseler Familie, hatte aber in Deutschland studiert und fühlte sich ganz als Deutscher, um so mehr, als seine Eltern längst gestorben waren und er den Zusammenhang mit seiner Heimat verloren hatte. Seit einigen Jahren war er Professor für Botanik an der Universität von Göttingen, aber eben vor Antritt seiner Amerikareise hatte er eine Berufung an die uralte deutsche Universität in Prag bekommen und angenommen. Das nächste Wintersemester würde ihn schon in der böhmischen Hauptstadt finden.

So ganz glatt verlief Zellers Bericht aber nicht. Die meisten seiner Zuhörer hatten keine Ahnung, wo und was Göttingen sei, Prag war für sie einfach eine deutsche Stadt, und als er es für die Hauptstadt von Böhmen erklärte, war die Verwirrung erst recht groß. Denn Bohemia, das erinnerte an Bohemien, also an die Zigeuner, die man in der Großstadt im Kaffeehaus fiedeln hörte, also konnte Prag nur die Hauptstadt von Ungarn sein. Immerhin – das alles ließ sich mit Humor aufklären, das Gespräch floß heiter dahin, und der Professor benützte geschickt jede Gelegenheit, um seinerseits Fragen zu stellen und sich über die Verhältnisse im Süden der Vereinigten Staaten zu orientieren.

Indessen bediente der schwarze Diener lautlos und behend; mit außerordentlicher Geschicklichkeit füllte er die Gläser mit eisgekühlten Getränken, balancierte die vollgeladene Tablette mit der Geschicklichkeit eines Akrobaten, tauchte auf, wenn einer der Herren seine Zigarre in Brand stecken wollte, verschwand blitzschnell, wenn er nicht unmittelbar benötigt wurde. Zeller hatte die geschmeidigen Bewegungen des Negers unwillkürlich mit ästhetischem Behagen beobachtet und hielt den Moment für gekommen, das Gespräch auf das heikle Rassenthema zu bringen. „Meine Damen und Herren," sagte er, als gerade das allgemeine Gespräch stockte und der Diener nicht in Hörweite war. „Ich kann mit bestem Willen diese allgemeine Abneigung gegen die Farbigen nicht begreifen. Was ich von ihnen bisher gesehen habe, gefällt mir. Im Varieté sind sie prachtvolle Tänzer und Komiker, als Diener erscheinen sie mir williger, geschickter und freundlicher als weiße Dienerschaft, sie gelten als die zärtlichsten und aufopferungsvollsten Kinderpflegerinnen, sind gute Köche, Barbiere und Kutscher – woher also die maßlose, mit Haß gemengte Verachtung, die man ihnen überall, im Norden und im Westen, ganz besonders aber hier im Süden, entgegenbringt?"

Diese Worte waren das Signal zu einer aufgeregten Unterhaltung. Ein Schnellfeuer von Zurufen prasselte auf Professor Zeller nieder, man umringte und bedrängte ihn, und sogar die Ladies gingen aus ihrer Reserviertheit heraus und beteiligten sich an der Wechselrede.

Neger sind gut abgerichtete Diener, Barbiere und Schuhputzer, aber sie sind keine Menschen – der Neger ist von Geburt aus faul, diebisch und dumm und bleibt es bis zu seinem Tode – Gott hat den Neger absichtlich vom weißen Mann unterschieden – der Neger steht auf einer Kulturstufe mit dem Affen – so und ähnlich lauteten die Bemerkungen, die Zeller entgegenwirbelten, bis einige Ruhe eintrat und ein Herr in mittleren Jahren, der in Yale studiert hatte und äußerlich vollkommen einem europäischen Aristokraten glich, das Wort nahm. Lewis Sutherland, so hieß der Herr, der sich seine blonde, sehr vornehm aussehende Gattin aus England geholt hatte, sagte:

„Sie haben, verehrter Herr Professor, den Finger auf unsere wundeste Stelle gelegt und dürfen sich über diesen amerikanischen Temperamentsausbruch unsererseits nicht wundern. Die Frage, die Sie angeschnitten haben, ist ebenso furchtbar als kompliziert und tragisch. Wir Bewohner der Südstaaten und wohl auch unsere nördlichen Nachbarn leiden einfach für die Sünden unserer Väter und Großväter. Es war eine entsetzliche, menschenunwürdige, verbrecherische Tat, die Neger haufenweise wie das Vieh aus Afrika zu uns zu schleppen. Da sie aber hier waren, war es vom Standpunkt der Südstaatler selbstverständlich, diese uns wesensfremden und auf der niedrigsten Zivilisationsstufe stehenden Menschen als Sklaven, das heißt als gekauftes Eigentum zu behandeln. Ebenso selbstverständlich war es, daß eines Tages der Norden, der keine Negerfrage kannte, sich gegen dieses Sklavenwesen erhob, und wenn wir den Bruderkrieg, der letzten Endes deshalb begann, verloren haben, so war das nicht Sache des Zufalles oder der schlechten Führung oder gar des Verrates, sondern der eisernen Logik. Denn wir kämpften für eine Sache, die nicht zu verteidigen war. Also, die Neger wurden frei, und nicht genug damit, sie wurden von hysterischen Weibern und Männern sogar als uns gleichberechtigt in jeder Beziehung dekretiert. Sie sind uns aber nicht gleichberechtigt, durchaus nicht und in keiner Beziehung. Ich will nicht sagen, daß sie schlechter sind, ich denke nicht daran, sie auf eine Stufe mit Affen zu stellen, sondern ich behaupte, daß sie einfach uns gegenüber sich so verhalten, wie kleine Kinder den Erwachsenen gegenüber. Sie haben keine Vergangenheit, keine Geschichte, keine Tradition, sie sind eben erst Menschen geworden, wie das Kind, das gerade zu kriechen beginnt. Wer würde aber diesem Kinde Gleichberechtigung geben wollen, wer ihm erlauben, sich in die Angelegenheiten der Erwachsenen zu mengen! Täte man dies, so würden diese Kinder sich zu abscheulichen, bösartigen Quälgeistern entwickeln, statt zu vernünftigen Menschen heranzuwachsen.

So ähnlich ist es mit den Negern bestellt. Sie sind diebisch, verlogen, habgierig und, wenn man sie nicht im Zaum hält – frech. Das alles sind eben die Eigenschaften der Kinder, wie es jede Mutter wird bestätigen müssen. Was geht daraus hervor? Daß die Neger erst den Weg zum vollwertigen Menschen zurücklegen müssen, daß sie durch Jahrhunderte erzogen werden sollten. Tut man dies, so wird, ich bin dessen ganz sicher, dereinst der Neger an Intelligenz und Moral der weißen Rasse nicht sonderlich nachstehen. – Aber wie sollen wir zu diesem Ziel gelangen? Ein fast unlösbares Problem. Wie ein kleines Kind, will nämlich auch der Neger nicht einsehen, daß er erzogen werden muß. Nun, Kinder kann man, um ihnen das beizubringen, in eine Ecke stellen oder gar züchtigen, bei Negern kann man dies nicht. Sie sich selbst erziehen lassen? Das geht nicht an, weil dank des in dem Menschen tief eingegrabenen Rassegefühls der Weiße sich die Kinderunarten der Neger nicht würde gefallen lassen. Besonders hier im Süden nicht, wo wir zum Teil von der schwarzen Rasse majorisiert sind. Würden wir ihnen die Gleichberechtigung, die sie auf dem Papier haben, in der Praxis geben, so würde es geschehen, daß demnächst hier in Irvington auf der Terrasse einer schönen Villa nicht wir Weißen solche Gespräche führen würden, sondern Neger, die beraten würden, was sie mit den ihnen unbequemen Weißen tun sollen. –

Wo bleibt also der Ausweg? Drei Möglichkeiten gibt es. Man könnte die Schwarzen zurück nach Afrika bringen! Technisch und rechtlich nicht durchführbar, da ihnen ja unsere Konstitution die Gleichberechtigung gibt, man sie also zur Rückkehr nicht zwingen kann. Zweitens konnte man die Verfassung ändern und die Neger wieder als Sklaven erklären. Das geht nicht, weil die alten und jungen, die weiblichen und männlichen Waschlappen in der ganzen Welt schreien und jammern würden. Also bleibt nur ein Ausweg, und das ist der, den wir Südstaatler und eigentlich auch die anderen im Norden einschlagen: Die Neger zu Staatsbürgern zweiter Klasse zu machen, sie sozial absolut von uns fernzuhalten, ihnen den Zutritt zur Wahlurne verwehren und sie im Beruf auf ihre körperlichen Fähigkeiten verweisen. Allerdings – ich gestehe Ihnen zu, daß dies kein Weg, sondern nur ein Ausweg ist, und die kommenden Generationen an der ungelösten Negerfrage schwer zu beißen haben werden.“

Wieder erhob sich ein lebhaftes Stimmengewirr. Ein alter Herr, der wie der leibhaftige alte Onkel Sam aussah, rief: „Wir sind Verbrecher, wenn wir unseren Kindern solche Erbschaft hinterlassen,“ ein anderer sprach von einer Negerpest, die man künstlich züchten müßte, und der recht zynisch veranlagte Doktor Dobb meinte schmunzelnd: „Ich wüßte schon ein wunderbares Mittel, schmerzlos bei dem neugeborenen Negerknaben anzuwenden, aber ich kann darüber in Damengesellschaft nicht reden.“ Da alle Damen wußten, was er meinte, waren sie gebührend schockiert, ohne aber ein herzliches Lachen zu unterdrücken.

Zeller wagte einen Einwand: „Und wäre es nicht möglich, zu einer einfacheren Lösung zu schreiten und über alle Rassenvorurteile hinweg das Aufgehen der Neger in den Weißen langsam zu dulden?“

Tiefe Stille entstand auf der Terrasse des großen Hauses. Zeller merkte an den teils entrüsteten, teils eiskalten Mienen ringsum, daß er für die Begriffe der Anwesenden Ungeheuerliches gesagt hatte. Ein alter Herr, dem die Zornesader auf die Stirne getreten war, unterbrach die peinliche Pause, indem er heiser sagte: „Sie sind ein Fremder, junger Mann, das halten wir Ihnen zugute, wenn ein Yankee solches vorgeschlagen hätte und noch dazu in Gegenwart der Damen, so gäbe es argen Verdruß!“

Oberst Whilcox, der es nicht zugeben konnte, daß sein Gast so schroff zurechtgewiesen wurde, griff ein:

„Sie sprechen als Gelehrter, als Botaniker, der eben die Wunder seltsamer Pflanzenkreuzungen gesehen hat. Aber würden wir solches Experiment an uns versuchen, so wäre das gleichbedeutend mit dem Aufgeben unserer selbst, mit der Afrikanisierung, Vernegerung von ganz Amerika und bald der ganzen Welt. Denn wissen Sie, Doktor Zeller: Ein Tropfen schwarzen Blutes macht einen Neger! Wir im Süden wissen das alles zu genau, um darüber streiten zu können. Die braune Mulattin, deren Vater ein Weißer war, vereinigt sich wieder mit einem Weißen. Ihr Kind ist ein Terzerone, nicht dunkler als ein sonnengebräunter Weißer, schön, schlank. Ist es ein Mädchen und vereinigt es sich wieder mit einem Weißen, so ist das Kind ein Quarterone, dem man nur mehr an dem bläulichen Schimmer der Fingernägel das Negerblut ansieht. Und ist es ein Mädchen und vereinigt sich wieder mit einem Weißen, so geschieht es, daß das Kind ein häßlicher, grauschwarzer Neger wird! Ein Tropfen Negerblut, und die ganze Generation ist vernegert! Da ist nichts zu machen, nichts zu wollen, das Blut Harns ist stärker als das der anderen, es kommt immer wieder zum Durchbruch! Sich mischen, heißt den weißen Menschen in sich umbringen und ein fluchbeladenes Geschlecht erzeugen!“

Es war halbdunkel geworden, als lautlos der schöne Neger erschien und durch leichtes Anschlagen auf den Gong ankündigte, daß das Souper die Gäste erwarte. Und die leichte Mißstimmung, die das Gespräch erregt hatte, machte bald einer heiteren, warmen Laune Platz. Professor Zeller war der Tischnachbar der schönen Hausfrau, und mitunter war es ihm, als würde ihr Knie sich an das seine lehnen, ihr Fuß den seinen suchen. Und als man später im Garten, in der südlich heißen Frühlingsluft von Georgia, promenierte, schmiegte sich Frau Harriett einen Augenblick lang dicht an den blonden Deutschen und flüsterte ihm zu: „Ich würde es Ihnen nie verzeihen, wenn Sie sich der schwarzen Brut nähern würden!

Und verbergen könnten Sie es mir nicht, ich wittere und ahne den Geruch, den diese Tiere an allem haften lassen!“

***

Der Juli nahte mit sengenden Hitzwellen, unerträglich heißen Nächten, unerträglicher noch durch die Moskitoschwärme, die bei Sonnenuntergang auftauchten und den Aufenthalt im Freien unmöglich machten. Die ganze Terrasse, alle Fenster waren mit Drahtnetzen verhängt, und außerdem schwenkten, während man bei Eisgetränken auf der Terrasse in den Schaukelstühlen lag, schwarze Diener unaufhörlich ihr Räucherwerk, um etwaige blutsäugerische Eindringlinge zu vertreiben. Der Juli brachte aber auch neues Leben nach Irvington. Die Hochschulen im Osten und Westen hatten unmittelbar vor dem Unabhängigkeitstag mit den Ferien begonnen, und nun kamen alle studierenden Söhne und Neffen an, um sich im Süden bei ihren Leuten gründlich auszufaulenzen. Zur Ausübung irgend eines Sportes war es tagsüber zu heiß, daher rekelten sich die jungen Leute am Tage in den Schaukelstühlen, bevölkerten die Kneipen, knüpften ihre kleinen Flirts an, begaben sich abends aber auf den Bummel, der gewöhnlich in eine Negerhatz ausartete. Aus frischen, ungeschminkten Rasseinstinkten heraus hassen diese College-Boys den Neger, hassen ihn von ganzem Herzen – den jungen, heranwachsenden Negermädchen allerdings stellen sie nach. Die Töchter der Schwarzen sind ihnen Freiwild; doch dieses flieht gewöhnlich nicht den Jäger, sondern geht ihm willig ins Gehege. Die trostlosen Lebensbedingungen, unter denen die Neger im Süden noch mehr als im Norden vegetieren, bringen es mit sich, daß ihre sexuelle Moral auf einer recht niedrigen Stufe steht, und gewöhnlich fühlt sich die Negerin von der Annäherung eines Weißen, besonders wenn es sich um einen vornehmen Herrn handelt, sehr geschmeichelt, auch wenn sie weiß, daß sie dem Mann, der sie umarmt, nichts, aber auch gar nichts anderes ist, als die Sättigung eines sexualen Hungergefühls.

Gerne durchstreifen die jungen weißen Herren abends die Straßen der kleinen Stadt, rempeln Neger, die ihnen nicht rasch genug ausweichen, an, verprügeln sie jämmerlich unter dem Vorwande, unehrerbietige

Bemerkungen aus ihrem Munde gehört zu haben, oder sie spielen gar Justiz, fahnden Diebstählen nach, die von den Schwarzen begangen wurden, und lauern auf die Gelegenheit, die Prozedur des Teerens und Federns anzuwenden.

Da kamen aus dem Hühnerhof des Obersten Whilcox eines Tages ein paar Hühner weg, die als Rassetiere größeren Wert hatten. Sofort nahm die Ferialjugend von Irvington mit einem Hund die Jagd auf. Der Foxterrier fand bald die richtige Spur und führte die Schar von etwa zwanzig Burschen nach einer Negerhütte, in der die ganze schwarze Familie eben im Begriffe war, sich einer köstlichen Hühnersuppe zu erfreuen. Rasch wurde eine Art Standgericht gebildet, das den Neger, der das Familienoberhaupt repräsentierte, zum Teeren und Federn verurteilte. Der arme Teufel mußte sich entkleiden, wurde in einer Teermasse hin und her gewälzt, dann mit Hühnerfedern und Wollflocken beklebt und so durch die Straßen gepeitscht. Professor Zeller war zufälligerweise Zeuge dieser Szene, die ihn tief empörte, obwohl er sich als Fremder nicht entschließen konnte, einzugreifen. Mit Unbehagen stellte er fest, daß die alten Neger und die Negerkinder mit den Weißen zusammen den Unglücksmenschen verhöhnten und verfolgten, aber gleich darauf stieß er auf eine Gruppe von jungen Negern, und in deren Mienen sah er nichts Gutes, sondern Haß, ohnmächtige Wut: spiegelten ihre, durch die Erregung graublau gewordenen Gesichter wider. Und er hörte, wie einer der Burschen zu den anderen sagte: „Es wird der Tag kommen, wo wir die weißen Hunde in ihrem eigenen Blute teeren werden."

Abends war auf der Terrasse des Obersten Whilcox große Gesellschaft, fast alle Studenten waren als Gäste erschienen, und sie rühmten sich des Heldenstückchens, das sie an dem Hühnerdieb verübt hatten. Da hielt Zeller sich nicht länger zurück: mit scharfen Worten gab er seinem Unmut über diese Art von Justiz Ausdruck. Die Alten schwiegen verlegen, die Jungen protestierten, der eine sprach sogar etwas von sentimentalem deutschen Unsinn, und es fehlte nicht an verletzenden, boshaften Bemerkungen. Zeller brach schließlich das peinliche Gespräch ab, indem er sagte: „Wer Haß säet, wird Haß ernten. Und Sie alle säen ein überreiches Maß an Haß. Glauben Sie mir, so wird man mit Rassen und Völkern nicht fertig! Vertreiben und ausrotten können Sie Ihre Neger nicht, so muß ein Modus vivendi gefunden werden. Und Teer und Federn leuchtet mir als Strafe nur dann ein, wenn es in das Gesetzbuch aufgenommen und auch weißen Hühnerdieben gegenüber angewendet wird.“

***

Die Stimmung war verdorben, es kam keine allgemeine Unterhaltung mehr in Gang und Zeller fühlte sich an diesem Abend recht überflüssig. Trotzdem die schöne Hausfrau ihn in ein Gespräch zu verwickeln suchte und dabei ihre Hand immer wieder auf seinen Arm legte, zog sich Zeller frühzeitig zurück und suchte sein Zimmer auf. Dort war es aber heiß und dumpf, während draußen ein frischer, vom Meer kommender Ostwind die Luft kühlte. Zeller setzte seinen Panamahut auf und verließ, um nicht gesehen zu werden, durch das kleine Gartentor das Haus. Die Luft tat ihm wohl, und rasch schritt er einen Wiesenpfad entlang, der zwischen endlosen Baumwollpflanzungen unter schönen amerikanischen Eichen stadtwärts führte, ziemlich parallel mit der Fahrstraße. Silbern und stechend leuchtete der Mond am Himmel, Grillen zirpten unnatürlich laut, und Zeller überkam die Sehnsucht nach der Heimat. Er fühlte, daß er heute in den Ruf eines unmöglichen deutschen Patrons gekommen sei und auch den Unwillen seines Gastgebers erregt habe. Und damit war eigentlich hier sein Aufenthalt nicht länger ratsam. Denn wenn auch Oberst Whilcox zu chevaleresk und vornehm war, um seinem Gast auch nur das entfernteste Zeichen übler Laune merken zu lassen, wäre es nicht ein Mangel an Taktgefühl, darauf zu bauen und irgendwo zu bleiben, wo sich Disharmonien einschlichen? Und dann war da noch diese schöne Harriett Whilcox, die es ratsam erscheinen ließ, sich bald aus den Wundergärten des Obersten zu entfernen. Zeller fühlte, daß die Lockungen der Amerikanerin sein Blut immer rebellischer machten, daß bald der Moment eintreten würde, wo er das Gastrecht auf das gröbste verletzen müßte. Zeller war nicht eingebildet, aber auch nicht naiv, und er sah deutlich, daß Mrs. Whilcox bereit war, die überaus weitgezogenen Grenzen des amerikanischen Flirts zu überschreiten. Und das gerade mit ihm, weil er eben kein in tausend Vorurteilen befangener Amerikaner war, sondern ein Mann, der in solchen Dingen freier dachte und sie, auch wenn sie mit ihm die Ehe gebrochen hätte, nicht verachten würde. Das alles müßte aber entweder zu entwürdigenden Lügen und einem abscheulichen Verrat oder zu katastrophalen Dingen führen, wenn der heißblütige Oberst auch nur den geringsten Verdacht schöpfen würde. Also fort von hier, so rasch als möglich.

Der Wiesenpfad mündete in die Landstraße gerade bei dem Hause des Negers Sampson ein. Plötzlich, wie aus dem Erdboden emporgezaubert, stand das junge Negermädchen, Karola, das ihn durch seine stilvolle Schönheit bei seiner Ankunft so fasziniert hatte, vor ihm. Er begrüßte es mit einigen Worten und fragte, ob es sich nicht fürchte, allein in der Nacht auf der Straße zu sein. Karola schüttelte den Kopf, daß ihre losen Haare nach vorne flogen, und sagte mit weicher, melodischer Stimme:

„Drin ist zu heiß, und wir sind zu viel in einer Stube. Wenn ein anderer gekommen wäre, so würde Karola sich schnell ins Haus geflüchtet haben. Aber der große deutsche Professor ist ein guter Mann, vor dem sie keine Angst hat."

Lachend strich ihr Zeller über die dichten Haare, die sich wie rauhe Seide anfühlten:

„Woher weißt du, daß ich gut bin?"

Hell und girrend lachte das Mädchen:

„Das fühlt Karola! Der deutsche Mann ist anders als die Jankees sind, er haßt und verachtet die armen schwarzen Menschen nicht."

„Nein, Karola, das tue ich wirklich nicht. Warum sollte ich es auch? Sicher gibt es unter euch farbigen Leuten genau so gute und schlechte Menschen, wie unter den weißen, gelben und roten. Aber du, Karola, du magst wohl die Weißen nicht?"

„Oh, ich, ich möchte sie gerne lieben, die Weißen. Blond ist das Schönste, was Gott geschaffen hat! Aber sie hassen uns, und so hasse ich sie!"

Gegen diese Logik war nichts einzuwenden! Zeller lachte und sagte:

„Komm, Karola, gehen wir ein bißchen spazieren, und wenn wir weit genug vom Hause entfernt sind, so singst du mir ein liebes, trauriges Lied deiner Leute vor!"

Zeller hatte das Mädchen bei der Hand genommen, und er erschrak fast, als sie seine Hand an ihre Lippen preßte und küßte, während sie leise sagte:

„O ja, Karola geht gerne mit Ihnen und will Sie an einen Platz führen, wo niemand hört und sieht."

Silbern leuchtete der Mond herab, still und einsam war es ringsumher. Dem Gelehrten war es fast beklommen zumute, wie er so durch die glutvolle Nacht ging. Hand in Hand mit diesem schönen, schlanken Naturkind. Sein Blut geriet in Wallung. Wenn ich sie hier zwischen den Baumwollstauden an mich reiße und sie mir nehme, wie man eine rote Frucht vom Baume pflückt, niemand würde etwas daran finden, sie selbst vielleicht am allerwenigsten ... Wer weiß, wie viele vor mir schon waren, was für häßliche, schwarze Kerls, oder die Kollegeboys, denen die braune Schönheit doch sicher schon aufgefallen ist, oder am Ende gar der Strolch von einem Stiefvater, der ihr ja, wie Oberst Whilcox sagte, nachstellte. Eine wütende Eifersucht stieg in ihm auf, und heiser sagte er, während er sich zu ihr beugte:

„Hast du schon geliebt, Karola, hast du dich schon einem Manne geschenkt?"

Groß sah ihn das Mulattenmädchen an:

„Nein, Sir. Wenn einer von unseren Leuten mir nahe kommt, so kratz und spuck ich nach ihm, und vor den weißen Studenten verstecke ich mich. Ich rieche, wenn sie kommen, und laufe weg, bevor sie mich erwischen. Ich will auch nicht lieben, niemanden, keinen Menschen! Die dunklen nicht, weil sie dumm und häßlich sind, und die Weißen nicht, weil ich dann ein Baby bekomm, das nicht zu uns gehört und nicht zu den Weißen und so unglücklich ist wie Karola."

„Bist du unglücklich, Karola, wirklich? Und warum eigentlich?"

„Ich möchte eine weiße Lady sein, Sir!"

In diesen Worten empfand Zeller die ganze Tragik des Mischlings, der sich von der weißen Rasse weggestoßen fühlt. Und unwillkürlich legte er den Arm um die Schulter des zum Weib erblühenden Kindes und empfand wohlig die süße Nacktheit des jungen Leibes, der mit nichts als mit Rock und Hemd bekleidet war. Karola aber wich nicht aus, sondern schmiegte sich wie eine Katze an ihn. Durch dichtes Buschwerk kamen sie in einen kleinen Wald, der aus Haselnußstauden, verkümmerten Eichen und hohen, dornigen Sträuchern gebildet wurde. Karola führte nun den Deutschen an der Hand, immer tiefer in die Wirrnis, bis sie laut und fröhlich ausrief:

„So, da ist meine Bank!"

Ein von Altersschwäche und Stürmen entwurzelter Baum lag hier auf solche Art, daß er wirklich eine Art Bank bildete, auf der sich bequem sitzen ließ. Zuerst saß Karola schweigend neben Zeller, dann sprang sie auf, stellte sich, in ein Gebüsch geschmiegt, daß er kaum ihre Konturen im Mondschein wahrnehmen konnte, vor ihm auf und begann mit zarter, klingender Stimme alte Negerweisen, zum Schlusse das schöne „Old folks at home" vorzusingen.

Zeller hatte die Augen geschlossen und lauschte, und er mußte in sich hineinlachen:

„Welch komische, anmaßende und unlogische Welt, in der wir leben! Wenn ich dieses schöne, braune Kind jetzt mit mir nach Berlin oder Wien nehmen, ein wenig ausbilden und in köstliche Gewänder hüllen würde, dann wäre sie die große Tagessensation! Fürsten und Millionäre würden um ihre Gunst wetteifern, alle Männer ihr zu Füßen liegen, und sie könnte ein Leben wie eine Königin führen. Hier aber ist sie ein elendes

Mulattenmädel, an dem man allenfalls als weißer Mann die Begierde eines Augenblickes befriedigen darf, aber auch nicht mehr! Wehe, wenn mich die schöne Frau Harriett in dieser Situation auch nur ahnen würde! Um Freundschaft und Flirt wäre es geschehen!"

Karola saß wieder neben ihm, und so eng neben ihm, daß er ihren Leib an seinem Arm fühlte. Er schlang den Arm um ihren Hals, zog sie sanft an sich, bog ihren Kopf zurück und küßte ihre vollen, üppigen Lippen. Sie aber gab den Kuß zurück und strich zärtlich durch das blonde Haar des Mannes und flüsterte ihm ins Ohr:

„Karola hat den guten deutschen Mann gleich sehr lieb gehabt, wie sie ihn zum erstenmal sah ... und wenn er will, kann er sie ganz nehmen. – Aber niemand darf es erfahren, sonst wird Missis Whilcox sehr böse sein und mich umbringen."

Da erwachte der Urdeutsche in ihm, der Beschützer und Helfer, und die Gier in ihm wandelte sich in väterliche Zärtlichkeit. Er streichelte sie, wie man ein kleines liebes Kind streichelt, und küßte sie auf die Augen, die sie selig schloß. Und er nahm das Geschenk nicht, das sie ihm geboten hatte.

Von da an schlich sich Zeller sehr oft nachts aus dem Hause, um in der Nähe von Sampsons Hütte die Melodie von „Old folks at home" zu pfeifen. Da dauerte es denn nur wenige Sekunden, und Karola hatte sich von dem Sack, auf dem sie in der Hütte schlief, erhoben und huschte lautlos hinaus zu Zeller, um Hand in Hand mit ihm in den wilden Hain zu gehen, wo sie beide, von einem dichten Moskitoschleier eng verhüllt auf dem gestorbenen Baum saßen. Zeller ließ sich dann oft von ihr erzählen von den Dingen, die sie von ihrer alten dicken Mutter wußte, welche ihre Mädchenzeit noch in der Sklaverei verbracht hatte. Er gewann so einen tiefen Eindruck in das traditionslose, dumpfe Leben dieser amerikanischen Neger, die man aus dem Urzustand heraus wie Tiere gefangen und verschleppt hatte, und immer fester wurde die Überzeugung in ihm, daß es Vorurteil war, die Neger als verächtliche niedrige Rasse zu betrachten. Ein Volk, in seiner Kindheit einfach, trotz jahrtausendalter Vergangenheit geschichtslos. Teig für alles, für das Schlechte und Gute, wie im Kinde alle Eigenschaften vereinigt, der Befruchtung und Entwicklung durch den weisen, gereiften Lehrmeister harrend. Dieser aber wollte seine Mission nicht erfüllen, sondern das entwurzelte Volk in ewiger Kindheit erhalten, und Zeller mußte unwillkürlich an die Gaukler und fahrenden Komödianten denken, die das Zirkuskind durch Alkohol im Wachstum hindern.

***

Es war abends nach dem Souper. Die Insassen des großen Hauses saßen mit ihren Gästen auf der Terrasse. Der Vollmond schien wieder, und die ganze Gesellschaft rüstete zu einem Ausflug, teils zu Pferd, teils zu Wagen, nach der etwa acht Meilen entfernten Besitzung eines Nachbarn, wo eine mitternächtliche Eisbowle bereitstand. Mit einem scheinbar harmlosen Lächeln wandte sich Frau Harriett, gerade als sie in den Sattel steigen wollte, zu Zeller, der ihr behilflich war:

„Eigentlich stört Sie unser Ausflug nur, Professor, denn er bringt Sie um Ihren nächtlichen Spaziergang."

Zeller bekämpfte die Verlegenheit, die in ihm aufstieg, und er sagte leichthin:

„Oh, ist das also nicht unbekannt geblieben? Allerdings tut es mir sehr wohl, wenn ich nachts allein umherschlendere, um meine Gedanken zu sammeln. Es ist ja doch zu heiß, um früher als in den Morgenstunden einschlafen zu können."

Grell und spitz lachte die Amerikanerin, während sie sich in den Sattel schwang:

„Ich fürchte nur, daß Ihnen in der Einsamkeit Übles widerfahren könnte. Vielleicht, daß Ihnen Neger nachschleichen."

„Wie kommen Sie auf diese Vermutung?"

„Nun, ich habe Ihnen ja gesagt, daß ich den Nigger von weitem wittere, und Sie bringen seinen Geruch mit sich. Er haftet Ihnen noch morgens nach dem Bade an."

Achselzuckend erklärte Zeller: „Das dürfte denn doch auf Einbildung beruhen," und gab dem ihm sehr unangenehmen Gespräch eine andere Wendung.

Es wurde nun ein scharfer Trab eingeschlagen, während sich die Pferde des Wagens in die Zügel legten. Nach wenig mehr als einer Stunde war man vor dem Hause des Friedensrichters Oberst Stoddard angelangt, das durch Lampions festlich beleuchtet war. Es gab noch einen ausgiebigen, kalten Imbiß, dann wurde eine herrliche, aus erlesenen Pfirsichen und Champagner hergestellte eiskalte Bowle serviert, und da die Mehrzahl der Gesellschaft aus jungen Leuten bestand, ging es bald sehr lebhaft und heiter zu. Bis Frau Harriett, die außergewöhnlich erregt schien, mit einem Schlage das Gespräch an sich riß und sich darüber beklagte, daß in der letzten Zeit das farbige Gesindel im Auftreten, in Blicken und Gebärden frech und herausfordernd geworden sei. Das bildete das Signal zu einer Negerhatz in Worten und zu wütenden Drohungen, die die jungen Herren ausstießen. Sie wetteiferten förmlich in Verwünschungen gegen die Schwarzen, jeder einzelne nahm sich vor, demnächst einem Neger das Fell zu gerben, vergebens warnte Oberst Stoddard und bat, den Frieden nicht zu stören. Die Studenten erklärten übereinstimmend, daß endlich etwas geschehen müsse, um den schwarzen Gesellen wieder den Herrn zu zeigen. Einer der jungen Leute, der Frau Harriett ostentativ den Hof machte, erklärte mit Emphase, die Züchtigung einiger Neger wäre unbedingt notwendig, weil sonst, wenn die Ferien vorüber und alle jungen Männer weg wären, die Damen frechen Blicken oder gar noch Schlimmerem der Neger preisgegeben wären. Diese Behauptung fand allgemeinen Beifall, sogar bei einzelnen der jungen Mädchen, während Frau Harriett dem Beschützer der weißen Unschuld die Hand entgegenstreckte.

Schweigend, aber mit bangen Empfindungen hatte Zeller dem Gespräch zugehört, und seine Gedanken flogen zu dem lieben, braunen Naturkind, das in seinem Herzen unschuldiger und reiner war, als alle diese männerbeherrschenden, flirtenden Frauen und Mädchen. Er hatte das Gefühl, daß Unheil in der Luft liege, und nahm sich vor, Karola zu warnen und die nächtlichen Begegnungen mit ihr auf das äußerste einzuschränken. Und wieder tauchte die Idee in ihm auf, Karola im Herbst mit sich nach Europa zu nehmen.

Von da an brodelte Irvington und Umgebung in Unruhe. Täglich wurden von den jungen Amerikanern unter irgendeinem Vorwande Neger ergriffen und gepeitscht, täglich aber wurde die Haltung der jungen Neger, die auf den Baumwollpflanzungen arbeiteten, trotziger und drohender. Und immer war es Frau Harriett, die abends die Männer durch Beifall und durch die Erzählungen, daß dieser oder jener Neger sie frech angegrinst habe, aufreizte und zu neuen Negerhatzen anspornte. Zur gleichen Zeit wurde sie gegen ihren Gast kälter, längst hatte sie weiteres Flirten mit ihm aufgegeben, und Zeller empfand, daß nur ihre gute Erziehung sie abhielt, gegen ihn schroff zu werden. So sehr er den stillen, liebenswürdigen Oberst Whilcox schätzte, so wenig lag ihm an der schönen koketten Frau; immerhin begann er sich aber unbehaglich zu fühlen, und er war entschlossen, noch früher als er beabsichtigt hatte, seinen Aufenthalt im Staate Georgia abzubrechen und schon im September nach New York und von dort nach Europa zurückzufahren.

Bis ein Ereignis eintrat, das alle seine Vorsätze und Pläne über den Haufen warf.

Eines Tages, zu Ende August, erschien Frau Harriett im Reitkostüm mit allen Zeichen der Erregung spät nachmittags in der Halle des Georgiaklubs, wo sich um diese Zeit die ganze Jeunesse dorée von Irvington beim Poker und Bridge unterhielt, und ließ einige bekannte Herren herausrufen. Auch ihren Gatten und Doktor Zeller, die sich im Bibliothekszimmer aufgehalten hatten. Fliegenden Atems teilte sie mit, daß ihr soeben furchtbarer Schimpf widerfahren sei. Gerade vor dem Hause des Niggers Sampson sei der Sattelgurt ihres Gaules gerissen, und Sampson, der vor dem Hause herumgelungert, habe den Schaden rasch repariert. Als sie wieder aufgesessen sei, da habe die schwarze Bestie, unter dem Vorwande, den Steigbügel zurecht zu rücken, sich einen schamlosen Handgriff gegen sie erlaubt. Und als sie vor Empörung einen Hieb mit der Reitgerte gegen ihn richtete, habe das Mulattenmädel, das nicht nur seine Stieftochter, sondern auch seine Dirne sei und den Vorfall beobachtet hatte, händeklatschend gerufen: „Pack sie nur, Pa, und zwick sie tüchtig.“ Sie, Frau Harriett, sei einer Ohnmacht vor Kränkung nahe gewesen, im Galopp hergeritten, und nun frage sie die Männer von Irvington, was geschehen müsse, um Sampson und seine Tochter entsprechend zu züchtigen.

Während Zeller, der seine Hand dafür ins Feuer gelegt hätte, daß die Geschichte, wenigstens soweit sie Karola betraf, erlogen war, fassungslos dastand und entgeistert war, entstand ein furchtbarer Tumult. Die Herren schrien erregt durcheinander, Pistolen wurden gezogen, selbst Oberst Whilcox ballte die Fäuste und schrie: „Die Brut muß ausgerottet werden!“ Der junge Kurmacher der Frau Harriett aber trat, als sich die Aufregung ein wenig gelegt hatte, vor, und bat Mrs. Whilcox, sich jetzt ruhig nach Hause zu begeben, da ihre Ehre in guten Händen sei. Sofort werde ein Tribunal gebildet werden, um die notwendigen Schritte zu beschließen.

Zeller war über alles das so fassungslos, daß er die ruhige Überlegung verlor. Statt unverzüglich zum Blockhaus des Sampson zu fahren, versuchte er zu beschwichtigen, und er wandte sich, da sich die jungen Leute sofort in einem Raum eingeschlossen hatten, an Mrs. Harriett, die ihn jedoch nur mit schneidender Kälte anhörte, um schließlich achselzuckend zu erklären:

„Ihre Bemühungen, als Negeranwalt aufzutreten, werden Ihnen kaum etwas nützen, da unsere Jungens in solchen Dingen sich nichts dreinreden lassen.“

Vergebens wandte sich nun Zeller an Oberst Whilcox, an Doktor Dobbs, der hinzugekommen war, an den Apotheker und andere alte Herren. Auch sie lehnten es rundweg ab, zu intervenieren. Es liege hier ein ganz krasser Fall eines Negerangriffs gegen eine Lady vor, da müsse sofort Justiz geübt werden, wie es eben Landesbrauch ist. Das war der Tenor ihrer Erwiderungen.

Bei diesen zeitraubenden Diskussionen hatte Zeller nicht bemerkt, daß inzwischen die jungen Leute von Irvington, zwanzig Mann hoch, mit

Wagen und Pferden davongestürmt waren, um die Ehre der Mrs. Harriett an dem Neger und seiner Tochter zu rächen. Als er es erfuhr, fand er keinen Mietwagen, keinen Gaul, um ihnen nachzueilen, und es blieb ihm in seiner rasenden Angst um Karola nichts anderes übrig, als zu Fuß den langen Weg in glühender Sommerhitze zurückzulegen. Es dauerte mehr als eine Stunde, bis er, schweißbedeckt, atemlos, vollkommen erschöpft, vor der Blockhütte ankam. Schon lange vorher witterte er aber beißenden Rauch, und er ahnte, daß Schreckliches geschehen war. Nun stand er endlich vor der Hütte – nein, vor dem Platz, auf dem vor einer Stunde noch die Hütte gestanden hatte! Nur noch ein paar rauchende und schwelende Balken lagen inmitten des kleinen zertrampelten Gartens auf dem Erdboden.

Zeller sah um sich, und das Blut wollte ihm in den Adern gerinnen: da, dicht vor ihm, baumelte von dem Ast eines alten Apfelbaumes herab die Leiche des gelynchten Negers. Nicht schwarz war aber seine Gesichtsfarbe, sondern seltsam graugrün, und aus dem weitaufgerissenen breiten Mund hing die Zunge heraus, daß es schien, als würde der Gehängte eine Grimasse schneiden. Der kalte Schweiß rann Zeller über die Stirne, wie geistesabwesend starrte er die Leiche an. War das möglich? Hätten zivilisierte junge Menschen, Studenten, die dereinst Ämter und Würden bekleiden sollten, wirklich einen Menschen ermordet, der im schlimmsten Fall sich etwas zuschulden hatte kommen lassen, was mit einer Tracht Prügel genügend bestraft worden wäre? Lebte er zu Ende des neunzehnten Jahrhunderts oder im Mittelalter? Unwillkürlich erinnerte sich Zeller der Judenverfolgungen in vergangenen Jahrhunderten, der Hexenprozesse, der Inquisitionsgerichte.

Pferdegetrappel riß ihn aus seinem Grauen. Querfeldein, über die Baumwollfelder, kamen die Richter aus eigener Machtvollkommenheit angeritten. Als sie den Deutschen erblickten, riefen sie ihm fröhlich, als sei nichts geschehen, ihr Hallo zu, sprangen ab und einer von ihnen sagte lachend:

„Was, Professor, so etwas gibt es in eurem alten, gemütlichen Deutschland nicht! Sie müssen uns dankbar sein, daß wir Ihnen gezeigt haben, wie man hierzulande ohne Gerichtshof gute Justiz macht."

Mühsam beherrschte sich Zeller. Er wußte, daß er, würde er diesen Leuten seine Verachtung zeigen, sich nur lächerlich und verhaßt machen, Karola, die liebe, kleine Karola aber nicht retten würde – vorausgesetzt, daß sie überhaupt noch am Leben war. Und so ersuchte er die jungen Herren denn, ihm zu erzählen, wie sich alles abgespielt habe.

Der neue Seladon der Frau Harriett tat dies.

„Nun, wir sind alle im raschesten Galopp hergeritten und fanden richtig das ganze Gesindel beisammen. Ohne lange zu fackeln, griffen wir zuerst den Sampson und banden ihn mit Stricken. Dann wollten wir das kleine Biest, seine Tochter, fassen, aber sie war leider flinker als wir, sie bückte sich blitzschnell, rannte zwischen unseren Füßen durch, und wie eine Wildkatze war sie davon. Ein paar von uns ihr nach, aber sie war nicht einzuholen, sondern verschwand im Gebüsch. Also der Hauptschuldige war ja Sampson selbst, und den hatten wir glücklicherweise. Während er heulte und seine Unschuld beteuerte und sein dickes Weib so lange auf den Knien umherrutschte, bis wir sie mit Fußtritten aus der Hütte jagten, sprachen wir dem Kerl das Urteil. Ein paar von unseren Jungen hielten die Neger, die sich indessen langsam angesammelt hatten, mit den Revolvern in Schach, wir anderen schleppten den Sampson zum Apfelbaum auf die Straße und eins, zwei, drei, hing er schon in der Schlinge. Als der Kerl keinen Ton mehr von sich gab, zündeten wir das ganze Nest an, damit von der Schandbude nichts übrig blieb. Und jetzt haben wir nochmals nach der Dirne gesucht, aber vergebens. Die Alte ist in die Stadt gelaufen, wo sie sich bei ihrer schwarzen Sippe verstecken wird. Um die ist uns auch gar nicht zu tun, denn gegen sie hat Mrs. Whilcox nichts ausgesagt. Aber das Mädel werden wir schon noch finden. Jimmy bringt abends einen Schweißhund zur Stelle, da kann sie sich verkrochen haben, wo sie will, wir werden sie schon aufstöbern."

„Und was wird mit ihr geschehen?“ fragte Zeller, scheinbar ganz ruhig, während er sein Herz schlagen fühlte.

Die jungen Leute sahen einander schmunzelnd an, dann erwiderte der, der als Jimmy bezeichnet worden war:

„Na, sie ist ja ein verflucht hübsches Luder und jung! Und da wir auch jung sind, werden wir nach dem Los unseren Spaß mit ihr haben und sie nachher auspeitschen und mitten in der Stadt an den Pranger binden.“

Zeller nickte und ging. Er hätte sich nicht einen Augenblick länger beherrschen können, im nächsten Augenblick würde er die Pistole, die auch er nach Landesbrauch immer bei sich hatte, gezogen und den erstbesten von den Lynchern niedergeknallt haben; er war schon einige Schritte gegangen, als er sich wieder umwandte:

„Well, meine Herren, ich werde vielleicht an der Jagd nach dem Mädchen wenigstens von der Ferne teilnehmen. Wann geht es los?“

Die Burschen berichteten kurz:

„Wir reiten jetzt zurück nach der Stadt, machen dem Scherif Meldung, begießen ein gutes Abendessen mit einem tüchtigen Schluck Claret und gehen von hier so gegen neun Uhr mit dem Hund los. In der Nacht nimmt ›Tiger‹ am besten die Spur auf.“

Zeller ging und legte den kurzen Weg zum „großen Haus“ zurück.

Er begann wieder ruhig, klar, nüchtern und methodisch zu denken, als würde es sich um ein wissenschaftliches Problem handeln. Karola mußte gerettet werden; um jeden Preis, auch um den seines eigenen Lebens. Er fühlte, wie es warm und liebevoll in ihm aufstieg. Sein Denken an Karola war voll Zärtlichkeit und Sehnsucht. „Das liebe Mädel,“ sagte er in sich hinein, „eher stirbt sie durch meine Hand, als daß ich sie diesen brutalen Bestien überlasse.“

Im Hause angelangt, sah er auf seine Uhr. Fünf – also Zeit genug. Rasch wusch er sich kalt, ließ den schwarzen Diener kommen, der einen verstörten, haßerfüllten Eindruck machte, befahl ihm, so schnell als möglich den Koffer zu packen. Seine in Georgia angelegten

Herbarien schloß er selbst sorgfältig ein. Dann begab er sich hinunter auf die Terrasse, wo der Oberst ihn aufgeregt und irgendwie verlegen begrüßte.

„Oberst Whilcox, ich war fast vier Monate Ihr Gast und werde die Freundschaft und vornehme Gastlichkeit, die Sie mir bewiesen haben, nie im Leben vergessen. Aber nun ist meines Bleibens nicht länger. Was ich heute hier miterlebt habe, ist für meine deutschen Nerven zu viel, es müßte bei nächster Gelegenheit zwischen mir und den jungen Leuten, die es unternahmen, ein Geschöpf Gottes zu vertilgen, zu bitteren Worten kommen, und das muß ich vermeiden. Wenn Sie die Güte haben wollten, mein Gepäck jetzt nach dem Bahnhof zu schicken, so würde ich noch mit dem Nachtzug nach Macon und von dort nach Atlanta fahren. Dort bleibe ich einen Tag und fahre dann mit dem Expreß nach New York, um mit dem nächsten Dampfer nach meiner altmodischen Heimat zurückzukehren."

Betroffen, aber mit vollendeter Würde schüttelte Oberst Whilcox dem deutschen Gelehrten die Hand und versicherte ihm, daß er den vorzeitigen Abschied tief bedauere, doch die Beweggründe des Professors vollkommen zu würdigen verstehe. Es galt nun, nur noch Abschied von Frau Harriett zu nehmen, aber dazu kam es nicht. Die schöne Frau ließ sich entschuldigen, denn sie fühlte sich infolge der Aufregungen dieses Tages nicht wohl und habe sich zu Bett begeben. So fuhr denn Zeller eine Stunde später, als die Sonne glühend rot untergegangen war, allein nach Irvington, da er die Begleitung des Obersten Whilcox freundschaftlich, aber entschieden abgelehnt hatte.

Unweit der Stelle, an der sich vor wenigen Stunden noch die armselige Hütte Sampsons befunden hatte, ließ Zeller den Kutscher halten, stieg aus und gab den Auftrag, den Koffer auf dem Bahnhof zur Aufbewahrung zu übergeben und hierauf zurückzufahren, da er Kopfschmerzen habe und den Weg zu Fuß zurücklegen wollte. Es schien aber, als wenn der schwarze Kutscher ahnen würde, daß Außergewöhnliches vorgehen sollte; er sah den Deutschen mit treuherzigen Augen tief an und sagte kopfschüttelnd:

„Gott möge Euer Ehren behüten und segnen, denn Ihr seid nicht so, wie die Herren hierzulande, die die Neger wie schmutziges Vieh hassen!"

In fiebernder Erwartung begab sich Professor Zeller nach dem Eichenhain, in dem er nächtlich so viele seltsam romantische Stunden mit der kleinen Karola verbracht hatte. Vergebens durchdrang sein Auge das Halbdunkel; die Naturbank, auf der Karola eng an ihn geschmiegt zu sitzen pflegte, war leer. Totenstille umfing ihn, und die Luft schien heiß wie Dampf zu brodeln. Als aber Zeller angsterfüllt laut „Karola" rief, da raschelte es, und aus dem dichtesten Gestrüpp löste sich die Gestalt des Mädchens, das im nächsten Moment schluchzend an seinem Halse hing.

Während er sie küßte und streichelte und tröstete, erzählte Karola, daß die Mutter in die Stadt zu Verwandten geflüchtet sei, sie sich aber nun schon stundenlang hier im Gestrüpp verborgen gehalten habe, fest entschlossen, sich mit den Zähnen die Pulsadern aufzubeißen, wenn ihre Verfolger sie entdecken würden. Aber eine innere Stimme habe ihr gesagt, daß ihr großer blonder Freund kommen und sie retten würde. Die kleine Mulattin versicherte und beschwor es bei ihrem Seelenheil, daß sie von einer Begegnung zwischen ihrem Stiefvater und Mrs. Whilcox überhaupt keine Ahnung habe, und sie erfuhr überhaupt erst durch Zeller, warum man Sampson auf so grauenvolle Art habe sterben lassen.

Nun galt es, keine Minute zu verlieren, Zeller hatte alles genau voraus überlegt. Das Mädchen durfte unter keinen Umständen die nach der Stadt führende Landstraße betreten, weil sie dort sofort von einem der Lynchrichter ergriffen werden könnte. Sie mußte unverzüglich quer durch die Plantagen nach der ersten Haltestelle eilen, an der der von Irvington um neun Uhr abends nach Macon abgehende Lokalzug hielt, und mit diesem Zug, in dem sich Zeller befand, in dem für das farbige Volk angehängten Wagen nach Macon fahren, wo sie auf dem Bahnsteig Zeller finden würde. Zeller gab dem Mädchen, das mit allem einverstanden war, Geld, küßte es zärtlich, dann eilte er der Landstraße entlang nach Irvington, während Karola durch Gestrüpp und Baumwollstauden sich auf den mehr als zwei Stunden weiten Weg nach der Haltestelle außerhalb der Stadt schlich.

Alles verlief glatt. In dem Städtchen Macon fanden sich Zeller und Karola, und beide bestiegen, er freilich den Pullmanwagen, sie den Negerwagen benutzend, den Schnellzug nach Atlanta; es war fast Mitternacht, als sie dort auf der Straße vor dem Bahnhof standen.

Was aber nun? Der Expreßzug nach New York ging um acht Uhr morgens ab, und Zeller hätte das junge zitternde Mädchen allein in einer schmutzigen zweifelhaften Negerherberge unter keinen Umständen absteigen lassen. In sein Hotel konnte er sie aber nicht mitnehmen, denn sie war farbig, also hatte sie kein Anrecht auf Unterkunft in einem Hause, in dem die Weißen wohnten. Doch Zeller wußte Rat.

„Karola, uns beiden ist nicht nach Schlafen zumute, wir werden also etwas essen und dann den Zentralpark aufsuchen, den ich in meinem Führer verzeichnet finde, und dort den Anbruch des Tages abwarten. Weg von mir lasse ich dich nicht, du armes, kleines Ding du.“ Sie erwiderte nichts. Stumm preßte sie seine Hand an ihre fiebernden Lippen, während ein stummes leises Schluchzen den jungen Körper schüttelte.

In einer zweifelhaften Kneipe erregte das Erscheinen Zellers mit der Mulattin das Grinsen des einsamen Kellners. Aber Beefsteak, Eier, frische Limonade und Obst waren bald zur Stelle, und die beiden, die seit mehr als zwölf Stunden nichts gegessen hatten, konnten sich sättigen und stärken. Hand in Hand gingen sie durch den großen, stillen Park, verließen die Wege und suchten einen verborgenen Rasenplatz, zwischen Hecken und Sträuchern, um sich auszustrecken.

Die Nacht war heiß und schweigend. Karola schmiegte sich an den weißen Mann, der ihr in ihrem verwirrten Denken wie ein Heiland erschien. Das Blut begann in seinen Adern zu kochen, und seine heißen Hände liebkosten den heißen, jungfräulichen Körper des Mädchens aus einer anderen Welt, das mit leisem, girrendem Jubelruf die Weibwerbung durch den von ihr Vergötterten empfing.

***

Professor Zeller stieg, wie vor Monaten, so auch jetzt, in New York im Waldorf-Astoria, diesem damals größten und prunkvollsten Hotel der

Welt, ab, während er für Karola Zimmer und Verpflegung bei der Familie eines schwarzen Methodisten-Geistlichen fand, dessen Gattin gegen die täglichen Besuche des deutschen Professors nichts einzuwenden hatte, sondern sich dadurch sogar recht geehrt fühlte. Ein Zusammenleben im Hotel oder in einer Pension war auch in New York ausgeschlossen, denn wenn dort, wie im Norden der Neger überhaupt, auch dieselbe Straßenbahn benutzen darf, von den Wohnstätten und dem Wohlleben des Weißen bleibt er wie im Süden ausgeschlossen. Die trennende Mauer ist niedriger, aber nicht weniger fest: Schwarz und Weiß, das ist hier kein Problem, sondern eine Tatsache, an der nichts gerüttelt wird.

Zeller überlegte die nächste Zusammenkunft. Er liebte das braune Kind mit allen Nerven. Wohl wußte er, daß es ihm keine Gefährtin im höheren Sinne sein konnte, aber er wollte und konnte es nicht mehr missen. In Karolas Umarmung verlor er alle Erdenschwere, an ihrer jungen Brust fand er die restloseste Auslösung, das vollkommenste sinnliche Glück. Und er wäre kein Europäer, vor allem kein Deutscher gewesen, wenn er sich nicht auch moralisch als mit Karola vorerst untrennbar verbunden gefühlt hätte. Was aber tun? In spätestens zwei Wochen mußte er nach Europa zurück, um die Professur in Wien anzutreten. Sollte er Karola mitnehmen, sie in Wien als eine Art Wundertierchen bewundern lassen und sich selbst in eine eigentümliche schiefe Stellung bringen? Oder mußte er sich von ihr losreißen und sie der Obhut ihrer Rassegenossen zurücklassen?

Konnte er dies tun, ohne Karola, die an ihm mit einer zärtlichen Hingabe, deren eine Europäerin kaum noch fähig war, hing, tödlich zu verwunden? Alle diese Fragen fanden eine überraschende Lösung. Die Zeitungen hatten Zellers Ankunft in New York registriert, Reporter ihn über seine Beobachtungen und Studien im Süden ausgefragt, eine große wissenschaftliche Vereinigung ernannte ihn zu ihrem Ehrenmitglied, und eines Tages, kaum zwei Wochen nach seiner Ankunft, erhielt er vom Direktorium der Columbia-Universität in New York den ehrenvollen Antrag einer hochdotierten Professur.

Das war Schicksalswille. Zeller raste zu dem Braunsteinhaus in der 48. Straße, in dem Karola wohnte, schwenkte sie wie eine Puppe in der Luft umher und jubelte:

„Karola, wir bleiben zusammen! Ein Jahr, zwei Jahre, viele Jahre!"

Und da sprach Karola schluchzend und lachend vor Glück die ersten deutschen Worte zu ihm:

„Ich danke dir und dem lieben Gott."

***

New Yorker Weihnachten im Schneesturm. Frühmorgens war es noch so mild und warm gewesen, wie in Deutschland im Mai, mittags brach ein eisiger Frost herein, der zum Nachmittag einem regulären Blizzard Platz machte. In wenig mehr als einer halben Stunde war die Riesenstadt in eine nördliche Schneelandschaft verwandelt; die Straßenbahn zuerst, dann auch die Hochbahn mußte den Verkehr einstellen, ungeheure Schneemassen senkten sich vom Himmel herab und ein orkanartiger Nordsturm trieb sie den Passanten ins Gesicht, häufte sie auf der einen Straßenseite zu Bergen, daß die Haustüren nicht geöffnet werden konnten und die Einlaßbegehrenden buchstäblich bis zur Schulter im Schnee versanken.

Mühsam keuchte Professor Zeller den kurzen Weg von den weitläufigen Universitätsgebäuden bis zu dem kleinen Haus, das er beim Ende der Columbus Avenue gemietet hatte. Er war ehrlich empört über das Wetter, das er für unwissenschaftlich, deplaciert und gesetzwidrig erklärte. New York liegt auf einem Breitengrad mit Neapel, ist eine ausgesprochen südliche Stadt, außerdem gebührt dieser Gegend ozeanisches Klima – also wozu und woher im Sommer Tropenglut und im Winter sibirische Schneestürme? Aber es kamen noch andere Umstände dazu, ihn in grimmige Laune zu versetzen. Karola würde bei diesem Wetter den weiten Weg nicht zu ihm machen können, und es war nicht nur heiliger Abend, den er nach deutscher Weise im eigenen Heim unterm Tannenbaum feiern wollte, sondern auch noch Karolas sechzehnter Geburtstag! Zeller hatte den ganzen Tag an der Universitätsbibliothek verbracht, um die botanische Arbeit, auf die sein Verleger in Jena wartete, zu vollenden. Es war nun fünf geworden, und statt des erleuchteten Baumes, den Karola hätte putzen sollen, würden ihn dunkle Zimmer und das zwar gutmütige, aber reichlich dumme, alte Negerweib, das er zur Bedienung genommen hatte, erwarten.

Immer toller heulte der Sturm, wollte den Wanderer umwerfen, blendete ihn, schleuderte ihm Schneeklumpen gegen das Gesicht. Es war so finster, daß der Gelehrte nur mühsam sein Haus finden konnte, und vollends Akrobatenarbeit war es, die fünf Stufen, die zum Haustor führten, zu erklimmen. Aber schon umschlangen ihn die weichen Arme Karolas, schon stand er im warmen Salon, in dem der grüne Baum mit hundert Kerzen leuchtete. Das Mädchen hatte durch Sturm und Schnee den fünf Kilometer langen Weg erkämpft, den Baum geschmückt, die Kerzen angezündet, nebenan im Speisezimmer den Tisch festlich gedeckt, und nun stand sie in einem schwarzen schlichten Samtkleid, dessen Ausschnitt ihre schöne Büste halb enthüllte, vor ihm, und in das Braun ihrer Wangen trat leichte Röte, und sie blickte ihren Herrn und Meister aus den großen, dummen Augen bettelnd an.

Bescherung. Die alte schwarze Magd bekam Geld und Süßigkeiten und eine Kette aus bunten Steinen, die sie sich gewünscht hatte. Professor Zeller aber nahm aus Karolas Händen schöne, geschmackvolle Krawatten in sanft abgetönten Farben entgegen. Denn Karola hatte die Negerliebe zu Buntem, Grellem bald abgelegt, entwickelte einen fast spießbürgerlich einfachen Geschmack und duldete an ihren Kleidern kein Bunt.

Zeller eilte in ein anderes Zimmer und kam mit einer großen weißen Schachtel zurück, die er seiner Gefährtin reichte. Und als sie die Bänder gelöst und den Deckel gehoben hatte, da lag ein wundervoller Nerzmantel mit Muff und Kappe vor ihr. Karola jubelte, tanzte umher, schlüpfte in den Pelz, gab unartikulierte, girrende Laute, atavistische Töne aus dem dunklen Erdteile von sich, dann aber schmiegte sie sich an den Spender, küßte dem Widerstrebenden die Hände und sagte mit drolliger Aussprache und putziger Wichtigkeit:

„Rudolf, ich danke dich von ganzes Herzen, und werden dich lipp sein bis in allen Ewigkeiten!"

Zeller stand sprachlos und starr vor Staunen da.

„Karola, Mädel!" rief er jetzt ebenfalls auf Deutsch, „was ist los mit dir? Du sprichst ja Deutsch wie ein alter Reichstagsabgeordneter? Wer hat dir das beigebracht?"

Gerührt und beglückt erfuhr er nun, daß das Mulattenmädchen seit drei Monaten täglich mit Hilfe einer Lehrerin Deutsch gelernt und halbe Nächte lang sich bemüht hatte, sich zu vervollkommnen. Nun war sie schon so weit, daß sie die eine oder andere Geschichte aus der Staatszeitung lesen und sich halbwegs verständlich machen konnte.

Zeller zog sie auf seinen Schoß, küßte sie und sagte zärtlich:

„Karola, du liebes, süßes Kind du, das soll dir nicht vergessen werden. Wir bleiben auch zusammen bis zum Tode, nicht wahr?"

Es war ihm ernst darum, in diesem Augenblick hatte er endgültig den Entschluß gefaßt, sich von dem schwarzen Mädchen nicht mehr zu trennen.

Karola aber begann auf diese Eröffnung hin bitterlich zu weinen und unter Schluchzen kam es heraus:

„Oh, mein Lieber, das wird nicht lange dauern, denn Karola wird sicher sterben, wenn sie das kleine Baby von dir bekommen haben wird!"

Ja, jetzt erfuhr Zeller auch das! Die sechzehnjährige Karola trug ein Kind unter ihrem heißen, liebevollen Herzen. Damals, in der glutvollen Sommernacht, im Park von Atlanta, mochte sie es empfangen haben, und im Mai, wenn New York längst wieder zur südlichen Stadt geworden, würde sie es zur Welt bringen.

Ais Karola sich unter den Liebkosungen des seltsam bewegten Mannes beruhigt hatte, sagte sie:

„Liebster, ist es möglich, daß unser Kindchen kein Neger, kein Mulatte, kein Terzerone wird, sondern ein ganz weißer Mensch wie du?"

„Möglich? Nein, das kann kaum sein! Das Kind mag viel, viel heller werden als du, aber immer würden die, die sich darin auskennen, das schwarze Blut in ihm wittern. – Aber das tut nichts, Karola! Das Kind wird nicht hier aufwachsen, sondern in meiner deutschen Heimat, wo man solche Vorurteile nicht kennt, wo es niemand seiner Abstammung halber gering achtet oder gar schmähen wird. Und nun wollen wir deiner Mutter nach Irvington schreiben und ihr sagen, sie möge herkommen und ihre Tochter pflegen und ihr beistehen, wenn das Enkelkind erwartet wird."

Monate vergingen, Mutter Sarah Sampson wohnte längst im Hause des Predigers bei ihrer Tochter, deren junger Leib dem Ereignis entgegenreifte.

Und es kam noch ein Blizzard und noch einer, dann wurde es plötzlich über Nacht wunderbar warm, und als der Mai sich wie ein italienischer Hochsommer gebärdete, da war auch Karolas schwerste und letzte Stunde gekommen, denn der deutsche Arzt, der mit der deutschen Hebamme eben einem kleinen Knaben den Eintritt in die Welt ermöglicht hatte, sagte leise zum Vater:

„Professor, Sie müssen sich darauf gefaßt machen, daß das arme liebe Mütterchen Ihnen vom Tode entrissen wird."

Und es war gerade noch Zeit genug, einen deutschen Notar aus der Nachbarschaft zu holen, der mißbilligend und verwundert zwar, aber schließlich doch das Unerhörte tat und einen blonden weißen Universitätsprofessor mit einer Mulattin traute! Dann schwanden Karola die Sinne, ihre braunen Wangen wurden grau, das Auge brach. Und der kleine Rolf Carlo Zeller, der eben wie ein junges Hähnchen zu krähen begann, hatte sein braunes Mütterchen verloren.

Professor Zellers Bleiben war nicht länger in Amerika. Die Geschichte seiner Trauung kam in die Zeitungen, und auf der Universität waren die Herren zwar sehr teilnahmsvoll, aber doch auch so gemessen und kühl, daß er gar nicht mißverstehen konnte. Rasch gab Zeller seine Demission, engagierte eine kräftige, junge, kohlschwarze Amme, nahm die Berufung als Ordinarius an der Wiener Universität an und sagte dem Lande, das zwar keine alten Schlösser, aber doch seine netten alten Vorurteile hat, Ade.

## II. Teil
## Carletto

Es war um die Mittagsstunde eines sonnigen Maitages, als Carlo Zeller, von seinen Freunden gerne Carletto genannt, und Clemens von Ströbl die Herrengasse hinunterschritten, dem Michaelerplatz zu. Sie kamen aus dem altertümlichen, grauen Gebäude, in dem man die juristischen Examina ablegt, und wo Carlo eben seine erste Staatsprüfung bestanden hatte. Durch ein Übermaß von Kenntnissen hatte er sich gerade nicht ausgezeichnet, aber für genügend hatten die Professoren sein Wissen immerhin gehalten.

Sein um einige Jahre älterer Freund Ströbl, ein etwa 26jähriger junger Mann, blond und untersetzt, mit englisch gestutztem Schnurrbart, vollen Backen und verschlagenen, frechen, grauen Augen, hatte es sich nicht nehmen lassen, der Prüfung beizuwohnen. Wie schon vorher verabredet war, gingen sie nun zu Sacher, damit sich Carletto dort nach den Anstrengungen der letzten Stunden kräftige und erhole.

Zeller trug über dem Frack einen schwarzen Überzieher, hatte Zylinder und weiße Glacés. Er war ein bildhübscher Junge: mittelgroß, schlank, sehr grazil gebaut, mit schmalen Hüften und abfallenden Schultern; aus dem länglichen Gesicht von olivenfarbenem Teint leuchteten nachtschwarze, schwermütige, von langen Wimpern beschattete Augen und ein weichgeschnittener, hellroter, genießerischer Mund, dessen zu kurze Oberlippe die schönen, weißen Zähne sehen ließ. Seine ganze Erscheinung wirkte anziehend, fremdartig, etwa wie die eines Spaniers oder Südamerikaners, und besonders den Frauen stach dieser interessante junge Mensch offensichtlich in die Augen, denn sie schenkten ihm sehr freundliche Blicke.

Clemens von Ströbl, der neben ihm den Typus des echten Wiener Dandys repräsentierte, schob gerade seinen Arm in den des Freundes:

„Na, du könntest schon wieder ein freundliches Gesicht machen, meine ich. Jetzt ist ja die ganze fade Geschichte vorüber!“

„Mir liegt der Klimbim noch etwas in den Gliedern, weißt du, Clemens,“ erwiderte Carletto. „Wir müssen an einem Telegraphenamt vorbeigehen, ich will nach Graz depeschieren.“

„Hat das denn solche Eile?“ wandte Ströbl ein. „Wird der Herr Vormund das freudige Ereignis eben um ein paar Stunden später erfahren.“

„Ich habe aber dem alten Herrn bestimmt zugesagt, daß ich sofort telegraphiere.“

„Deine Anhänglichkeit ist wirklich rührend!“ lachte Ströbl Zeller aus. „Das muß man dir noch abgewöhnen, du bist doch kein Kind mehr. Jetzt wird anständig gegessen und getrunken, und dann kannst du dem Herrn Professor Wendrich nach Graz meinetwegen Liebesgedichte telegraphieren.“ Mit diesen Worten zog er Carletto, der unschlüssig auf dem Michaelerplatz stehen geblieben war, energisch mit sich fort.

Der Oberkellner im Hotel Sacher, der Clemens von Ströbl kannte, führte sie in eines der kleinen, rot ausgeschlagenen Zimmer, wo nur vier Tische standen, von denen augenblicklich keiner besetzt war. „Ausgezeichnet,“ rief Ströbl, „die Ruhe wird dir gut tun, Carlo!“ Er machte sodann das Menü, bestellte eine Flasche Chateau Lafite und ließ auch gleich eine Flasche Veuve Cliquot einkühlen. „Der Sieg muß gebührend gefeiert werden,“ meinte er. Zeller, der dagegen Einspruch erhob, bereits zu Mittag Champagner zu trinken, mußte sich fügen.

Während des Speisens wurde von den beiden jungen Leuten noch einmal die Prüfung durchgesprochen. Es war dies die erste gewesen, nun standen noch fünf in Aussicht. Carletto seufzte schwer.

Wie schon öfters vorher, hielt ihm Ströbl die Unsinnigkeit solcher Mühe vor:

„Vermögend bist du doch, und du weißt ja, daß dich mein Alter in eine Bank bringt – wenn du durchaus diese Karriere einschlagen willst – wenn es dir paßt, auch ohne den Doktor.“

„Wenn der Vormund aber darauf dringe, daß er seinen Doktor mache, und wenn dies nun einmal der Wunsch des seligen Vaters gewesen sei?" – entgegnete Carlo, der sich innerlich nur zu gern der Ansicht seines Freundes anschloß und lieber heute als morgen das Studium, das ihm schwer fiel und wenig Freude machte, aufgegeben hätte.

„Ach, der Herr Professor Wendrich!" meinte Clemens wegwerfend. „Den Wunsch des Vaters zu respektieren, das ist natürlich Gewissenssache. Aber konnte dein gottseliger Herr Vater voraussehen, daß das Jus gar so schwer in deinen Kopf will?"

Dem leichtfertigen Ströbl war es nämlich unbequem, daß ihm der anhängliche Schüler und Bummelkumpan durch die Stunden des Studierens entzogen wurde. Die Zukunft Carlos jedoch machte ihm so wenig Gedanken, wie seine eigene, die allerdings, da er der einzige Sohn eines reichen Fabrikanten war, eine weitaus gesichertere schien, als die des Freundes.

„Weißt du, wie ich mir den Verlauf des Nachmittags denke?" fragte er. „Nach dem Essen fahren wir zu dir, ruhen uns ein bißchen aus, und gegen halb fünf geht's hinunter in den Prater, in die Kriau. Ich habe die zwei kleinen Damen vom Ronacher dorthin bestellt, von denen ich dir unlängst erzählt habe."

Carlo schwieg zuerst etwas verlegen. Dann sagte er: „Du mußt entschuldigen, Clemens, aber ich habe den Nachmittag schon vergeben, ich erwarte Besuch."

„Von wem?"

„Das kannst du dir doch denken."

Ströbl zündete sich eine Zigarette an und blies übel gelaunt den Rauch von sich. „Diese Sache fängt an, langweilig zu werden, mein Lieber. Jetzt dauert das schon seit vorigem Sommer. Wie lang soll denn das noch so fortgehen? Warum denn nicht gleich heiraten?"

„Wenn ich sie aber gern habe ..." sagte der andere ernst.

„Ach Gott, man hat jede gern, die hübsch und schick und nett ist. In deinem Alter bindet man sich doch nicht so fest. Wenn man wenigstens endlich wüßte, wer diese dämonische Frau ist, die dich schon so lange an ihrer Kette hält."

In Carlos dunklen Augen glimmte ein zorniger Funke, und mit erhobener Stimme sagte er: „Du weißt, daß man so etwas von mir nicht erfahren kann. Warum drängst du immer in mich?"

„Ich glaube, ich hab' mir soviel Vertrauen verdient – um das große Geheimnis deines Lebens endlich erfahren zu können," gab Ströbl gereizt zur Antwort. – „Oder muß ich dich daran erinnern: wer hat sich denn deiner am wärmsten angenommen, von dem Tage an, als du das erstemal in den Klub gekommen bist? Wer hat denn deine ersten Schritte in der Großstadt geleitet? Wenn ich daran denke, wie du ausgesehen hast, wie schüchtern du warst, der Maturant aus Graz ... Da kann einen so eine Verstocktheit schon ärgern."

Es betrübte Carlo Zeller, als er den Freund gekränkt sah. Besänftigend legte er seine Rechte auf die Ströbls. „Ich weiß, Clemens, ich weiß, aber was nicht sein kann, kann nicht sein. Ich habe mit Ehrenwort Diskretion verbürgt, also nicht böse sein."

„Gut, reden wir nicht mehr davon, es wird vielleicht der Augenblick kommen, wo du dich mir von selbst anvertrauen wirst. Denn so lang andauernde Geschichten gehen nicht immer glatt aus. – Prosit!"

Die Champagnerkelche klangen aneinander, und die Mißstimmung zwischen den beiden war bald wieder verflogen.

Eine halbe Stunde später verließen sie das Restaurant, schüttelten sich warm die Hände, worauf Zeller in ein Auto stieg und nach Hause fuhr, in die Reisnerstraße.

Er hatte eine hübsche dreizimmerige Wohnung inne, mit dem Möblement der väterlichen Wohnung gemütlich und komfortabel eingerichtet. Ein alter Diener, Franz, hielt den kleinen Haushalt in Ordnung. Die Mahlzeiten, die Carletto zu Hause einnahm, holte er ihm aus einem nahen Restaurant. Jetzt beglückwünschte Franz den gnädigen Herrn zur bestandenen Prüfung und half ihm beim Umkleiden. Ströbl war es gewesen, der den alten, glatzköpfigen Franz seinerzeit Carletto ins Haus gebracht hatte. Ströbl hatte ja für alles gesorgt. Er hatte die Garçonwohnung, die in den großen Park eines aristokratischen Palais hinausging, ausfindig gemacht, hatte die Tapeten ausgesucht und die Möbel gestellt, durch sein Zureden erst hatte sich Carlo vor einem Jahr bewegen lassen, das Leben in einer Pension aufzugeben und sich ein eigenes Heim einzurichten! Ja Ströbl! Wahrhaftig, der hatte ihn erst leben gelehrt, dachte Carletto, während er in Erwartung Hellas behaglich in seinem Arbeitszimmer auf einer Ottomane lag und rauchte.

Als Carlo die sechste Gymnasialklasse besuchte, war Professor Rudolf Zeller nach kurzer Krankheit an einem schweren Magenübel gestorben und hatte sein einziges Kind ganz allein zurückgelassen. Zum Vormund hatte Rudolf Zeller seinen ehemaligen Kollegen von der Universität und intimsten Freund, den Zoologen Professor Wendrich, eingesetzt, der seit seiner Pensionierung in Graz lebte. Wendrich, ein alter Junggeselle, war damals sofort nach Wien geeilt, hatte den Rest des Schuljahres mit dem Knaben in Wien verbracht und ihn hierauf, den Zellerschen Haushalt auflösend, nach Graz mitgenommen. Dort hatte Carlo die beiden letzten Gymnasialklassen absolviert. Es war Wendrichs Plan gewesen, daß Carlo auch seinen Hochschulstudien in Graz obliege. Dagegen hatte sich der junge Zeller jedoch entschieden gewehrt. Denn in den Verhältnissen der Kleinstadt fühlte er sich nicht wohl, und das Leben an der Seite des zwar gütigen und klugen, aber schrullenhaften und verschlossenen Greises bedrückte ihn schwer. Carlo war kein ganz einfacher Charakter; nachgiebig und leicht lenkbar für gewöhnlich, wurde er beharrlich und energisch, wenn er sich einmal ein Ziel fest in den Kopf gesetzt hatte. Professor Wendrich, der die Gemütsart seines Mündels bereits kannte und über allzuviel Willenskraft nicht mehr verfügte, gab daher nach und ließ Carletto nach Wien.

Zuerst hatte der junge Zeller in einer einfachen Pension Quartier genommen. Dort hatte er zurückgezogen und ziemlich einsam das erste

Semester verbracht. Für alle sportlichen Betätigungen begabt und eingenommen, hatte er sich dann eines Tages in den Residenz-Fechtklub einschreiben lassen. Mit dem Eintritt in den Klub aber trat in seine Lebensführung eine gründliche Änderung ein. Die jungen Leute, die er jetzt kennen lernte, nahmen ihn in ihr Schlepptau und machten aus dem etwas scheuen Provinzler bald einen flotten Lebejüngling. Besonders Clemens von Ströbl, der unter den Mitgliedern des Vereines eine ungeheure Rolle spielte, bemächtigte sich Carlettos. Er führte ihn in die Gesellschaft ein, zog ihn in lustige Kreise, brachte ihn mit allerlei leichten Damen zusammen und schleppte ihn gar manche Nacht von Nachtlokal zu Nachtlokal.

Professor Wendrich konnte die Wandlung Carlos nicht verborgen bleiben; vor allem darum nicht, weil der junge Mann bei einer solchen Lebensweise mit seiner bescheidenen Rente nicht mehr das Auslangen fand und wiederholt um eine Erhöhung bat. Aber da die Vermögensverhältnisse des jungen Zeller recht günstige waren und Carlettos Forderungen sich in erfüllbaren Grenzen hielten, lag für Wendrich kein Anlaß zum Einschreiten vor.

***

Ermüdet von den Aufregungen der Prüfung und etwas betäubt von dem Weingenuß, war Carlo auf dem Kanapee eingeschlafen. In so tiefem Schlaf hatte er gelegen, daß ihn selbst ein Klopfen an der Tür nicht zu sich gebracht und erst ein Kuß auf seine Stirne aufgeweckt hatte.

„Hella!" rief er aufspringend und umarmte stürmisch die hochgewachsene Rotblondine, die vor ihm stand.

„Vor allem gratuliere ich dir zur bestandenen Prüfung, mein Bub," sagte sie, ihn auf die frischleuchtenden Knabenlippen küssend. „Ich weiß bereits alles von Franz."

Sie hatte graugrüne, feuchtschimmernde Augen, eine feingeschnittene Nase und einen ganz kleinen Puppenmund. Carlo wollte ihr den Hut abnehmen. „Nein, nein," mahnte sie ihn ab, „ich kann leider nicht lang bei dir bleiben."

Erst jetzt bemerkte er eine gewisse Bedrücktheit und Verstörtheit in ihrem Wesen. „Was hast du, mein Schatz," fragte er sie besorgt, während er sie an seine Seite niederzog.

„Nichts, Carlo, nichts von Bedeutung, ich habe nur noch einen Weg zu machen." Und mit einem Lächeln, das ihn beruhigen sollte, fügte sie hinzu: „Solange, um einen Tee mit dir zu trinken, kann ich bleiben, inzwischen erzählst du mir, wie du die letzten vierundzwanzig Stunden verbracht hast und wie es bei der Prüfung ging."

Er hatte sich durch Hellas harmlos und heiter scheinende Worte täuschen lassen. Er schellte Franz, damit dieser den Tee serviere, und während sie eng aneinandergeschmiegt tranken und naschten, plauderte er frisch drauf los. Doch plötzlich brach er ab. Er hatte bemerkt, daß Hella nur mit halbem Ohr ihm zuhörte und ihr verdüsterter Blick sinnend irgendwo in der Ferne weilte.

„Wo sind deine Gedanken, Hella?" fragte er sie eindringlich. „Irgend etwas ist geschehen, willst du es mir nicht sagen?"

Sie schüttelte den Kopf und zwang sich zu einem Lächeln.

„Du siehst Gespenster, Bubi, ich bin vielleicht etwas nervös heute, das ist alles."

Doch jetzt glaubte er ihr nicht mehr. Unruhig sprang er auf, faßte ihre Hände und zwang sie, ihm in die Augen zu schauen. „Ich will die Wahrheit wissen, die Wahrheit, hörst du!"

Ihr Blick wich dem seinen aus. „Du quälst mich ... so laß doch meine Hand los, du tust mir ja weh!"

Aber jähzornig, wie Carlo war, preßte er noch fester ihre Rechte, und mit zornfunkelnden Augen rief er: „Du mußt sprechen!"

„Du zwingst mich. Ich wollte es dir nicht sagen, um dich nicht zu beunruhigen. Thomas hat heute früh einen anonymen Brief bekommen – "

Er fühlte, wie er sich verfärbte. In jähem Schreck trat er einen Schritt zurück: „Dein Mann?..."

„Man hat ihn auf unsere Beziehungen aufmerksam gemacht. Es hat eine furchtbare Szene gegeben. Ich habe selbstverständlich alles in Abrede gestellt. Aber ich fürchte sehr, daß er uns jetzt beobachten lassen wird. Ja, mein Junge," sagte sie traurig, „wir werden vorsichtig sein müssen. Wir werden uns nicht mehr so oft treffen können." Sie fuhr ihm liebkosend durch das seidenweiche, schwarze, leicht gewellte Haar.

Carlo, der sich wieder an ihrer Seite niedergelassen hatte, hielt den Kopf tiefgesenkt: „Furchtbar, jetzt wird er dich quälen und ich muß stumm bleiben und kann dir nicht beistehen." Dann dehnte und streckte er sich, und aus seinen Augen leuchtete Kampffreude und Verwegenheit. „Ah, wenn ich ihm gegenübertreten könnte!"

„Du wirst vernünftig sein, Carletto, du *mußt* vernünftig sein, um meiner Ehre willen. Vor allem muß ich alles vermeiden, was ihn mißtrauisch machen könnte. Denn Thomas wird natürlich jetzt sehr achtsam sein. Nicht, weil er mich lieb hat," sagte sie bitter lächelnd, „sondern aus Eitelkeit. Darum halt ich es für das Klügste, wir sehen uns jetzt einige Wochen gar nicht." Nur zögernd hatte sie die letzten Worte hervorgebracht, in der Angst, Carlo in allzu große Verzweiflung zu stürzen.

In der Tat schrie dieser jetzt beinahe auf: „Was, dich nicht mehr wiedersehen? – Das kann ich nicht, Hella, das kann ich nicht." Tiefes, echtes Weh zitterte in seiner Stimme.

Frau Bühler, die sich bereits erhoben hatte, um sich zum Weggehen zu rüsten, mußte sich wieder setzen. Sie zog Carlo neben sich, lehnte seinen Kopf an ihre Schulter, streichelte und tröstete ihn:

„Nur einige Wochen, mein Liebling, so stark mußt du sein, um das zu ertragen. Nur so lange, bis er den bösen Brief vergessen hat."

„Aber, du hast doch auch heute gewagt, zu mir zu kommen," wandte er ein.

„Thomas ist heute mittag mit dem Auto in die Fabrik nach Mödling hinausgefahren. – Aber ich werde dich anrufen, Carlo, jeden Tag, und nicht eine Stunde länger mußt du auf mich warten, als ich es für nötig halte."

Schweren Herzens, glitzernde Tränen in den langen, geschwungenen Wimpern, fügte er sich in das Unvermeidliche. Lang und zärtlich küßten sie einander, dann ging Hella.

Carlo lehnte am offenen Fenster, das in den in üppiger Blüte stehenden Park hinausging, und träumte vor sich hin. Hatte dieser Besuch einen Abschied bedeutet. War nun alles vorüber?

Der ganze Verlauf seiner Beziehungen zu Hella Bühler zog an ihm vorbei. In Madonna di Campiglio, wo er eine befreundete Familie besuchte, hatte er sie kennen gelernt. Zuerst war's nur ein Flirt gewesen. Sie war um sechs oder sieben Jahre älter als er, eine Dame der großen Welt, die Gattin eines stadtbekannten Großindustriellen und eine vielumworbene Schönheit. Und er, Carlo, hätte es kaum gewagt, seine Wünsche bis zu dieser Frau zu erheben. Aber Hella selbst war es gewesen, die ihm allmählich zu verstehen gab, daß er ihr ausnehmend gut gefalle, die durch ihr Entgegenkommen sein Blut erhitzt und ihn kühn gemacht hatte.

Ein schrilles Läuten riß ihn aus seinen trüben, schwermütigen Gedanken. Er hörte Stimmen im Vorzimmer; ein Besuch zu solcher Stunde, wer mochte das sein? Franz trat ein und überreichte mit scheuem Blick eine Karte: „Kommerzialrat Thomas Bühler."

Zeller stand einen Augenblick lang das Herz still.

„Der Herr scheint sehr aufgeregt," flüsterte Franz besorgt, „es ist vielleicht besser, der gnädige Herr empfangen ihn nicht."

Carlo jedoch hatte seine Fassung wieder erlangt. Während er den Rücken dem Diener zugekehrt, so daß dieser sein Tun nicht bemerken konnte, aus der Schreibtischlade einen Revolver nahm und in die äußere

Rocktasche steckte, sagte er mit fester Stimme. „Ich lasse den Herrn bitten!"

Aug' in Aug' standen sich wenige Sekunden später Zeller und Thomas Bühler gegenüber. Carlos Züge waren unbeweglich starr, nur seine Wangen waren geröteter als gewöhnlich. Er stand hochaufgerichtet, gestrafft an den Schreibtisch gelehnt.

Kommerzialrat Bühler war ein vierschrötiger, kaum mittelgroßer Mann in der Mitte der Vierzig, mit einer weitvorspringenden Hakennase, dichtem, braunem Schnurrbart und borstigem, kurz geschorenem, an den Schläfen schon ergrautem Haar.

Sich leicht und förmlich verbeugend, fragte Carlo: „Womit kann ich Ihnen dienen, Herr Kommerzialrat?"

Bühler lächelte höhnisch und tückisch. Ganz grün schillerten seine Augen unter dichten, zusammengewachsenen Brauen: „Das können Sie gar nicht erraten, Herr Zeller?"

Dieser zuckte die Achseln: „Das vermag ich in der Tat nicht!"

Bühler sah sich um: „Hübsch haben Sie's hier, sehr hübsch. Und wie famos es bei Ihnen riecht.– Ambre antique – ja, so ein Junggeselle!" Er lachte wieder auf: „Wenn die Wände hier erzählen könnten, wie? Wahrscheinlich vor kurzer Zeit erst Damenbesuch hier gewesen?"

Die Miene Carlos begann sich zu verdüstern und steigende Ungeduld auszudrücken: „Womit kann ich Ihnen dienen? Welcherlei Besuche ich hier empfange, hat Sie doch wohl kaum zu kümmern, mein Herr?!"

Bühler machte einen Schritt vorwärts. „Meinen Sie? Auch die Besuche meiner Frau bei Ihnen haben mich wohl nicht zu kümmern?"

Carlo hielt an sich: „Ihre Frau, ich verstehe Sie nicht!"

„Was, Sie wagen noch zu leugnen, Sie feiger Schuft, wo meine Frau vor wenigen Minuten erst Sie verlassen hat?" – Wutverzerrt stürzte Bühler mit zum Schlag erhobener Faust auf Zeller los.

Da hatte Carlo auch schon seinen Arm erfaßt und den Angreifer, der auf solche Körperkraft bei dem beinahe zart gewachsenen Gegner nicht gefaßt sein mochte, ein paar Schritte weit zurückgeschleudert. „Lassen Sie jede Attacke, sonst knalle ich Sie nieder! – Ich stehe Ihnen zur Verfügung!" – Darauf wies er mit der Hand gebieterisch auf die Tür und rief: „Jetzt hinaus!"

„Sie hören von mir!" zischte Kommerzialrat Bühler und verschwand.

Carlo ließ sich in einen Fauteuil fallen. Ganz wirr war ihm im Kopf. Die Überstürzung der Ereignisse betäubte ihn. Erst allmählich kam er zu sich und war imstande, die peinliche Lage, in der er sich so plötzlich fand, zu überdenken und in allen Folgen sich vorzustellen. Doch nicht seiner Person galten seine ersten klaren Gedanken, sondern Hella, um deren Schicksal ihn großes Bangen ergriff. Er überlegte einige Augenblicke, ob er nicht verpflichtet sei, ihr seine Hand anzubieten. Aber dann meldete sich doch die Vernunft; er war zweiundzwanzig, sie nahe an dreißig, er hatte keine Stellung, stellte nichts im Leben vor, sein Vermögen war zu bescheiden, um den Ansprüchen einer so verwöhnten Frau genügen zu können.

Es hieß vor allem, sagte er sich, als er ruhiger geworden war, für das Duell sich bereit machen. Er wollte die Angelegenheit in Ströbls Hände legen, den er, da es erst halb sechs Uhr war, noch in der Kriau anzutreffen hoffte. Er griff nach Hut und Handschuhen, stürzte aus dem Haus, rief das erste Automobil, das ihm begegnete, an und raste hinunter in den Prater.

Zahlreiches Publikum nahm um diese Stunde in der Meierei Kriau seinen Kaffee, viele Bekannte Carlos darunter, die ihm zuwinkten und ihn anriefen. Er hielt sich aber bei niemandem auf, sondern ließ seine Augen nur nach Ströbl ausblicken, den er auch endlich in einer Ecke in Gesellschaft zweier aufgeputzter, geschminkter Dämchen fand. Aufs freudigste überrascht eilte Ströbl ihm entgegen und wollte ihn an den Tisch ziehen.

„Nein, ich danke, Clemens," lehnte Carlo ab. – „Ich bitte dich, sage den zwei Mädeln dort für heute Adieu und schenk mir den Rest des Tages, ich habe ernste und dringende Dinge mit dir zu besprechen."

Clemens von Ströbl konnte nach einem aufmerksamen Blick in Carlos Gesicht nicht mehr im Zweifel sein, daß es sich um eine wichtige Angelegenheit handeln müßte. Er entsprach daher der Bitte des Freundes, verabschiedete sich von seinen Begleiterinnen und verließ mit Carlo das Kaffeehaus. Während sie beide die Hauptallee hinabschritten, berichtete Zeller den Vorgang des heutigen Nachmittags.

„Donnerwetter noch einmal, die schöne Hella Bühler! Bist du ein Glückspilz", war die erste Antwort, mit der Ströbl die Mitteilung, die ihm gemacht wurde, quittierte. „Aber gekommen bist du schließlich mit der Sache doch zu mir, und schneller als ich dachte," sagte er weiter, mit offensichtlicher Genugtuung.

Zeller bestürmte ihn, Diskretion zu bewahren.

„Dazu bin ich als dein Sekundant doch verpflichtet!" beruhigte ihn Ströbl. Als zweiten Vertreter schlage ich dir den Oberleutnant Baron Rakossy vor. Überlasse alles andere getrost uns beiden."

Geradezu frohgelaunt war Ströbl, den Freund in einer so pikanten und schicken Affäre verwickelt zu wissen. „Du machst dich, mein Junge, du machst dich!" versicherte er ein über das andere Mal.

***

In der Offizierreitschule fand zu früher, dämmeriger Morgenstunde das Duell statt. Schwerste Bedingungen waren vereinbart worden. Kavalleriesäbel, Hieb und Stich, ohne jede Bandage, bis zur Kampfunfähigkeit.

Auf der Fahrt zur Reitschule war Carlo so nervös, daß Ströbl und der lange Husarenoberleutnant besorgte Blicke tauschten. Aber mit dem Eintritt in den großen, hallenden Raum kam Ruhe und Geschlossenheit über ihn. Fest schloß sich seine Hand um den Säbelkorb, und in seinen dunklen Augen blitzte Draufgängerfreude und Zuversicht.

Thomas Bühler, ein ehemaliger Couleurstudent, griff mit Elan an. Ruhig und kunstgemäß parierte Carlo die wütenden, schweren Schläge. Es war ein schöner Anblick, seinen entblößten, glatten, sehnigen Oberkörper im beherrschenden Muskelspiel sich biegen und beugen, spannen und straffen zu sehen. Der erste Gang verlief ergebnislos. Herrn Bühler lief der Schweiß über Wangen und Brust, der korpulente Mann war bereits ziemlich erschöpft und atmete schwer. Carlos Atem hingegen ging leicht und gleichmäßig, und auf seiner Haut war kein Schweißtropfen zu sehen. Als man zum zweiten Gang antrat, raunte Baron Rakossy ihm zu: „Jetzt los!“ Um Zellers Lippen flog ein leises Lächeln und er nickte. Er befolgte Rakossys Rat, verließ die Verteidigungsstellung, ging zum schneidigen Angriff über und setzte mit einem Tiefquart quer über die Brust Bühler nach einigen Augenblicken bereits außer Kampf.

Thomas Bühler war schwer, aber nicht lebensgefährlich verletzt. Als Ströbl diesen Befund des Arztes dem in einer Ecke des Saales wartenden Carlo mitteilte, atmete dieser befreit auf. Denn bei allem Haß, den er gegen den Mann empfand, hätte sein Gewissen an einem Totschlag doch schwer getragen.

Das Duell Zeller-Bühler blieb in der Wiener Gesellschaft nicht unbeachtet. Es erregte sogar beträchtliches Aufsehen und bildete den Gesprächsstoff in gewissen Kreisen. Wie es so geht, stand die Sympathie fast überall auf seiten des Jüngeren, des Siegers. Die jungen Herren der Lebewelt, die Backfische und die Halbweltdamen und die jungen, unverstandenen Frauen, sie alle bewunderten Carlo Zeller und machten ihn zum Helden des Tages. Diese Bewunderung aber fand bald den direkten Weg zu Carlo. Blumen wurden ihm gesandt, Glückwunschschreiben von Damen, an deren Bekanntschaft er sich nur noch ganz flüchtig erinnerte, es regnete parfümierte Briefchen, das Telephon bimmelte den ganzen Tag. Der immer hilfsbereite Ströbl ordnete und sichtete die Korrespondenz und bestimmte, wo eine Antwort am Platze sei und wo nicht. Denn Carlo hatte für all diese Beweise plötzlich erwachten Interesses vorerst wenig übrig. Er fühlte sich sehr unglücklich in diesen Tagen. Hella war aus Wien verschwunden, es war ihm von ihrem Schicksal nichts bekannt. Bald hieß es, sie hätte sich zu ihren Eltern nach Böhmen begeben, dann wieder, sie wäre auf Reisen gegangen; die einen erzählten, die Scheidung wäre eingeleitet, andere wieder, eine Aussöhnung zwischen den Gatten wäre angebahnt. Zeller bekam keinerlei Lebenszeichen von ihr.

Aber der Freundeskreis, allen anderen voran Clemens von Ströbl, duldete nicht, daß Carlo sich zurückgezogen hielt, was er am liebsten getan hätte. Denn all diese jungen Leute waren jetzt stolz, sich Zellers Freunde nennen zu können, jeder wollte sich mit ihm zeigen, wollte mit seinen vertrauten Beziehungen zu ihm renommieren. Am stolzesten war natürlich Ströbl, der sich ja mit voller Berechtigung rühmen durfte, Carlo für die Lebewelt entdeckt und ausgebildet zu haben.

So geschah es, daß Carlo anfangs, beinahe gegen seinen Willen, in einen Strudel des Leichtsinns hineingezogen wurde, der ihn schließlich betäubte, Hella vergessen ließ und ihm immer besser behagte. Denn er war jung und lebenshungrig, naiv und sehr eitel.

Daß er bei dem lustigen Leben, das er jetzt führte, mit der ihm ausgesetzten Rente nicht mehr sein Auslangen fand, versteht sich von selbst. Er legte noch mehr Gewicht als früher auf seine Kleidung und kontrahierte Schulden bei Schneidern, Schustern und Wäschelieferanten. Er gab kleine Gesellschaften, die Ströbl arrangierte, bei denen es hoch herging und die ziemlich viel Geld verschlangen. Viel Geld blieb auch in den Champagnerlokalen und bei Fiakern und Chauffeuren. Als Schneider und Schuster dringlich wurden, blieb ihm nichts übrig, als sich neuerlich an den Vormund um eine Erhöhung der Rente zu wenden. Professor Wendrich schrieb einen sehr bösen Brief, ließ sich aber doch bewegen, den Monatswechsel um eine Kleinigkeit zu erhöhen, dabei jedoch betonend, daß Carlo nunmehr im vollen Besitz des Fruchtgenusses seines Vermögens stünde und eine Erhöhung nicht mehr möglich sei.

Zeller war gerade imstande, die unangenehmsten Schuldner zu befriedigen. Als sich jedoch auch diejenigen meldeten, die sich bisher geduldig gezeigt hatten, geriet er neuerlich in Verlegenheit. Sich einzuschränken, wieder auf bescheidenem Fuß zu leben, brachte er nicht über sich. Er fürchtete den Spott der Freunde und Freundinnen, und es fehlte ihm auch bereits an Kraft, auf die gewohnten Genüsse zu verzichten.

In seiner Bedrängnis vertraute er sich Clemens von Ströbl an.

Ströbl wußte natürlich Rat. „So nimm doch irgendwo Geld auf. Wie lang dauert es denn noch und du bist majorenn und kannst über dein Vermögen verfügen. Einem Kerl wie dir braucht doch um die Zukunft nicht bange zu sein, für wen sollst du knausern? Reiche Partien wirst du einmal genug machen können."

Die Argumente Ströbls leuchteten Carlo ein. Harmlos, wie er war, fragte er: „Möchtest du also so freundlich sein und mir mit 10.000 Kronen aushelfen?"

Da machte Ströbl aber gleich ein langes Gesicht. „Das ginge freilich nicht," erklärte er beteuernd. Die ziemlich hohen Beträge, die er der Fabrik entnahm, reichten gerade, um seine eigenen Bedürfnisse zu decken. „Aber ich kenne da einen Herrn Herlinger, Friedrich Herlinger, er ist ein Cafétier in der Schönbrunnerstraße, ein hochanständiger Mensch, der sich ein Vergnügen daraus machen wird, dir unter die Arme zu greifen. Natürlich will er auch etwas verdienen. Aber ich kann dir nur versichern, er ist ein weißer Rabe unter seinesgleichen. Er hat mir und er hat dem Rakossy und dem Kehlhausen, na, er hat uns allen im Klub schon geholfen."

Sie suchten also sofort Herrn Herlinger auf; Zeller bekam Geld und befand sich von da an in den Klauen eines Wucherers.

***

Die kleine Kapelle in der Hall des Lido-Palace-Hotels spielte einen Valse lente. Es war nach der Souperstunde, die Gäste saßen plaudernd und Eisgetränke schlürfend in Korbstühlen und Klubfauteuils, die Damen in großer Toilette und schmuckbehangen, die Herren im Frack. Draußen blaute eine sternenklare Sommernacht und es rauschte leise das Meer.

In der Mitte der Hall tanzte ein einziges Paar, dem alle Blicke bewundernd folgten: Beate Salagna im Arm Carlo Zellers. Die Salagna, eine rassige und schlanke Brünette, geschmeidig wie eine Katze, und Carlo Zeller waren unstreitig das beste Tänzerpaar im Hotel. Immer wieder mußten sie sich auf allgemeines Verlangen produzieren, und wenn die beiden zum Tanze antraten, zum biegsam schwebenden Boston, zum temperamentvollen Matschitsche, zum grotesken Cakewalk, verschwanden die anderen Paare ganz von selbst von der Bildfläche.

Und während man ringsum wieder dem schönen Paare folgte, raunte man sich wie sonst die Frage zu: „Ist sie seine Geliebte?“

Nein, Beate Salagna gehörte noch immer nicht Carlo an, obzwar dieser sie täglich heißer umwarb und bestürmte. Aber eine Beate Salagna war nicht so leicht zu erobern. Sie war kokett und raffiniert, und wenn sie in der einen Stunde Carlo so bevorzugte unter allen ihren Kavalieren, daß er meinen mußte, bereits am Ziel seiner Wünsche zu sein, benahm sie sich in der nächsten wieder so kühl und abweisend, daß er an ihr irre wurde. Nach Ansicht jener jedoch, welche die Entwicklung der Beziehungen zwischen den beiden mit Spannung verfolgten, und dies war ungefähr das gesamte übrige Hotelpublikum, hatte Carlo Zeller wohl die meisten Chancen. Zweifellos größere als der Kapitän Alberto Alberti, der zu den hartnäckigsten und glühendsten Verehrern der Sängerin gehörte, ein häßlicher, kleiner, breitschulteriger Mann, mit einem schwarzen, gestrählten Schnurrbart, einer platten, kurzen Nase und dem starken Gebiß und vorspringenden Unterkiefer eines Raubtieres. Er war von jenem Typus brutaler Männlichkeit, dem sonst bei Frauen ein leichter Triumph beschieden ist, und er haßte den jungen, hübschen Wiener, der ihm diesmal den Sieg so erschwerte.

Der Walzer hatte geendigt. Das Paar, dem stürmisch zugeklatscht wurde, kehrte an seinen Tisch zurück. Dort saß beim Champagner eine größere Gesellschaft: der Kapitän, Clemens von Ströbl, Guido Kehlhausen, auch ein Klubfreund Carlos. Liane Lenoir, eine Pariser Schauspielerin, die sich Ströbl erobert hatte, Felix Freiherr von Rheinsperg, ein älterer, weißhaariger, distinguierter Herr, Lebemann und

Rennstallbesitzer aus Hamburg, sein Neffe Walter Rheinsperg, Ulanenoberleutnant aus Bamberg. Miß Elinor Pearson, die berühmte Flammentänzerin, Fedor Obolensky, ein dicker Gutsbesitzer aus der Krim. Man besprach die gleichgültigen Ereignisse des Hotellebens, entwarf Vergnügungs- und Ausflugspläne für die nächsten Tage: „Ich schlage für morgen abend einen Ball im Freien vor," rief Liane Lenoir, eine lebhafte, zierliche Blondine.

„Verschieben Sie doch diesen Ball auf übermorgen," bat Kapitän Alberti. „Morgen abend findet das Souper des Turnier-Komitees im ›Danieli‹ statt, dem ich beiwohnen muß. Auch Herr Zeller dürfte kaum dabei fehlen, nicht wahr?" wandte er sich mit erzwungener liebenswürdiger Miene an Carlo.

Carlo hatte beim internationalen Fechtturnier mitgetan und einen Preis errungen: „Jawohl, auch ich bin beim Souper," gab er Auskunft, um sodann mit dem alten Baron Rheinsperg ein Gespräch fortzusetzen.

Felix von Rheinsperg, der eine offenkundige Zuneigung zu Zeller gefaßt hatte, flüsterte diesem zu: „Man könnte erschrecken, wenn man die haßerfüllten Blicke sieht, mit denen Sie der Kerl drüben streift, wenn er sich unbeobachtet glaubt. Aber man weiß ja, daß Sie den Säbel zu führen verstehen und keine Furcht kennen."

Carlo zuckte verächtlich lächelnd die Schulter: „Er soll kommen, wenn es ihm paßt." Gerade erhoben sich die übrigen, um, einer Anregung von Miß Pearson folgend, noch eine Weile am Strand zu lustwandeln. Ein Blick aus den Augen der Salagna rief Carlo an ihre Seite. Zwischen ihm und dem Kapitän schritt sie zum Hoteltor hinaus, in die laue Mondnacht, an dem hünenhaften, fast gutmütig grinsenden Niggerportier vorbei, der devot die Kappe zog.

Bald gesellte sich Clemens von Ströbl zu den dreien. Er verwickelte den Kapitän in ein angeregtes Gespräch, und wenn Ströbl und Alberti schließlich einige Schritte zurückblieben, so war dies nicht bloßer Zufall. Ströbl war stets bestrebt, Zeller zum ungestörten Alleinsein mit der Sängerin zu verhelfen.

Carlo und Beate verschwanden hinter der nächsten Kabine. Arm in Arm schritten sie über den tiefen, weichen Sand, der unter ihren Füßen wie ein dicker Teppich nachgab. Eine leichte Brise kräuselte das silberglänzende Meer. Weit draußen am Horizont standen unbeweglich, als schwarze Silhouetten in die Nacht ragend, einige Fischerbarken.

Von dem Hotel her trug der Wind die Klänge des Monte-Christo-Walzers.

Immer fester preßte Carlo den Arm Beates an sich, was sie schweigend und lächelnd duldete. Sein Gemüt befand sich in heftiger Erregung, aber er sprach kein Wort. Oft und oft schon hatte er ihr seine Liebe in solchen Minuten zu Füßen gelegt und Beate um Erhörung angefleht – jedesmal hatte sie ihn mit leisem Spott schließlich zur Vernunft gemahnt. Nun war ein wilder Trotz in ihm, und die Angst, ihre Kühle könnte ihn zu törichten Reden fortreißen. Denn er kannte und fürchtete seine Natur, die, gereizt, der unbedachtesten Ausdrücke fähig war.

Nach einer Weile meinte sie: „Ich finde, daß wir uns jetzt genug ausgeschwiegen haben."

„Mein Herz ist zu voll, als daß ich reden könnte. Warum quälen Sie mich so, Beate?"

„Quäle ich Sie?" fragte sie in einem kokett spöttischen Ton, der Carlo schon zur Verzweiflung trieb. „Vielleicht quälen Sie sich selbst, weil Sie sich Dinge in den Kopf setzen, die nicht so leicht zu erreichen sind."

„Nicht so leicht? – Mögen sie auch schwer zu erreichen sein, ich habe nun einmal den Willen, sie zu erreichen!"

„Vielleicht sind sie überhaupt nicht zu erreichen!" sagte Beate frostig.

Er blieb stehen: „Vouloir c'est pouvoir, sagten Sie mir dies nicht selbst, als Sie von Ihrer traurigen Jugend erzählten, von Ihren Kämpfen, von den Schwierigkeiten Ihres Aufstieges? Erlauben Sie mir, daß dies auch mein Wahlspruch sei." Und mit einer plötzlichen, unerwarteten Bewegung riß er sie an sich, und ehe sie sich wehren konnte, hatte er sie umfaßt und küßte sie.

Seine Küsse aber, diese heißen, flehenden, ungestümen Jünglingsküsse, entflammten auch sie. Sie küßte ihn wieder, blieb schwach mit geschlossenen Augen und heftig wogendem Atem in seinem Arm.

Nahende Schritte rissen die beiden aus ihrer seligen Versunkenheit. Beate richtete sich auf. Sofort hatte sie ihre spöttische Haltung wieder gefunden, oder sie tat wenigstens so: „Sie sind sehr frech, mein lieber Freund. Bilden Sie sich nur nichts darauf ein, daß Sie einen Augenblick der Schwäche bei mir erwischt haben."

Carlo aber, der den falschen Ton heraushörte, lachte glücklich auf: „Doch, ich bilde mir etwas ein," entgegnete er vergnügt, „denn das weiß ich, eine Frau, wie Sie, läßt sich nicht küssen von jemandem, der ihr gleichgültig. Eher ohrfeigt sie ihn ab."

Kapitän Alberti mit Ströbl und Liane Lenoir standen vor ihnen.

„Sicherlich Dummheiten, Capitano!" erwiderte die Salagna. „Oder verbieten Sie mir das?" Sie hing sich dem Italiener an dem Arm und zog ihn ein Stück mit sich abseits, sich dabei nach Zeller triumphierend umsehend, um ihn wieder zu reizen und irre zu machen.

Aber dies gelang ihr jetzt nicht mehr. Er lächelte ihr ruhig nach, die Gewißheit in der Brust, bald am Ziele zu sein.

Am nächsten Abend begab sich Carlo mit dem Vaporetto nach Venedig. Die ganze Gesellschaft hatte ihm bis an den kleinen Dampfer das Geleit gegeben, unter den Witzen und Scherzen der Zurückgebliebenen fuhr er ab. Miß Pearson rief ihm noch nach: „Bringen Sie keinen zu schweren Rausch heim, vom Siegesfest!" und der dicke Obolensky gröhlte mit seiner tiefen Stimme ein russisches Abschiedslied.

Das große Souper im Prachtsaal des Hotels Danieli verlief glanzvoll. Der Graf von Turin, der Ehrenpräsident des Turnierkomitees, führte den Vorsitz, die Spitzen der zivilen und militärischen Behörden Venedigs, die alle dem Komitee angehörten, wohnten dem Feste bei, die Preisträger und die Maitres d'assaut, zu denen auch Capitano Alberti gehörte, der an diesem Abend zu Carlo von ganz besonderer Freundlichkeit war. Als

Carlo, der den letzten Vaporetto erreichen wollte, um ½ 12 Uhr aufzubrechen Anstalten traf, war es nicht zuletzt der Kapitän, der ihn zurückhielt und zum Bleiben nötigte.

„Sie nehmen sich eben eine Gondel, die Nacht ist ja schön," riet er.

„Und Sie?" fragte Zeller.

„Ich übernachte in der Stadt. Major Idoni, ein alter Kamerad von der Kriegsschule, sehen Sie, der schlanke Herr drüben mit dem Spitzbart, er ist jetzt hier der Stadtkommandatur zugeteilt, war vor einer Stunde so liebenswürdig, mir ein Bett in seiner Wohnung zur Verfügung zu stellen." Major Idoni und Alberti gingen den gleichen Weg.

Nach einer Weile brach Carletto endlich auf.

An den Stufen der Piazetta, die um diese Stunde schon ganz leer war, lagen einige Gondeln. Die Gondoliere schliefen fast alle. Von den zweien oder dreien, die noch wachten, drängte sich besonders der eine, ein kleines bewegliches Männchen, an Carletto heran. Wohin der Herr zu fahren wünsche, erkundigte er sich geschäftig, und als Carlo den Lido, das Palace Hotel als Ziel angab, faßte er ihn am Arm und zog ihn geschwind in seine schwarze Barke.

Die beiden Offiziere salutierten und schwenkten hinüber zum Markusplatz ab.

Durch das sanfte Gleiten und monotone Plätschern angenehm eingeschläfert, nickte der Übermüdete bald ein. Als er nach einiger Zeit, wohl durch ein stärkeres Schwanken des Kahnes, erwachte, hätte er in den ersten Augenblicken beim besten Willen nicht zu sagen vermocht, wie lange er geschlummert hatte und wo er sich befand. Verdutzt und erst allmählich zu sich kommend, schaute er um sich. Weit, weit rückwärts lagen die Türme der Stadt, rechts hinten, außerhalb der Fahrtrichtung, konnte er noch undeutlich den Lido wahrnehmen. Er befand sich auf dem freien Meere, das hier draußen gar nicht mehr ruhig war. Wolken flogen über den Himmel und verdeckten zeitweilig die Mondscheibe, daß eine unheimliche, dunkle Nacht um ihn lag.

„Wohin führen Sie mich?“ drehte sich Carlo zum Gondoliere um, nicht geradezu erschreckt, aber doch einigermaßen beunruhigt. „Der Lido liegt doch dort rechts.“ Er sprach fließend Italienisch, ebenso Französisch und Englisch. Er hatte ein ausgesprochenes Sprachentalent, und das Studium fremder Sprachen war seit je das einzige, dem er Interesse entgegenbrachte, vielleicht eben darum, weil er hierfür die angeborene Anlage hatte.

„Gewiß, gewiß, mein Herr,“ erwiderte beflissen der Ruderer. „Aber man muß in der Nacht einen Umweg machen.“

„Einen Umweg?“ Er war schon zu oft des Nachts mit einer Gondel hinausgefahren, um diese Antwort nicht verdächtig zu finden. „Biegen Sie sofort nach rechts ab,“ befahl er in scharfem Ton, den Gondoliere anblitzend.

Doch dieser lachte jetzt höhnisch auf: „Ich fahre, wie es mir beliebt.“

„Nein, sondern so, wie ich Ihnen es befehle!“ rief Carlo aufspringend, und schickte sich an, über die Rückenlehne seines Sitzes zu springen; denn er war sich klar, daß er aus dem Bereich des langen Ruders kommen mußte.

„Sitzen bleiben, du Hund!“ schrie ihn der Gondoliere an, der richtig bereits das Ruder aus der Gabel riß. „Sitzen bleiben oder ich schlage dich jetzt schon nieder und schmeiße dich ins Meer.“

Nach diesen Worten konnte Zeller nicht mehr im Zweifel sein, was diese Fahrt für ihn bedeuten sollte – eine Todesfahrt.

Aber flink war er bereits nach vorne gesprungen und stand neben dem Ruderer auf der Bank, bevor dieser zum Schlag ausholen konnte. Obzwar er sich ohne Waffe wußte, war er entschlossen, den Kampf aufzunehmen. Er fuhr dem Gegner an die Gurgel: „Wenn du nicht augenblicklich weiter ruderst, erwürge ich dich!“ Der Gondoliere war, das Ruder in die Gabel zurückgleiten lassend und sich weit zurückbeugend, dem Griff Carlos ausgewichen. Mit einem Fluch griff er in die rechte Hosentasche und gleich darauf blitzte in seiner erhobenen Hand ein Stilett.

Auf etwas Derartiges jedoch war Carlo gefaßt gewesen. Schon hielt er das Handgelenk des Gondolieres umklammert, und da er bedeutend kräftiger war als der andere, gelang es ihm nach kurzem Ringen, sich des Stiletts zu bemächtigen. Nun war er bewaffnet. Er sprang einen Schritt zurück in die Gondel hinein und rief, den Dolch schwingend: „Jetzt hinüber zum Lido oder ich ersteche dich!"

Bedroht von der Waffe, eingeschüchtert durch die Kraft und den Mut des Fahrgastes, mußte sich der Gondoliere wieder entschließen, nach dem Ruder zu greifen. Knapp vor ihm, keinen Augenblick ihn aus den Augen lassend, stand Carlo.

Erst als die Gondel bereits ganz nahe den Dünen hinfuhr, stieg Carlo mit aller gebotenen Vorsicht wieder hinüber auf seinen Sitz. Er hatte folgenden Plan: Sobald das Boot das Land anliefe, wollte er Hilfe rufend hinausspringen und es halten, bis Leute kämen, die den Gondoliere festnehmen könnten.

Unweit des Palace Hotel glitt nun die Gondel in den Sand. Der Gondoliere hatte noch die Unverfrorenheit, dabei zu sagen: „Ich bekomme fünf Lire, mein Herr." Da war Zeller auch schon mit einem Sprung aus dem Fahrzeug draußen, und sich unterhalb des Schnabels anklammernd – in der Meinung, durch den hohen Schnabel gedeckt zu sein – schrie er aus Leibeskräften: „Hilfe, Hilfe!"

Aber er mußte sich allem Anschein nach doch nicht gut gedeckt haben. Der Gondoliere hob das schwere Ruder in die Höhe, und mit der ganzen Kraft, die ihm seine tödliche Angst jetzt eingab, ließ er es auf Carlo niedersausen. Er traf ihn auf den Kopf. Ohne noch einen Laut von sich zu geben, sank Carlo nieder. Schnell entfernte sich die Gondel, die nach einigen Sekunden bereits wieder draußen im Meere schwamm.

***

Das Hotel lag im tiefen Schlafe. Ein einziger Mensch wachte noch, der auch die Hilferufe vom Strand herauf gehört hatte. Der hünenhafte, schwarze Portier war es, der eben das Haustor zu versperren im Begriffe war. Jetzt lauschte er hinaus: kein Ruf mehr, nichts; aber es war ihm, als ob er das Knirschen des Sandes unter einem abstoßenden Boote vernehme. Furchtlos, ohne Zaudern, griff er nach einer in seiner Loge hängenden Handlampe und nach einem starken Stock und stürzte hinaus, in jene Richtung, aus der die Schreie ertönt waren. Der starke Schein der Lampe leuchtete vor ihm den Boden ab. Und da, fast hätte er vor Schreck aufgeschrien, sah er eine Gestalt vor sich auf dem Boden liegen, die Füße beinahe schon bedeckt vom Meer, denn es nahte die Flut. Er beugte sich über den Ohnmächtigen und erkannte Carlo Zeller. Über die Stirn sickerte Blut.

„Armer, armer junger Mensch," entfuhr es Tommy, der mit ungeschickten Fingern nach dem Puls des Ohnmächtigen suchte. Als er dabei mit seiner Lampe die Hand Carlos ableuchtete, fiel sein Auge auf die blauen Monde an den Nägeln des Terzeronen. Tief erschüttert zog er die schmale Hand an seine Lippen, und in einer unwillkürlichen Regung küßte er sie, die Hand des Bruders.

Nun war sein Eifer, zu helfen und Rettung zu bringen, ein verdoppelter. Er hob mit seinen starken Armen den Jüngling in die Höhe und, die Lampe zwischen den Zähnen, trug er ihn hinauf in die Hall des Hotels, wo er ihn auf eine Lederbank bettete. Er weckte sofort einen Groom, dem er befahl, einen im Hotel wohnenden Arzt zu holen und auch Herrn von Ströbl, von dem er wußte, daß er der Reisegefährte und vertraute Freund des Verunglückten sei. Der Arzt, ein Herr aus Berlin, erschien sehr bald, etwas später erst Ströbl, der am Abend wieder ziemlich viel getrunken hatte und nicht so leicht aus seinem schweren Schlaf zu reißen gewesen war.

Gemeinsam trugen sie Zeller in sein Zimmer, wo ihn Tommy mit einer Behutsamkeit, die man dem plumpen Riesen gar nicht zugetraut hätte, entkleidete und bettete.

Darauf wusch der Arzt das Blut ab und untersuchte die Wunde. Er fand eine Rißquetschwunde, die sich links vom vorderen Schädeldach bis in die Stirn knapp über das Auge hinzog. Der Knochen war aber nirgends verletzt, und der Arzt konnte Ströbl die Versicherung geben, daß es sich, zumindest, was die blutige Verwundung anbelangte, um einen harmloseren Fall handle, als es im ersten Augenblick geschienen hatte.

Clemens von Ströbl übernachtete auf dem Sofa im Zimmer. Carlo, der bereits zu fiebern anfing, erzählte in abgerissenen Worten das Abenteuer. Ströbl machte sich bereits seine Gedanken darüber, wer der Urheber des Attentates sein könne, und wollte im Interesse Carlos einen Skandal vermieden wissen.

Zeller erwachte am Morgen noch immer mit Fieber.

„Ich würde empfehlen, eine Krankenwärterin zu nehmen, wenn es sich bisher auch nur um Erscheinungen des gewöhnlichen Wundfiebers handelt," sagte der Arzt, der bereits um 8 Uhr wieder an dem Bette Carlos erschienen war.

Ströbl ging nun hinüber zu Kehlhausen, dem er Bericht erstattete über das, was sich in der Nacht zugetragen. Sodann suchten sie gemeinsam die Salagna auf. Als Beate von dem Unglücksfall erfuhr, erblaßte sie und begann zu zittern. Nachdem sie sich erholt hatte, erfaßte sie maßlose Empörung gegen Capitano Alberti, der, das stand bei ihnen allen fest, hinter der Untat stand.

„Wenn der Kerl es wagt, heute vor meine Augen zu treten, so ohrfeige ich ihn öffentlich ab und übergebe ihn der Polizei." Ströbl und Kehlhausen hatten große Mühe, sie zu beruhigen.

„Wir müssen uns jetzt nach einer Pflegerin umsehen," sagte Clemens von Ströbl, mit Kehlhausen sich zum Gehen wendend.

„Warum eine Pflegerin?" hielt Beate Salagna die beiden zurück. „Ich werde ihn pflegen," erklärte sie fest. Und als sie den Blick merkte, der zwischen den zweien jetzt getauscht wurde, fügte sie mit verächtlichem Lachen hinzu: „Denken Sie, was Sie wollen, das ist mir gleichgültig."

Sie führten sie hinüber zu dem Verunglückten. Als dieser Beates ansichtig wurde, leuchteten seine Augen auf und er sprach die ersten Worte: „Ich freue mich, ich freue mich ..." wobei er versuchte, ihre Hand zu küssen.

Dies wehrte sie aber ab: „Lassen Sie das, ich werde Sie pflegen, bis Sie gesund sind.“ Zu Ströbl und Kehlhausen gewendet, sagte sie: „Ich glaube, daß es nicht gut tut, wenn so viele im Zimmer anwesend sind. Vielleicht will Carletto wieder schlafen. Schicken Sie mir aber den Arzt gleich herauf, damit er mir Verhaltungsmaßregeln geben kann.“

Sie richtete mit sanfter Hand Carlos Polster, ließ die Jalousien wieder herab, und sich mit einem Roman, den sie auf den Tisch fand, hinaus auf den Balkon setzend, überwachte sie den Schlaf, in den Carlo, ein zufriedenes, verklärtes Lächeln auf den Lippen, bald darauf verfiel.

Die beiden Rheinsperg, empört wie sie waren, andererseits aber zu korrekt, um einen Menschen ohne Beweise eines so schweren Verbrechens zu bezichtigen, fuhren nach Venedig, um auf eigene Faust zu recherchieren. Was sie ans Licht brachten, erlaubte jedoch fast keinen Zweifel mehr daran, daß der Gondoliere, der Zeller geführt hatte, eine gedungene Kreatur gewesen war. Und Carlo Zeller hatte ja ringsum keinen anderen Widersacher als den Capitano Alberti. Die beiden Rheinsperg erfuhren nämlich durch Umfragen bei den Gondolieren der Piazetta, daß der Ruderer, der sich Carlo geradezu aufgedrängt hatte, unter ihnen völlig unbekannt sei und noch niemals an der Piazetta gelegen hatte. Er habe gegen halb zwölf Uhr nachts an den Stufen angelegt; Passagieren, die ihn angesprochen hätten, habe er unter allen möglichen Vorwänden die Fahrt verweigert. Aus der Gruppe der drei Herren, die vom Danieli her nach Mitternacht an den Halteplatz gekommen seien, hätten schon von weitem ein paar Pfiffe ertönt, die ersten Takte eines bekannten Gassenhauers. Auf diese Pfiffe hin habe sich der Gondoliere sofort erhoben, um dem Herrn in Zivil seine Dienste anzubieten.

Diese Nachrichten brachten die Barone in der Mittagsstunde mit. Vor Zeller wurden sie geheim gehalten, um ihn nicht zu erregen.

Alberto Alberti hatte die Kühnheit, zur Stunde des Tees im Terrassencafé des Hotels zu erscheinen. Der Kreis, soweit er eingeweiht war, empfing ihn mit auffallender Reserve. Als der Kapitän vom

Unglücksfall Carlos hörte, gebärdete er sich überaus entrüstet und sehr teilnahmsvoll, versprach selbst eine Untersuchung bei der Polizeidirektion anzuregen und wünschte, von Fräulein Salagna Information über das Befinden des Herrn Zeller zu erhalten. Da sich niemand anschickte, ihn zu begleiten – auch die anderen der Gesellschaft, Obolensky, Liane Lenoir und Miß Pearson, wahrten Alberti gegenüber, als sie das Benehmen der übrigen bemerkten, das ihnen zu denken gab, frostige Zurückhaltung – ging er allein hinauf. Durch das Stubenmädchen ließ er die Salagna herausrufen. Eine Sturzwelle von Fragen wollte sich über sie ergießen. Aber nach den ersten Ausdrücken seiner Teilnahme fuhr sie ihm ins Wort, ihn vom Scheitel bis zur Zehe messend.

„Ich bewundere Ihre Frechheit! – Verschonen Sie mich gefälligst in Zukunft mit Ihrer Anrede." Sie drehte ihm den Rücken zu, um ins Zimmer zurückzukehren.

Capitano Alberti verfärbte sich: „Was soll das heißen, mein Fräulein?" fragte er mit heiserer Stimme.

Aber hinter Beate war bereits die Tür ins Schloß gefallen.

Ohne der Gesellschaft im Café Adieu zu sagen, verließ der Capitano das Hotel, und zwei Tage später auch Venedig.

Langsam legte sich Carlos Fieber, er wurde wieder munter und ging seiner Genesung entgegen. Beate pflegte und betreute ihn unermüdlich und auf das sorgfältigste, nicht nur von ihrer erwachenden Liebe geleitet, sondern auch aus ihrer Reue heraus. Denn sie klagte sich selbst an, durch ihre Koketterie mit Alberti diesen in falsche Hoffnungen versetzt und auf eine törichte Weise eifersüchtig gemacht zu haben, an dem schweren Mißgeschick, das Carletto getroffen hatte, indirekt schuldig zu sein.

Der Zwischenfall hatte dem ganzen Kreis die Lust an einem weiteren Aufenthalt genommen. Man hatte nur rücksichtsvoll Zellers Gesundung abgewartet, um sodann den Lido zu verlassen und sich in alle Winde zu zerstreuen.

Carlo und Beate waren übrigens die ersten, die abreisten. Um einem umständlichen Abschied zu entgehen, stahlen sie sich eines Tages mit frühester Morgenstunde fort, den Freunden heiter gehaltene Grüße hinterlassend. Sie fuhren an den Gardasee, nach Riva. An den stillen Ufern dieses Sees von wunderbarster Bläue, unter Platanen und Zypressen und vor Reife geschwellten Trauben, genossen sie unbelauscht und ungestört die ersten Wochen ihrer jungen Liebe. Erst ein Schreiben an die Sängerin von ihrem Direktor, das sie nach Wien zum Studium einer neuen Rolle zurückrief, machte anfangs September diesen Tagen vollkommensten Glückes, hochaufwogender Leidenschaft, ein Ende.

In Wien überschüttete Carlo Beate mit kostbaren Geschenken. Er fühlte sich für so viel genossene Wonnen tief in ihrer Schuld, und es war ihm Bedürfnis des Herzens, seinem Dank auch äußeren Ausdruck zu verleihen.

Mit dem Ende des Monats brach dann allerdings eine Zeit böser Sorgen für ihn an. Vor allem war die Schuld an Herrn Herlinger zu begleichen, der nicht darnach aussah, als ob er auf eine Prolongierung eingehen würde.

„Ja, mein Lieber, – jetzt heißt es einmal nach Graz fahren und beichten," sagte Ströbl, innerlich nicht ohne Schadenfreude, Carlo in solcher Klemme zu sehen. Denn allmählich erweckten die Erfolge des Freundes doch seinen Neid, und er spürte auch, wie Zeller der Abhängigkeit langsam entwuchs, wie der Schüler langsam über den Meister hinauswuchs. „Ich möchte dir empfehlen, lieber gleich 15.000 zu beichten, denn mit so viel, kalkuliere ich, wirst du jetzt hängen."

„Mit mehr," gab Zeller niedergedrückt zur Antwort. Er hatte eine Aufstellung seiner Schulden gemacht, war zu einem Betrag gekommen, der sich nicht weit unter 20.000 Kronen hielt. Im Augenblick bestritt er seine Lebensführung, die sich aber in nichts von seiner sonstigen unterschied, von dem Geld, das ihm der Diener Franz, die gute Seele, vorgestreckt hatte.

Er fuhr also nach Graz.

Professor Wendrich – im letzten Jahre stark gealtert und verfallen, war von dem Besuch ebenso überrascht als erfreut. Und Carlo, beschämt, von Wendrich als braver Junge gelobt zu werden, traute sich zwei Tage lang mit der Wahrheit nicht heraus. Es war für ihn eine wahre Qual, von dem Fortgang seines Studiums, seinem Umgang, seinem Lebenswandel, Absichten, Plänen berichten zu müssen. Schließlich aber kam der Augenblick, wo er Farbe bekennen mußte: Seine Sommerreise habe viel Geld verschlungen, sein Unglücksfall, der Sturz aus dem Boot, habe ihn auch genug gekostet, die fremden Arzte seien ja so teuer, auch sei ihm während der Reise ein Koffer mit wertvoller Garderobe, die ersetzt werden müsse, abhanden gekommen, in der Wohnung seien einige Reparaturen und Neuanschaffungen bereits sehr nötig – kurz, er brauche dringend 20.000 Kronen.

Blaß bis in die Lippen, beinahe nach Atem ringend, lehnte der Alte in seinem Armstuhl. 20.000 Kronen, das war für seine Begriffe ein kleines Vermögen. Als er sich vom ersten Schreck erholt hatte, sparte er nicht mit schweren Vorwürfen und wurde so heftig, wie ihn Carlo noch nie gesehen hatte.

„Du scheinst mir ja ein recht nettes Leben zu führen! Du bist ein Taugenichts geworden, ein Verschwender, mit dem es ein böses Ende nehmen wird. Nein, nichts da, du bekommst nichts!“

Carlo trat der Angstschweiß auf die Stirne. Er hatte nach allen Seiten sein Ehrenwort verpfändet. Herlinger würde sich prompt an Professor Wendrich wenden, und selbst wenn er sein ganzes Mobiliar verkaufte, würde er nicht imstande sein, seine Schulden zu tilgen.

„Na, was machst du jetzt, wenn ich dir die 20.000 Kronen nicht zur Verfügung stelle, he, was machst du? Revolver, wie?“

Carlo gab keine Antwort. Er fühlte die lauernde Angst aus Wendrichs Frage heraus und machte sich dies zunutze. Er nickte, den Kopf gesenkt.

„Du hast da und dort Geld aufgenommen, natürlich, jetzt rückt man dir auf den Leib!“

Carlo begann zu bitten und zu betteln, versprach Einkehr, Besserung. Nach langem, langem Bemühen gelang es ihm endlich, Wendrich zu erweichen und einen Scheck auf 20.000 Kronen zu entlocken.

Am nächsten Vormittag trat Carlo die Rückreise an. Professor Wendrich hatte es sich nicht nehmen lassen, ihn auf die Bahn zu begleiten. Nun schritt er, ein altes, gebücktes Männchen, mit einem schlohweißen Spitzbart, auf dem silberweißen, langen Haar einen großen, schwarzen Kalabreser, am Arm des Jungen auf und ab, ihm Ermahnungen und Belehrungen mitgebend und ihm nochmals das Versprechen einer gründlichen Besserung abnehmend. Plötzlich, mitten in seiner Rede abbrechend, blieb er stehen und zog vor zwei Damen, einer älteren, großen, ziemlich korpulenten mit grauem Haar und einer jungen, hübschen, frischen, blauäugigen Blondine, den Hut.

„Welche Überraschung! Sie wieder einmal hier in Graz, Frau Oberst? Vor der Abreise? – Und Sie haben es nicht der Mühe wert gefunden, den alten Freund Wendrich aufzusuchen?" – Er drohte mit dem Finger. „Das Fräulein Lisl sieht ja glänzend aus, immer hübscher wird das Kind, immer hübscher."

„Sie müssen die Vernachlässigung entschuldigen, lieber Professor," sagte Frau Oberst Ortner. „Wir haben uns nur zwei Tage aufgehalten und sind aus dem Hause meines Vaters nicht herausgekommen."

„Ja, ja, ich hörte, der Herr Hofrat Braun fühlte sich leidend. Aber gestatten die Damen, daß ich Ihnen mein Mündel, Herrn studiosus juris Carlo Zeller vorstelle."

Die Damen reichten Carlo, der ziemlich gelangweilt bis jetzt daneben gestanden hatte, die Hand.

„Ach, der Sohn Ihres Jugendfreundes, von Professor Rudolf Zeller?" meinte Frau Oberst wohlwollend.

„Jawohl, das ist er."

Man promenierte nun zu viert auf dem Perron, die Einfahrt des Schnellzuges abwartend.

„Carlo, der auch nach Wien fährt, wird sich den Damen sicherlich gern zur Verfügung stellen," meinte Professor Wendrich, der mit einer solchen Bemerkung Zeller freilich keine besondere Freude machte. Denn für sogenannten Familienanschluß, den Umgang mit ehrsamen, spießbürgerlichen Offizierswitwen und deren Töchter, hatte er wenig Vorliebe. Auch war er gewöhnt, erster Klasse zu reisen, und man sah es den beiden Damen an, daß sie sicherlich nur zweite Klasse fuhren. Doch blieb ihm nun nichts übrig, als zu sagen: „Gewiß, es wird mir eine Ehre sein!"

Carlo ging mit Fräulein Ortner jetzt voran. Sie erzählte ihm, daß sie für gewöhnlich in Wien lebten, wo der vor einigen Jahren gestorbene Vater Abteilungsvorstand im Kriegsministerium gewesen sei; ihren Bruder erwähnte sie, der den letzten Jahrgang der technischen Militärakademie frequentierte, und ihre kleine Schwester, die fünfzehnjährige Elly, die eine Handelsschule besuchte. Sie plauderte recht nett und Carlo fand sie auch äußerlich gar nicht übel. Sie hatte ein echtes Wiener Gesichtel, voll Liebreiz und Lebendigkeit, und ihre kleinen Füße und Hände wie ihre geschmeidige, knospende Gestalt konnten selbst seinen verwöhnten Ansprüchen genügen. Aber wie sie gekleidet war, wie unmodern, wie dürftig, – dieses billige, verwaschene Leinenkleidchen, dieser armselige Strohhut mit Margueriten, offensichtlich alles zu Hause verfertigt! Da er sie so genauer betrachtete, schämte er sich beinahe, in seiner tadellosen Eleganz an ihrer Seite gesehen zu werden.

Eben rollte der Zug ein. Er half den beiden Damen ins Coupé, mit einem ironischen Lächeln verstaute er ihr Gepäck, den kleinen Reisekorb, der schon ziemlich viele Jahre im Dienst zu stehen schien, die mit einem Lederriemen zusammengehaltenen Schirme und die fadenscheinigen Mäntel. Natürlich fuhren sie in einem Abteil zweiter Klasse, in dem sie gerade noch die letzten Plätze sich erobert hatten. Ringsherum saßen Reisende minderer Sorte, eine kinderreiche Frau darunter, die ihre Kleinen eben mit Eiern und Butterbrot fütterte. Diese Umgebung verstimmte Carlo recht nachhaltig und es dauerte eine geraume Weile, bis er wieder besserer Stimmung wurde und mit den beiden Damen ein Gespräch in Gang zu bringen vermochte.

Eine ganze Welt war es, die ihn bei seinen mondänen Anschauungen und Allüren von dem Daseinskreis der Ortner trennte. Aber er war doch nicht so stark in seinen Vorurteilen befangen, um nicht zu erkennen, daß die Frau Oberst eine Frau von Takt und Bildung und Herzensgüte war und Lisl ein ganz prächtiges und lustiges Geschöpf. Er lernte eine ihm bis dahin ganz unbekannte Sphäre der Gesellschaft kennen, mit all ihren großen Sorgen und Bedrängnissen und ihren bescheidenen Freuden. Doch den Kopf trug man hoch, ließ sich von den Schikanen des Tages nicht niederdrücken und hoffte auf eine bessere Zukunft. In einem Jahr wurde ja Artur als Leutnant ausgemustert, der dann schon auf eigenen Füßen stehen konnte, Elly hatte Aussicht auf eine Stellung bei der Staatsbahndirektion.

„Nur ich, ich bin ein fauler Fratz und unnützer Esser, nicht wahr, Mama?“ lachte Lisl und biß gerade mit Herzenslust in eine saftige Birne, die ihr Carlo in einer Station besorgt hatte.

„Na, es ist nicht so arg mit dir, ich bin ganz zufrieden,“ meinte die Frau Oberst und tätschelte liebevoll die Wange der Tochter. „Schließlich bist du ganz brav in der Wirtschaft und machst sehr hübsch deine Holzmalereien, die uns ja auch etwas abwerfen.“

„Ja, Lisl könnte es viel besser gehen, sehr gut könnte es ihr sogar gehen.“ – Frau Ortner hatte in New York einen Schwager, den Bruder ihres verstorbenen Gatten, der es zum Direktor einer großen Aktiengesellschaft gebracht hatte. Vor fünfundzwanzig Jahren, als ganz junger Ingenieur, war er hinübergegangen. Er hatte nur ein einziges Kind, eine Tochter, im Alter Lisls, und oft schon hatte er sich erbötig gemacht, Lisi ganz in seine Familie aufzunehmen.

„Aber man trennt sich ja so schwer,“ sagte Frau Ortner mit einem leisen Seufzer. „Vielleicht in ein paar Jahren, wenn Elly schon erwachsen ist und ich an ihr eine Stütze habe.“

„Und möchten Sie hinüber, Fräulein, hätten Sie die Courage?" fragte Carlo Zeller.

„Warum nicht? Wenn es mir nicht wegen meiner Mutter wäre, lieber heute statt morgen hinaus in die neue Welt."

„Eigentlich sollte ich auch einmal hinüber fahren, um mir die Heimat meiner Mutter anzusehen," meinte Carlo nachdenklich.

„Wirklich, Ihre Mutter war Amerikanerin?" erkundigte sich Lisl neugierig.

„Ich erinnere mich jetzt, Professor Wendrich hat mir einmal das Schicksal Ihres Herrn Vaters erzählt," meinte Frau Ortner. „Ein Schicksal, das beinahe wie ein Roman klang."

„Kann man das nicht auch erfahren?" fragte Fräulein Ortner. Sehr gespannt folgte sie seinen Worten. Ihre großen, blanken, veilchenblauen Augen hingen geradezu an seinen Lippen, mit einem Ausdruck, der mehr verriet, als bloß Neugierde: Teilnahme und aufkeimendes Gefühl.

„Vielleicht fahre ich hinüber, wenn ich meinen Doktor gemacht habe. Meine Studien will ich nicht durch eine längere Reise unterbrechen," schloß Zeller, der es instinktiv für besser fand, in Gesellschaft der beiden Damen mehr den fleißigen und strebsamen Studenten als den Flaneur und Lebemann zu betonen.

Als man am Spätnachmittag in Wien eintraf, hatte man einander eine angenehm verbrachte Reise zu verdanken und fühlte sich schon recht vertraut. Lisl Ortner hatte Carlo immer besser gefallen, so daß er sich beinahe mit ihrer so wenig mondänen Toilette ausgesöhnt hatte. Es hatte ihm eben doch einmal wohlgetan, mit einem jungen, frischen, unverdorbenen Geschöpf zu sprechen, dem Harmlosigkeit und Reinheit aus den Augen leuchtete.

Die Ortners luden Carlo Zeller sehr warm ein, sie doch einmal zu besuchen, was dieser ihnen auch, im Augenblick vielleicht wirklich von dem besten Vorsatz erfüllt, versprach.

Noch klangen die Erlebnisse in Graz, die Ermahnungen des Vormundes und die Begegnung mit Lisl Ortner in ihm nach, während er im Wagen den Weg nach Hause zurücklegte.

Eine besinnliche Stimmung umfing ihn, und er dachte, es wäre hübsch, heute abend einmal zu Hause zu bleiben, die Bibliothek zu ordnen, Lehrbücher und juristische Schriften bereitzulegen und Arbeitspläne zu entwerfen.

„Herr von Ströbl wartet drin und das Fräulein Salagna," begrüßte ihn Franz. „Sie haben mittag angerufen, wann der gnädige Herr kommt. Sie sind sehr lustig und ich habe eine Flasche Champagner kaltstellen müssen zur Begrüßung des gnädigen Herrn."

„Evviva, hoch!" schallte es ihm auf der Schwelle entgegen. Die beiden Gäste standen vor ihm, die gefüllten Kelche in der Hand. Ein großer Bund Rosen prangte auf dem Tisch. Die Salagna hing sich rechts, Ströbl links an seinen Arm: „Haben wir dich wieder!" lachte sie.

„Wo ist aber der goldbeladene Esel?" rief Ströbl.

„Alles in Ordnung!" erwiderte Carlo. Er dehnte sich, als ob Ketten von ihm abfielen. Er roch den süßen Duft einer schönen Frau und den Rauch englischer Zigaretten, sah perlenden Champagner, hörte das leise Knistern seidener Dessous: „Ja, ihr habt mich wieder."

***

Dezember war gekommen. Fröhlich schwamm Carlo im alten Fahrwasser. An der Seite der Salagna, umgeben von seinen Freunden, setzte er das Leben von ehedem fort, immer flotter und ungezügelter.

Lisl Ortner, zu der seine Gedanken anfangs häufig in unbestimmter Sehnsucht zurückgekehrt waren, auch sie war vergessen oder beinahe vergessen. Nur verblaßt tauchte noch hie und da ihr Bild vor seinem inneren Auge auf, wenn er irgendwo einem hübschen, blonden Mädel begegnete, das ihr ähnelte.

Natürlich befand er sich wiederum in Geldkalamitäten. Diesmal brauchte er jedoch nicht mehr die Hilfe Ströbls: Er suchte allein Herrn

Friedrich Herlinger auf, mit bedeutend sichererem Auftreten denn damals, und da er sich als pünktlicher Zahler erwiesen hatte, gelang es ihm nicht allzu schwer, neuerlich ein ziemlich beträchtliches Darlehen zu erlangen. Seine Beziehungen zur Salagna stellten an sein Portemonnaie eben große, allzu große Ansprüche. Nicht, weil die Sängerin Geschenke von ihm gefordert hatte. Doch die Bereitwilligkeit, mit der sie sie annahm, zeigte, daß sie solche erwartete. Und wenn auch seine Gefühle für Beate Salagna bereits im Abflauen begriffen waren, ihre Künstlerinnenlaunen und ihre nervöse Art bereits manche heftige Szene zwischen ihnen hervorgerufen hatte, so war er doch zu eitel, von seinem viel beneideten Platz neben der bekannten Soubrette abzutreten.

Er sah sich daher nach einer Einnahmequelle um und griff zu jenem Auskunftsmittel, das den Menschen seines Kreises sich am leichtesten darbot; er begann zu spielen. Und zwar anfangs mit Glück. Er riskierte nicht viel und begnügte sich mit dem bescheidenen Gewinn, der ihm gerade gestattete, sich über Wasser zu halten.

Just das Spiel aber war es, was ihn schließlich mit der Salagna entzweite. Er begann nämlich, sie zu vernachlässigen. An einem Redoutenabend im Februar kam es zum Bruch zwischen den beiden. Die Salagna erwartete Carlo nach der Vorstellung in ihrer Garderobe, sie wollten zusammen eine Redoute, ein Glanzfest der Saison, besuchen. Sie wartete vergebens. Längst war das Theater leer, die Kollegen und Kolleginnen hatten sich entfernt, Carlo aber ließ sich noch immer nicht blicken. Beate telephonierte in den Klub und erhielt durch den Diener den Bescheid, Herr Zeller könne im Augenblick das Spiel nicht abbrechen, da er die Bank halte, er bitte, das Fräulein möge ihn abholen. Übel gelaunt, erschien Beate im Klub, wo man sie sich einige Minuten im Empfangszimmer zu gedulden ersuchte. Es verging aber wieder eine hübsche Weile, ehe Carlo kam.

Ganz fahl war sein Gesicht, als er eintrat, was bei seinem brünetten Teint sehr häßlich, beinahe aschgrau wirkte. Die Salagna empfing ihn mit den heftigsten Vorwürfen wegen seiner Rücksichtslosigkeit. Carlo, desgleichen in großer Erregung, erwiderte, sie sei schuld daran, daß er eben eine große Summe verloren habe, denn er sei ihrethalben nervös gewesen und habe unaufmerksam gespielt.

„Ja, wer schafft dir denn überhaupt zu spielen?“ fuhr sie ihn an. „Laß lieber deine Hände von den Karten.“

„Wer mir zu spielen schafft?“ brauste er auf, und mit zornblitzenden, tierisch rollenden Augen schleuderte er ihr entgegen: „Für *dich* spiele ich!“

Die Salagna, die sich vor seinem wilden, so ganz veränderten Aussehen beinahe fürchtete, trat unwillkürlich einen Schritt zurück: „Für mich? Dann brauchst du in Zukunft keine Karte mehr anzurühren. Ich will nicht dabei die Hand im Spiel haben, wenn ein unreifer Junge sich um sein bißchen Geld und, wie mir scheint, auch Verstand bringt. Wir beide sind fertig, adieu.“

Sie rauschte hinaus und ließ Carlo verblüfft und ziemlich beschämt zurück. Im ersten Augenblick wollte er ihr nacheilen. Aber gleich besann er sich. Nun war wenigstens ein Ende da! dachte er mit Gefühlen der Erleichterung. Mancherlei Verpflichtungen, gesellschaftlicher wie auch pekuniärer, war er nun ledig. Geradezu befreit atmete er auf, und die leise Wehmut, die ihn denn doch anwandeln wollte, verscheuchte er schnell mit dem Gedanken an neues Erleben, neue Abenteuer. Nur kurz schwankte er, ob er in das Spielzimmer zurück oder auf den Ball sollte. Er entschied sich, gleich jetzt, heute abend noch, die neue Freiheit zu genießen.

***

Es ging schon nahe an Mittag, durch die Jalousien fiel ein goldener Frühlingstag, als Carlo erwachte.

Spät erst im Morgengrauen war er heimgekommen. Eine neue Freundin, Germaine de Vermaingaut, und er hatten einen Ausflug nach Rodaun gemacht, fast bis Mitternacht waren sie draußen geblieben, die mondbeglänzte, linde Frühlingsnacht hatte sie berauscht. Und hier, in diesem Raum, hatte sie dann bis vier Uhr morgens noch geweilt. In allen

Winkeln echote noch ihr silbernes Lachen. Dann hatte er sie nach Hause geleitet. Um diese Stunde aber saß sie wohl schon im Expreß nach Konstantinopel.

Was war diese Frau für ein herrliches Weib! Eine süße Hexe, der er rettungslos verfallen war. Er wußte es, und in den Stunden, da er frei von dem unmittelbaren Einfluß ihrer Persönlichkeit war, erschrak er oft darüber.

Die Baronin de Vermaingaut war die Gattin eines französischen Legationsrates, der dem Ministerium des Äußeren zugeteilt war und in dessen Ressort die Inspektion der osteuropäischen und kleinasiatischen Konsulate fiel. Einen großen Teil des Jahres weilte er daher fern von Paris auf Reisen und traf sich mit seiner Gattin nur zeitweilig in irgend einer großen Stadt, die auf dem Wege zwischen dem Orient und Paris lag. So hatte er mit ihr seinerzeit in den ersten Tagen des März ein Rendezvous in Wien gehabt. Über seinen Aufenthalt hinaus war Germaine noch vierzehn Tage geblieben, die sie Carlo geschenkt hatte. Mitte April war Carlo dann zu ihr nach Paris zu einem achttägigen Besuch gefahren. Und nun hatte sie wieder fast zwei Wochen in Wien geweilt.

Ja, er erschrak mitunter, wenn er an diese Liebe dachte. Denn in nüchternen Momenten bedrängte ihn die Frage: Wohin rollt mein Schicksal? Keinen anderen Gedanken hatte er mehr als den an Germaine, die ihm im Blute lag, wie keine Frau zuvor. War er mit ihr zusammen, so verschlang ihn ganz seine Leidenschaft, war er fern von ihr, verzehrte ihn die Sehnsucht. Aber es war Zeit, an eine Zukunft zu denken, eine bürgerliche Existenz sich aufzubauen. Schließlich war er auch schon übersättigt des Libertinerlebens, das er nun bereits bald vier Jahre führte. Sah er doch auch in seinem Kreise, wie einzelne, die besseren Elemente, in andere Bahnen einlenkten. Aber wie sollte ihm das gelingen, solange er in den Fesseln von Germaine schmachtete ...?

Es war ihm etwas katzenjämmerlich jetzt zumute.

Er erhob sich aus dem Bett und läutete Franz, damit ihm dieser ein erfrischendes Bad richte. Auf einem Tablett reichte ihm der Diener die Post, verschiedene Briefe und ein Telegramm.

Die Depesche war von der Wirtschafterin Wendrichs, der Professor sei schwer erkrankt und Carlo möge sofort nach Graz kommen.

Zeller war nach dem Ton des Telegramms nicht im Zweifel darüber, daß es sich um die Auflösung des alten Herrn handle.

Mit dem nächsten Schnellzug reiste er. Als Carlo im Hause Wendrichs eintraf, lag dieser bereits in Agonie. Er erkannte das Mündel nicht mehr.

Gegen Morgen hatte Adalbert Wendrich noch einige lichte Augenblicke, in denen er Carlo ermahnte, dem Namen seines Vaters keine Schande zu bereiten und ein rechter Mann zu werden. Mit Tränen in den Augen gelobte Carlo dem Alten und sich, diese Ermahnungen endlich zu beherzigen.

Zwei Tage später trugen sie Professor Wendrich zu Grabe.

Einem Grazer Advokaten übertrug Carlo die Abwicklung seiner Angelegenheiten. Da er von seinem vierundzwanzigsten Geburtstag nicht mehr weit entfernt war, wollte er es erreichen, daß er bereits für majorenn erklärt und ihm sein Vermögen ausgefolgt werde.

Nach Wien zurückgekehrt, fand Carlo zahlreiche Beileidsbriefe vor. Ein Brief von Frau Oberst Ortner und ihrer Tochter Lisl war darunter, in dem ihm Lisl zum Schlusse vorwurfsvoll fragte, warum er sein Versprechen, sie zu besuchen, nicht gehalten habe.

Irgendwie warm und wohl wurde ihm bei dem Gedanken an dieses frische, blankäugige Mädel. Aber dann fiel sein Blick auf die Photographie von Germaine de Vermaingaut dort über seinem Bett im Silberrahmen und schnell waren die Farben der Erinnerung an Lisl verblaßt.

Aber auch geschäftliche Briefe hatte er vorgefunden. Herr Friedrich Herlinger, bei dem er mit einer ziemlich großen Summe hing, mahnte nun, es mahnte der Juwelier Jönig, dessen Bekanntschaft Kehlhausen vermittelt hatte, und der erst vor mehreren Wochen nicht auf die selbstloseste Weise Carlo aus der Klemme geholfen hatte, es mahnten Lieferanten und Professionisten. Carlo nahm einen Bleistift und machte eine Aufstellung aller seiner Verbindlichkeiten. Es ergab sich, daß er ein gut Teil seines Vermögens aufgebraucht hatte. Nach dieser niederschmetternden Erkenntnis stand es für Carlo nunmehr fest, daß er, wenn er ein jämmerliches Ende vermeiden wollte, mit aller Kraft schleunigst daran gehen mußte, seine Studien zu beendigen und sich nach einer Stellung umzusehen.

Er suchte einen stadtbekannten Einpauker auf, mit dem er einen Arbeitsplan für die nächsten Monate entwarf, und bei dem er die Skripten jener Vorlesungen entlehnte, die er versäumt und über die er die nächste Prüfung abzulegen hatte. Gleichzeitig ließ er sich in einen Ausbildungskurs einer Handelsschule einschreiben.

Es brach nun für ihn eine Zeit ernster Tätigkeit an. Nicht leicht fiel es ihm mehr, zu lernen. Sein Gehirn war dieser Beschäftigung entwöhnt, sein ganzes Denken undiszipliniert und fahrig, es fehlte ihm an Konzentration. Aber ein glücklicher Zufall wollte es, daß er in den nächsten Wochen so ziemlich sich selbst überlassen blieb, daß sich ihm keine Ablenkung, keine Verführung bot. Ein besonders heißer Sommer war hereingebrochen, früher als sonst hatten heuer seine Freunde die Großstadt verlassen. Carlo saß bei heruntergelassenen Jalousien im Arbeitszimmer, plagte sich mit Paragraphen und suchte das Wesen der doppelten Buchführung zu erfassen. Wie ein Asket verscheuchte er die verlockenden Gebilde, die seine Phantasie über Lehrbücher und Gesetzessammlungen hinweg vor ihm gaukeln ließ: Sommertage irgendwo am Meer oder in den Dolomiten, Sommertage in heiterer Gesellschaft, aus der die kleine zarte Gestalt der Baronin de Vermaingaut immer am deutlichsten hervorsprang.

Gegen Ende November hatte er den Handelskursus absolviert und konnte mit erträglichem Erfolg die Prüfung ablegen. Mit dem Jus jedoch wollte es gar nicht vorwärts gehen. Hier handelte es sich um eine Materie, die er nur schwer seinem Gedächtnis einverleibte und noch schwerer behielt. Immer öfter stellte er sich die Frage, ob er mit diesem qualvollen Büffeln nicht doch nur seine jetzt so überaus kostbare Zeit verliere. Und als ihm selbst sein Einpauker von der Fortsetzung der juristischen Studien abriet, gab er sie schweren Herzens endlich auf.

Sehr mißmutig, unzufrieden mit sich und der Welt, war Carlo in diesen Tagen. Es war ein Wunsch seines verstorbenen Vaters gewesen, daß der Sohn einen akademischen Grad erreiche, und auch ihm selbst, Carlo, hätte es geschmeichelt, den Doktortitel tragen zu dürfen. Fast beschämt mied er in dieser Zeit sogar das Zusammentreffen mit seinen engsten Freunden.

An einem trüben Wintertag aber hatte er eine Begegnung, die ihn wieder aufrichtete und aus seiner Apathie riß. Er traf nämlich, als er gedankenverloren in der Dämmerung über die Mariahilferstraße schlenderte, Lisl Ortner. Fast hätte er sie in ihrem braunen Winterkostüm, einem billigen Fuchs, der sie aber sehr gut kleidete, um den Hals, nicht wiedererkannt.

Sie aber trat ihm in den Weg und sprach ihn an: „Halten Sie alle Ihre Versprechungen so, Herr Zeller? – Gar nicht schön haben Sie sich gegen uns benommen, gar nicht schön.“ Und sie schmollte noch ein wenig und verzog das Mäulchen, aber bald war sie versöhnt.

„Kommen Sie doch in ein Kaffeehaus und lassen Sie uns gemütlich plaudern,“ lud er sie ein.

„In ein Kaffeehaus? Wenn uns jemand miteinander sieht, ist die Tratscherei fertig. Und um acht Uhr muß ich zu Hause sein, spätestens, sonst ist Mama besorgt,“ zögerte sie.

„Haben wir zwei vor den anderen etwas zu verbergen? Um acht Uhr bringe ich Sie nach Hause, und wenn Sie erlauben, sage ich Ihrer Frau Mama noch guten Abend.“

„Das ist etwas anderes!“ Sie folgte ihm in ein nahes Kaffeehaus, wo sie sich in einer Fensternische niederließen.

Geradezu der liebe Himmel mußte ihm die Lisl Ortner in den Weg geschickt haben. Sein übervolles Herz eröffnete sich ihr, natürlich und frei gab er sich, und aus dem Gefühl heraus, zu einer anteilfähigen Seele zu sprechen, vertraute er ihr, als wäre sie sein bester Kamerad, seine Kümmernisse an. Aufmerksam hörte sie ihm zu, und erst als er geendigt hatte, ergriff sie das Wort, um ihn zu trösten, ihm Mut zuzusprechen, über seine Gegenwart ein freundliches Licht zu breiten. Bis er wirklich wieder von Vertrauen und Hoffnung erfaßt wurde. Er war in praktischen Dingen eigentlich recht unerfahren, sie aber hatte die Weisheit des braven Hausmütterchens. Sie gab ihm Ratschläge, wie er seinen Haushalt einrichten solle, um weiter behaglich und doch nicht so kostspielig zu leben.

„Was brauchen Sie denn einen Diener, Herr Zeller? Genügt es Ihnen nicht, wenn Ihnen die Hausbesorgerin aufräumt und die Wohnung in Ordnung hält. Und ein Zimmer sperren Sie halt ab, große Gesellschaften geben Sie jetzt ohnehin nicht. Sie müssen sich das jetzt gut einteilen mit Ihrem Geld, damit es so lange vorhält, bis Sie zu einer einträglichen Stellung gelangt sind."

Und während sie so sprach, ihn anblickte und belehrte, schaute er sie an und freute sich an dieser Erscheinung voll Gesundheit und Anmut und Keuschheit. Als sie aber diesen Blick der Bewunderung fühlte, wurde sie etwas unsicher und errötete.

Sie blickte auf die Uhr: „Oh, jetzt heißt's aber eilen," sagte sie und erhob sich.

Die Ortners wohnten ziemlich weit draußen, in der Mariahilfer Vorstadt, in der Stumpergasse. Eine Zeitlang ging Carlo schweigend neben Lisl her. Und plötzlich sagte er ganz aus seinen Gedanken heraus: „Wissen Sie, Fräulein Lisl, das ist doch wunderbar: verbummelt und materiell recht bedrängt und stellungslos, wie ich jetzt bin, habe ich doch manchmal das Gefühl, daß ich die Bestimmung zu irgend etwas Besonderem, zu irgendeiner – lachen Sie mich nicht aus – irgendeiner Tat habe. Ich habe gerade in den letzten Wochen, wo ich mich sozusagen zu mir zurückfand, Momente gehabt, in denen die Erkenntnis über mich kam, daß dieses Leben, das ich bis vor kurzem gelebt, gar nicht das meinige, gar nicht das mir gehörige ist, und daß ich ganz, ganz andere Bahnen zu gehen habe. Welche Bahnen freilich, das weiß ich nicht."

„Sie müssen eben jetzt warten, bis das Schicksal Ihnen einen Wink gibt," sagte sie.

„Und Sie, liebes Fräulein Lisl, möchten Sie auch ein bißchen aufpassen und neben mir stehen, damit ich solch einen Wink nicht übersehe?" fragte er sie impulsiv.

Sie gab ihm keine Antwort und blickte zu Boden. Aber als er jetzt nach ihrer Hand faßte und sie drückte, erwiderte sie leise diesen Druck.

Frau Oberst Ortner nahm ihn trotz der späten Stunde auf ihre ungezwungene und herzliche Art auf und nötigte ihn, zum Abendbrot zu bleiben, das sie zu viert, am unteren Ende des Tisches die kleine Elly, ein schlanker, hübscher Backfisch mit kurzgeschorenem Haare, einnahmen.

***

„Ja, natürlich, soll geschehen," erwiderte Clemens von Ströbl, sich behaglich in ein Fauteuil zurücklehnend und eine Zigarette in Brand steckend. „Schon morgen spreche ich mit meinem Alten, der soll dann beim Direktor Walter der Industriebank, mit der unsere Firma ja eng liiert ist, ein gutes Wort für dich einlegen. Das ist gescheit von dir, daß du die fade Geschichte mit dem Jus endlich an den Nagel gehängt hast."

Seit diesen Worten Ströbls in der Bar des Hotels Bristol waren vierzehn Tage vergangen. Carlo war schon einigemal mit Clemens zusammengetroffen, aber dieser war nicht auf die Angelegenheit zurückgekommen. Nun begann Zeller selbst davon zu sprechen, während sie zusammen im Turnsaal des Klubs standen, bereit, Hantelübungen zu machen.

„Sag einmal, Clemens, wie steht denn die Sache mit der Industriebank? Du weißt, daß es mir jetzt einigermaßen eilig ist."

Ströbl wurde sichtlich verlegen. „Ja, lieber Carletto, mit der Industriebank ist leider gegenwärtig nichts. Keine Vakanzen dorten. Es kann ja unter Umständen eine Stellung im Sekretariat frei werden, aber wann, das ist nicht genau vorauszusehen. Ich weiß das schon seit einigen Tagen, ich wollte an einer anderen Stelle auch anklopfen für dich, in der Austriabank, wo mein Vetter Robert im Rechtsbureau arbeitet."

„Nun, und welches Resultat?"

„Ich habe ihn leider bis jetzt nicht sprechen können; ich werde im Laufe der nächsten Tage einmal zu ihm hinaufschauen. So dringend ist es für dich schon, einen Posten zu haben?"

Carlo nickte.

„Geht's mit dem Geld schon zu Ende?"

Carlo hörte mit scharfem Ohr aus dieser Frage das lauernde Mißtrauen. Nie war es ihm so klar zu Bewußtsein gekommen, wie in diesem Augenblick, daß man ihn glatt fallen lassen würde, wenn er nicht mehr in der Lage wäre, gesellschaftlich mitzutun. Er warf den Kopf hochmütig in den Nacken: „Davon kann nicht die Rede sein. Aber ich habe eben bereits genug von dem Bummelleben. Du bist ja jetzt auch tätiger als früher."

„Richtig. Naja, wenn du die Sache beschleunigen willst, mußt du dich auch sonst umtun, alle Hoffnungen darfst du nicht auf mich setzen."

Nun wußte Zeller wenigstens, woran er mit Ströbl war. Und er beschloß, heute noch mit Kehlhausen zu sprechen, dem man ebenfalls gute Beziehungen nachrühmte, ferner mit Herrn Kommerzialrat Anbelang, Vorstandsmitglied des Klubs, ein Großindustrieller, der in vielen Verwaltungen saß. Und Lisl Ortner, die er noch am selben Abend – wie beinahe jeden Abend jetzt – im Kaffeehaus in der Mariahilferstraße traf, riet ihm, es auch mit einem Inserat in einer großen Tageszeitung zu versuchen. Ach ja, wenn er Lisl in dieser Zeit nicht gehabt hätte! Immer mehr entpuppte sie sich als sein einziger Freund, als sein bester Kamerad. An den Tagen, an denen sie einander aus irgend einem Grund nicht sehen konnten, kam er sich sehr einsam vor. Liebte er sie – liebte sie ihn? Nie war von Liebe zwischen ihnen gesprochen worden, der Ton, in dem sie miteinander verkehrten, war wohl ein herzlicher und vertrauter, aber nie ein vertraulicher, von einem Flirt, wie er so viele früher mit jungen

Mädchen aus der großen Welt gehabt hatte, war bei diesen Beziehungen nicht die Rede. Aber wenn er in ihrer Nähe war, da fühlte er sich irgendwie geborgen, wenn er neben ihr saß, wallte schneller sein Blut, und sein Herz klopfte stärker, und er war so glücklich, und oft, oft war es ihm, als müßte er sie an sich reißen: „Du, du, dich habe ich gesucht, immer nur dich, und nun, da ich dich gefunden habe, lasse ich dich nicht mehr."

Aber wozu von solchen Dingen sprechen? warnte ihn eine innere Stimme. Daß auch sie ihm gut war, fühlte er. Die Möglichkeit einer Vereinigung stand noch in weiter Ferne. Einander durch Geständnisse zu erhitzen, hieß für sie beide, die sie jung und lebenshungrig waren, unnötige Qualen heraufbeschwören. Denn bei einem Mädel wie Lisl wäre es Verbrechen gewesen, an eine andere Vereinigung als an eine legitime zu denken.

***

Drei Monate lang bewarb sich Carlo nun bereits emsig um eine Stellung. Noch immer nichts. Weder die Interventionen seiner Freunde, die freilich sehr lässige gewesen sein dürften, noch eigene Wege, noch Inserate, noch Offerte hatten geholfen. Wenn er der Hoffnung gewesen war, sein Verkehr in den besten Kreisen Wiens könnte ihm diesmal bei seinem Fortkommen nützen, so sah er sich jetzt bitter enttäuscht. Man hatte ihn als jungen, hübschen Menschen aus guter Familie, von angenehmen Manieren und als flotten Tänzer gern gesehen, doch seine sonstigen Qualitäten schätzte man nicht allzu hoch ein. Und irgend eine Persönlichkeit, auf die man etwas geben mußte, stand weder als Protektor noch als Verwandter oder Freund hinter ihm. Man vertröstete ihn, schweifte vom Thema ab, sprach mit ihm von gesellschaftlichen oder sportlichen Veranstaltungen und entließ ihn mit einem echt wienerisch unverbindlichen: „Wir werden schon sehen, lieber Herr Zeller!"

Seine Stimmung wurde immer verzweifelter. Er mußte untätig sein, verdienstlos und dabei mit ansehen, wie sein Vermögen dahinschmolz. Wohl hatte er sich gewisse Einschränkungen auferlegt, aber darin so weit zu gehen, um mit den Zinsen seines Besitzes das Auslangen zu finden, wäre nur durch einschneidende Änderung seiner Lebensführung notwendig gewesen, durch Auflassen der Wohnung, Austritt aus dem Klub, Zurückziehen von seinem bisherigen Verkehr, – er wäre sich dann geradezu als deklassiert vorgekommen, und seine Chancen, eine Stellung von einigem Ansehen zu erlangen, als Privatsekretär oder Sekretär in einer Bank oder in einem großen, industriellen Unternehmen, kurz, eine Stellung, die einen repräsentativen, fähigen, eleganten Menschen erforderte, wären noch ungünstiger gewesen. Damals meinte Carlo in seiner jugendlichen Ahnungslosigkeit, bitterere Tage werde er nie mehr durchzumachen haben, wenn diese Krise einmal überwunden sein werde.

Aber auch über das Haus Ortner waren unfrohe und traurig bewegte Wochen hereingebrochen. Schon längere Zeit war Lisl, die früher so frische und muntere, beim Zusammensein mit Carlo still und beklommen, ohne ihm auf sein Drängen Aufklärung über diese Veränderung ihres Wesens zu geben. Und wenn er im Hause oben erschien, bemerkte er auch in Mienen und Gebaren von Frau Ortner und Elly Bangen und Sorge. An einem Sonntag nachmittag nun, es war anfangs Februar, platzte Carlo mitten in eine Familienszene hinein: er fand Lisl tränenüberströmt, die Hände vors Gesicht geschlagen, in einer Sofaecke kauernd. Frau Ortner stand hochrot und sehr erregt vor ihr, Elly drückte sich verschüchtert in eine Ecke.

„Um Gottes willen, was ist denn geschehen?“ entfuhr es dem erschrockenen Carlo.

„Sehr gut, daß Sie gerade jetzt kommen, Herr Zeller, sehr gut,“ wandte sich Frau Ortner an ihn: „Sie sind ja ein Freund unserer Familie, Sie sollen alles erfahren und sollen uns raten.“ Sie hieß ihn, sich an den runden Mitteltisch niedersetzen, und während vom Sofa her von Zeit zu Zeit ein Aufschluchzen Lisls herüberkam, erzählte sie:

„Sehen Sie, Herr Zeller, wir können einfach nicht mehr weiter. Es ist ja wahr, der Artur ist heute schon Leutnant in Josefstadt und die Elly hat ihren Posten bei der Staatsbahndirektion. Aber der arme Bursch kann von seiner Gage halt doch nicht leben, und das kleine Salär der Elly hilft auch nicht viel, denn alles, Sie wissen ja, wird von Tag zu Tag teurer, die Lebensmittel, die Schuhe, die Kleider, jetzt sind wir auch im Zins gesteigert worden. Ich weiß wirklich nicht mehr, wo ein und aus. Nun ist vor einiger Zeit wieder ein Brief meines Schwagers aus New York gekommen, wir haben Ihnen ja von ihm erzählt, und er schreibt mir wieder, ich soll mir doch das Leben erleichtern und Lisl hinüberschicken. Mein Gott, leicht gibt man ja sein Kind nicht aus dem Haus, leichten Herzens, das dürfen Sie nicht glauben, schickt man sein Mädel nicht übers Meer – aber wenn's nicht anders geht! Uns allen wäre es eine große Erleichterung. Lisl könnte sorglos, ja in Luxus leben, ich hier würde das eine Zimmer vermieten, und für Elly und mich langt es zur Not gerade noch. Aber nun denken Sie sich: Während die Lisl früher immer sagte, sie möchte ganz gern zum Onkel, jetzt auf einmal will sie nichts davon wissen, *unverständlicherweise*. Sie sträubt sich mit Händen und Füßen! Grund für ihre Weigerung gibt sie mir keinen an. Vielleicht können Sie mehr aus ihr herausbekommen oder ihr gar den Kopf zurechtsetzen. – Was nur in das Mädel gefahren ist!“

Blutübergossen und sehr betreten saß Carlo da. Es wollte ihm scheinen, als hätte am Schlusse der aufgeregten Erklärung der Frau Ortner dort, wo sie von der unverständlichen Weigerung Lisls sprach, ein ziemlich scharfer, gegen ihn gerichteter Vorwurf herausgeklungen.

„Ich werde mit Fräulein Lisl sprechen, wenn sie ruhiger ist,“ sagte er.

Langsam versiegten Lisls Tränen, man setzte sich an den Tisch und versuchte, ein gleichgültiges Gespräch zu führen, das sich allerdings nur schwer vorwärtsschleppte.

„Möchten Sie mir die Freude machen und mit mir in ein Kino kommen, Fräulein Lisl?“ fragte Carlo, nachdem sie den Tee eingenommen hatten, denn ihm war darum zu tun, aus dem Haus zu kommen. „Es wird Sie zerstreuen.“

Lisl, die ihn verstand, willigte ein, und da auch Frau Ortner gegen einen gemeinsamen Kinobesuch nichts einzuwenden hatte, brachen die beiden bald auf.

Wortlos gingen sie über die Mariahilferstraße dem Ring zu. An den Kinos, die mit großen Plakaten lockten, schritten sie vorbei. In die Innere Stadt führte Carlo Lisl in ein ganz altes Viertel hinter dem Stephansdom.

„Wohin gehen wir?“ fragte sie.

„Sie haben doch Vertrauen zu mir? Ich kenne eine italienische Weinstube, in der es um diese Stunde ziemlich leer sein dürfte. Wollen Sie?“

Lisl nickte.

Sie bogen in ein enges, winkeliges Gäßchen ein und betraten nach einigen Schritten den niederen, gewölbten Raum des Weinlokales. Wie Carlo es vorausgesagt hatte, war es fast leer hier. Sie setzten sich in eine offene Loge, in der sie recht abgeschlossen waren.

„Warum wollen Sie nicht nach New York, Lisl?“ Und als sie ihm keine Antwort gab, fügte er mit halblauter Stimme hinzu: „Ist es meinetwegen?“

Sie senkte tief den Kopf und hauchte nur: „Ja.“

„Lisl!“ schrie er beinahe auf, und riß sie an sich. Sie bog, die Augen geschlossen, den Kopf zurück, und lange lagen ihre Lippen aufeinander. In dieser Stunde verlobten sie sich, versprachen sich einander fürs ganze Leben. Und dann, ganz eng zusammengerückt, Hand in Hand, besprachen sie die Zukunft.

Lisl sollte sobald als möglich nach New York. Carlo würde seine Anstrengungen verdoppeln, damit er ehestens einen Posten erhalte. Sei er aber einmal in Stellung, dann wollten sie ihre Verlobung publik machen, und mit dem nächsten Dampfer sollte sie zurückkehren zur Hochzeit. Gelänge es ihm aber nicht, in Wien unterzukommen, nun – so würde er ihr eben nach New York folgen! Jung und arbeitslustig war er, sprachenkundig, ohne einen Heller in der Tasche würde er auch nicht die Neue Welt betreten, warum sollte ihm nicht gelingen, was so vielen anderen gelungen war, es drüben zu Ansehen und Reichtum zu bringen?

Der Ruf in die Ferne – vielleicht ist das der Wink des Schicksals, vielleicht wartet dort meine Bestimmung auf mich!

Lisl Ortner traf ihre Reisevorbereitungen. Sie nähte und flickte und hatte alle Hände voll zu tun, um rechtzeitig fertig zu werden, denn am 10. März ging schon ihr Dampfer ab. Carlo aber, der nicht wollte, daß seine kleine Braut in allzu dürftiger Ausstattung hinüber käme und vielleicht über die Achsel angesehen würde, wurde wieder vom Leichtsinnsteufel gepackt, streifte durch die Geschäfte und machte Besorgungen. Das eleganteste Reisenecessaire, das er fand, brachte er Lisl, Frau Ortner es harmlos als ein Abschiedsgeschenk an seine liebe Freundin darstellend. Im geheimen jedoch steckte er Lisl noch jeden Tag irgendein Päckchen zu: ein Dutzend Seidenstrümpfe, ein Paar seidene Abendschuhe, ein Flakon französischen Parfüms, einen Reiseschal. Auch der Verlobungsring durfte nicht fehlen, den sie sich erst anstecken durfte, sobald sie im Zuge saß, denn vor der Mutter wollten sie sich als Verlobte erst erklären, wenn für sie die Möglichkeit bestand, einander zu ehelichen. Sie fürchteten beide, Mama Ortner könnte von diesem augenblicklich etwas aussichtslos aussehenden Verlöbnis nicht sonderlich erbaut sein. Aus gelegentlichen Äußerungen von ihr wußte Lisl, daß sie sich mit der Hoffnung trug, die Tochter könnte drüben in Amerika eine gute Partie machen.

Im Fluge vergingen die paar Wochen bis zu Lisls Abreise.

Es war am 9. März. Carlo war eben aus dem kleinen Gasthaus in seiner Nachbarschaft, in dem er seit Entlassung seines Dieners das Mittagmahl einzunehmen pflegte, nach Hause gekommen. Er war im Begriff, sich auf dem Sofa ein wenig auszustrecken, als es draußen läutete. Erstaunt über einen Besuch zu solcher Stunde, ging er hinaus, die Türe zu öffnen. Vor ihm stand Lisl. Verschämt war sie, ganz schüchtern, und doch die blauen Augen leuchtend vor Freude.

„Vor dem Abschied, Carlo, wollte ich mir doch einmal dein Heim anschauen, damit ich mir auch das Bild von den vier Wänden mitnehmen kann, zwischen denen du lebst!“

Erregt und bewegt führte Carlo sie in sein Arbeitszimmer. Mit einem glücklichen Lächeln sank sie an seine Brust. Unter Lachen und unter

Tränen saßen sie zwei Stunden lang beieinander. Nicht leicht fiel es ihm, das junge, blühende Geschöpf in den Armen, das sicherlich seinen Wünschen keinen starken Widerstand entgegengesetzt hätte, Herr seiner Sinne zu bleiben. Aber er bezwang sich, und ihre zärtlichen Blicke sagten ihm Dank für seine ehrenhafte Haltung.

Am nächsten Morgen dann, es war ein regnerischer Märztag mit fast winterlichen Schauern, standen sie alle an dem Waggon, aus dessen Fenster Lisl Ortner ihnen die letzten Abschiedsworte zurief. Sie war guter Dinge, oder sie tat wenigstens alles, die Rührung und den Trennungsschmerz sich nicht merken zu lassen.

Der Leutnant Artur Ortner, der zur Verabschiedung der Schwester nach Wien gekommen war, lächelte unsicher, aber in strammer, militärischer Haltung. Carlo Zeller stand etwas abseits, ziemlich stumm. Aber der letzte Ruf, als der Zug aus der Halle rollte, kam von ihm: „Auf Wiedersehen, Lisl!"

Carlo setzte seine Bemühungen zur Erlangung einer Stelle fort, aber mit stets geringeren Erfolgen. Wo sich ihm ein Posten bot, war's immer ein ganz niederer, der ihm nur demütigend erschien und gar nicht die Möglichkeiten geboten hätte, einen Hausstand zu gründen. Diejenigen, die sich einmal seine Freunde genannt und mit denen er auch rein äußerlich den Umgang noch aufrecht hielt, kümmerten sich gar nicht mehr um seine Privatangelegenheiten. Und er sprach mit ihnen auch nicht mehr darüber, da er schon wußte, wie wenig echter Teilnahme er dort begegnete. Von Lisl kamen fleißig Briefe. Sie war im Hause des Onkels gut und liebevoll aufgenommen worden, befand sich wohl, und die Sehnsucht nach Carlo quälte sie und trübte ihre Tage. Solche Briefe waren natürlich nicht geeignet, Carlos Geduld zu stärken. Da kam Ende Juni die Stunde über ihn, da er sich sagte: „Genug des fruchtlosen Suchens hier, jetzt hinüber zu Lisl." In einem von Leidenschaft durchzitterten Brief teilte er ihr diesen Entschluß mit.

Er ging an den Verkauf seiner Möbel, er machte zu Geld, was sich irgendwie verwerten ließ.

Gerade jener Brief aber, mit dem er Lisl seine baldige Ankunft angezeigt hatte, blieb unbeantwortet.

Er war vermutlich verloren gegangen. Carlo wiederholte den Inhalt in einem zweiten Schreiben, in dem er sich auch beschwerte, solange von ihr ohne Nachricht zu sein.

Der Erlös seiner Einrichtung wie sein restliches Bargeld sicherten ihm für die erste Zeit in Amerika noch immer eine gewisse Unabhängigkeit.

Den Freunden erzählte er, daß er einen nicht allzu lang währenden Besuch bei Verwandten in New York vorhabe; er wollte lästiges Fragen und Gerede vermeiden. Es belustigte ihn sehr, als er wahrnahm, wie sein Ansehen durch diese Reise wieder gehoben wurde. Man gab ihm sogar einen fidelen Abschiedsabend bei Sacher.

Von Frau Ortner verabschiedete er sich, als ob er eine Sommerreise anträte. Wie wird die gute Frau überrascht werden, wenn meine erste Nachricht aus New York kommt! – dachte er voll innerer Fröhlichkeit.

Ganz allein, ein Einsamer, in dem wehmütigen Bewußtsein, niemand zurückzulassen, dem er fehlte, aber auch in dem freudigen, glücklichen, dem einzigen Menschen entgegenzuziehen, der sich nach ihm sehnte, fuhr er an einem Augusttag vom Wiener Nordbahnhof ab.

## III. Teil
## Der farbige Gentleman

Ende August. Die Hamburger Sonne brennt nicht mehr, aber sie wärmt behaglich. Und die gebräunten Herren und Damen, die vor dem Alsterpavillon sitzen oder an ihm vorbei den Jungfernstieg entlang wandeln, freuen sich dieses letzten Sommergeschenkes, das ihnen den Übergang von den Festen an der See oder in den Bergen zum Großstadtleben erträglicher macht. Carlo Zeller sitzt lässig dahingestreckt in einem Korbstuhl und beobachtet mit Interesse das lebhafte Bild ringsum. Eine blonde deutsche Welt, denkt er, ganz anders als in Wien, wo sich der Okzident langsam mit dem Orient zu mischen beginnt.

Prachtvolle, breitschulterige Männer mit von der Sonne fast weißgebleichtem Haar und tiefgebräuntem Gesicht, aus dem die blauen Augen gutmütig und freundlich leuchten. Die Frauen fast ausnahmslos blond, groß, schwer, das Mütterliche schon um die dreißig herum stark betonend, für Wiener Geschmack auf zu festen Füßen wandelnd, zu betont solid und brav. Die Mädchen aber! Schlank und rank mit blitzblauen Augen, aus denen das zurückgehaltene Temperament mit jedem koketten Blick sich verrät. Und sie verstehen zu kokettieren, die Hamburger Mädeln! „Donnerwetter!" entfährt es fast Carlos Lippen, als er sich klar darüber geworden ist, daß ein nicht unbeträchtlicher Teil der Mädelblicke ihm gelten und immer wieder da und dort ein junges, schlankes Ding in langsamem Vorbeischlendern den Blondkopf nach ihm kehrt. Schön lebt es sich unter blonden Menschen, und am Ende mag der Narr in Wien, der eine Zeitschrift herausgab, um für die Blonden gegen die Schwarzen zu kämpfen, gar nicht so unrecht haben. Die Gedanken Carlos fliegen nach Wien und von dort über den Ozean. Warm steigt es in ihm auf. Lisl, du gutes, blondes, bald bin ich dort, wo du atmest und lebst! Wie hingebungsvoll und weich sie ihn damals beim Abschied geküßt hatte, wie die Sehnsucht ihrer jungen Sinne sie ihm entgegengetrieben! Hätte er wollen, so würde er sie wie eine reif gewordene Frucht genommen und genossen haben. Aber nein, das hatte nicht sein dürfen, wäre Verbrechen gewesen! Lisl mußte in Ehren errungen, in Sicherheit und Glück gehalten werden. Nun hieß es, drüben kämpfen und ringen, bis er so dastand, daß er Lisl zu seiner Frau machen konnte.

Carlo biß sich auf die Lippen und krampfte, von jähem Zorn erfaßt, die Hände. War Lisl überhaupt noch sein? Warum schrieb sie ihm nicht mehr? In den ersten Wochen Brief auf Brief und dann kein Sterbenswörtchen mehr, keine Antwort auf sein letztes leidenschaftliches Schreiben. Sollte sie drüben einen anderen lieben gelernt haben? Nein, dann würde sie ihm erst recht geschrieben haben. War sie krank? – Unsinn, dann hätte sie ihre Kusine veranlaßt, ihm zu schreiben! Carlo scheuchte mit einer Handbewegung die bösen Gedanken fort. Pah, ein

Brief über das Wasser geht leicht verloren, sie mag geschrieben und von ihm keine Antwort bekommen haben, und er hatte eben, als er keine Nachricht mehr bekam, es unterlassen, abermals und immer wieder zu schreiben. Und nun wartete sie und träumte vom Wiedersehen, wie er hier in Hamburg.

Der letzte schräge Sonnenstrahl verschwand plötzlich. Carlo begann zu frösteln, zahlte und stürzte sich in den Menschenstrom. Heute früh war er aus Wien angekommen, morgen vormittag verließ die „Alemannia", auf der er seine Kajüte hatte, Cuxhaven, also galt es, heute abend noch das berühmte Hamburger Nachtleben kennen zu lernen.

St. Pauli mit seinen hundert Schänken und Singspielhallen, die mit grellen Lichtern, gellendem Tamtam und riesigen Plakaten die Tausende und Zehntausende von Matrosen aus aller Herren Länder einladen. Denn diese Matrosen sind junges Blut und nach wochenlangem Seeleben ausgehungert nach dem, was ihnen Genuß und Lebensfreude dünkt, und das mühsam erworbene Geld klimpert ihnen lose in den Taschen. Im „Grazienheim" herrschte helle Begeisterung. Ein freches, junges Ding mit langen Knabenbeinen in schwarzen Seidenstrümpfen und fast unverhülltem Oberkörper hatte eben den neuesten Operettenschlager mit kreischender Kinderstimme gesungen und dabei die Zweideutigkeiten durch entsprechende Gesten so trefflich illustriert, daß das Publikum, an Pfeffer und Würze gewöhnt, vor Vergnügen kreischte und johlte. Immer wieder mußte die Soubrette, die sich Amadea di Risitta nannte und sicher in der Berliner Ackerstraße zur Welt gekommen war, sich verneigen und Kußhände werfen, bis sie schließlich nur mehr die langen Beine unter dem niedergegangenen Vorhang vorstreckte und mit ihnen zum Gruß zappelte.

Carlo lachte fröhlich mit. Hier ist man handgreiflicher in der Erotik und derber als in Wien, aber im Kern bleibt es dieselbe Gier nach Lust an Obszönitäten, die alles versprechen und sofortige Erfüllung unmöglich machen. Carlo wollte dieses Thema philosophisch fortspinnen, aber die Sprunghaftigkeit seines Wesens führte ihn auf Abwege, er dachte wieder an die Wiener Frauen zurück, Lisl, keusch und zart, wie eine junge Blume, erschien vor ihm, Sehnsucht und schwüle Sinnlichkeit trübten und zerrissen seine Gedankenreihe, er stürzte hastig ein Glas Wein hinunter und fuhr erschreckt auf, als oben auf dem Podium drei Neger einen mächtigen Lärm schlugen und mit schweren und doch beweglichen Füßen den Boden hämmerten. Eine Pause trat ein, die Künstler mischten sich unter das Publikum, das ihnen die Gläser entgegenstreckte, das kleine Mädel mit den lasterhaften Beinen wurde von zwei behäbigen Männern in Kapitänsuniform in die Mitte genommen, einer der tanzenden Neger schlenderte an Carlo vorbei, fixierte ihn und ließ sich an seinem Tisch nieder.

Carlo fühlte sich irgendwie unangenehm berührt. Der Neger, der von der Anstrengung des Tanzes noch schwitzte, strömte einen scharfen, säuerlichen Geruch aus und Carlo drückte sein mit Kölnischem Wasser durchtränktes Taschentuch an die Nase. Blitzschnell aber flog eine Erinnerung durch sein Hirn. Einmal, nach einem Tennis in Madonna di Campiglio, hatte ihn Hella Bühler mit ihrem feinen Näschen beschnuppert und dann gesagt: „Wissen Sie, Carlo, Sie riechen ganz anders als andere Männer. Nach Muskatnuß, Zimt und Essig möchte man glauben." Er hatte mit einer Frivolität erwidert. Hella hatte aufgelacht, das war alles. Und nun fiel ihm ein, daß dieser schwarze Kerl an seinem Tisch eigentlich auch nach Muskatnuß, Zimt und Essig roch.

Angewidert, beleidigt, rückte Carlo ab. Und als der Neger ihn in einem schrecklichen Kauderwelsch ansprach und fragte, ob er immer in Hamburg lebe, da erwiderte er fast unhöflich, trocken. Was ging ihn dieser schwarze Kerl an, der aus einer ganz, ganz anderen Welt stammte, mit der ihn nichts verband? Nichts – als ein Tropfen Blut. Verwundert sah Carlo um sich: Wer hatte das von dem Tropfen Blut gesagt? Es war seine eigene Stimme, nur von ihm gehört, gewesen. Carlo schrie zahlen, daß sich die Leute nach ihm umsahen. Verdammter Blödsinn, der Teufel soll diese Hitze und den Qualm holen! Wie benebelt, schlenderte Carlo ins Hotel Atlantic zurück. In der Nacht aber träumte er von seinem schönen, blonden Vater, von Lisl, von einem Neger, der ihn an sich riß, und von einem Spezereiladen, aus dem es schrecklich nach Muskatnuß, Zimt und Essig roch.

***

Ein Sonderzug brachte Carlo und die anderen tausend Passagiere der „Alemannia“ am nächsten Morgen nach Cuxhaven, wo das Riesenschiff bereit lag und sich die letzten Kolli und Kisten in seinen mächtigen Leib versenken ließ. Carlo besichtigte seine schöne, im Mittelraum nach außen gelegene Kabine erster Klasse, dann ging er auf Deck und mischte sich unter die Abschiednehmenden, Freudigen, Traurigen, Nervösen und Aufgeregten. Die Ankerkette wurde aufgespult, die Schiffskapelle spielte die alte Weise: „Muß i denn, muß i denn zum Städtele hinaus“, Weinen, Tücherschwenken, Küsse, Zurufe, ein letztes Lebewohl aus hundert Kehlen, und langsam glitt das weiße Haus in die Nordsee hinaus.

Wehmütig, mit zuckenden Lippen lehnte Carlo über der Reling. Einsam und allein löste er sich von europäischer Erde los. Unbedeutend und nichtssagend erschienen ihm nun die losen Freundschaften, die ihm in Wien das Leben so angenehm gemacht hatten. Kaum daß er sich im Augenblick der Namen all der Männer und Frauen erinnerte, mit denen er sein väterliches Erbe verpraßte, seine Jünglingsjahre verbraucht hatte. Und auch von ihnen mochte wohl keiner seiner gedenken, kein Brief, kein Kartengruß, keine Depesche befand sich für ihn in dem Berg von Abschiedsgrüßen, der auf dem Tisch des Speisesaales wohlgeordnet lag. Das Gefühl tiefer Verlassenheit, des ganz und gar auf sich selbst Gestelltseins überkam ihn, vergebens wollte er das Bild Lisls hervorzaubern, es verblaßte und verrann vor seinen Augen, und ein leiser Schauer schüttelte seinen schlanken Körper.

Wohin steuerte sein Lebensschiff, welcher Zukunft glitt er entgegen?

Der Leuchtturm von Cuxhaven verschwand im Nebel, die Wogen der Nordsee wurden schwer und schwerer, grau brausten und rollten sie an das Schiff heran, ein leichter Sprühregen ging nieder und trieb die Passagiere unter Deck. Und während Carlo seiner Kabine zuschwankte, hörte er, wie ein Bootsmann auf die Frage einer Dame gleichmütig erwiderte: „Jawohl, wir bekommen Wetter!"

Das war so ziemlich die letzte Erinnerung, die Carlo an die Reise an Bord der „Alemannia" hatte, denn eine Viertelstunde später packte ihn die Seekrankheit mit allen ihren Martern und Schrecken, um ihn durch volle acht Tage, während deren sich der Ozeanriese durch Sturm und Wetter kämpfte, im Banne zu halten.

***

Bleich und schlanker noch als sonst, die schwermütigen dunklen Augen tiefliegend, stand Carlo im blauen, leichten Cheviotanzug, elegant, durchaus Dandy, an Deck und starrte, vom Fieber der Erwartung ergriffen wie alle um ihn her, dem Hafen von New York entgegen. Da lag links das grüne, flache Ellis Island, jene unselige, von Martern erfüllte Insel; auf der die armen Zwischendeckler und die irgendwie verdächtigen Kajütenpassagiere zum erstenmal Zeit bekommen, darüber nachzudenken, ob die mächtige Freiheitsstatue nicht im Laufe eines Jahrhunderts aus einem köstlichen Symbol zu einem nichtssagenden Bauwerk geworden sei. Hinter der Freiheitsstatue aber schoben sich, nun schon in greifbarer Nähe, ungeheuere Häuser, die Wolkenkratzer, die Hochburgen des neuzeitlichsten Merkantilismus, die Überwinder von Raumnot und Enge. Und scharfen Ohren war es, als würden sie aus dem entgegenflimmernden Chaos von Stein das Branden des Völkermeeres, den Puls der Sechsmillionenstadt hören.

Carlos Gestalt straffte und dehnte sich.

Dort lag das Leben, sein Leben. Dort winkte Kampf und Preis. Dort mußte sich erweisen, ob er als Überflüssiger untergehen, als einer von Millionen mitschwimmen, als Begnadeter oben bleiben würde. Dort würde es gelten, ob er alles, was er gelernt und erlebt, die Sprachen, die er beherrscht, die Erziehung, die er genossen, die Intelligenz, die ihn schärfer sehen und denken ließ als andere, in gute Münze würde umsetzen können.

Der Gong rief zum Luncheon. Carlo verzehrte mit Appetit seine einzige und letzte Mahlzeit an Bord der „Alemannia“, da er infolge seiner Seekrankheit nie bei Tisch erschienen war. Die anderen Passagiere aßen hastig, würgten nur rasch ein paar Bissen hinunter, schon aus dem behaglichen Gleichklang des Schiffslebens gerissen, schon in Gedanken bei den Angehörigen, im Bureau, auf der Börse.

Nun hieß es, die Prüfung der Einwanderungskommission zu bestehen. Im Nu bei den amerikanischen Bürgern erledigt, ein indiskretes, lächerliches Verhör bei Nichtamerikanern.

Carlo, in New York geboren, war amerikanischer Staatsbürger, der dieses Vorrecht auch nicht durch jahrzehntelange Entfernung aus den Staaten verlieren konnte, und er hatte wenig mehr zu tun, als seine Papiere vorzuweisen und etliche gleichgültige Fragen zu beantworten. Aber sein klassisches, schulgerechtes Englisch fiel dem Vorsitzenden der Kommission auf, und freundlich fragte er:

„Sie sind drüben erzogen worden, Mister Zeller?“

Carlo bejahte. Der Beamte sah ihm nun voll ins Gesicht, stutzte, wollte noch etwas fragen, unterdrückte aber die Worte und flüsterte einem der Beisitzenden etwas zu, was Zeller nicht verstand. Dann war er entlassen und konnte wenige Minuten später in Hoboken das gelobte Land betreten, in dem Milch und Honig so ungleichmäßig verteilt sind, wie anderwärts.

In der abscheulichen riesigen Zollhalle, in der das Reisegepäck untersucht wurde, standen die Angestellten der Hotels, um ihre Gäste zu empfangen. Carlo hatte von Hamburg aus sein Zimmer im vornehmen St. Regis bestellt; der uniformierte Hotelbote übernahm sein Gepäck, verlud es auf ein schmuckes Autotaxi, und auf einer Dampffähre von ungeheueren Dimensionen ging es hinüber von New Jersey nach New-York.

Wüster Lärm umbrandete den Ankömmling. Die Massen der Fußgänger schienen nicht zu gehen, sondern zu laufen, die kleinen Zeitungsjungen brüllten dahinfliegend ihre Ausgaben aus, die Automobile füllten in

Reihen von drei und vier die Straßen, immer glaubte man, daß im nächsten Augenblick aus den rasenden, schreienden, schimpfenden Menschen, den hupenden Automobilen, den pfeifenden und klingelnden Straßenbahnwagen ein untrennbarer Knäuel entstehen müsse, immer hatte man das Empfinden: So, jetzt geht es nicht weiter, jetzt stößt alles zusammen, ineinander, durcheinander! Und immer wieder löste sich das Chaos in Fortbewegung auf, glitt der Strom der Menschen, der Wagen und Traine weiter, in die Hauptstraßen hinein, aus ihnen in die Quergassen hinaus, hinüber, herüber.

Nun war der Broadway am Union Square erreicht, und Carlo griff sich an die Stirne, weil er glaubte, die Besinnung verlieren zu müssen. Das Getriebe wuchs hier um die dritte Nachmittagsstunde ins Gigantische. Schwarz von Menschen und Wagen war der Broadway, es sah wie Revolution, wie Kampf und Aufstand aus. Der Fahrdamm von Automobilen, großen und kleinen, leichten Ponnywagen und mächtigen Sechszylindern, Lastautos und winzigen Landaulettes bedeckt, und an der achtzehnten Straße stieß von links und rechts ein Menschenstrom heran, um durch den Autopark durchzubrechen, bis ein überlebensgroßer Schutzmann den Holzknüttel hob, alles stillstand, sich eine Gasse zwischen den Wagen bildete und der Menschenstrom herüber und hinüber brauste.

Sommerliche Hitze, ohne Sonne, die nicht Raum fand, ihre Strahlen zwischen die hundert Meter hohen Häuser zu werfen. Carlo fieberte vor Erregung. Er ertrug es nicht länger, stillzusitzen und bewegungsloser Statist in diesem Welttheater zu bleiben. Er war hier an der zwanzigsten Straße, also nur mehr etwa zwanzig Straßen vom Hotel entfernt. Aus seinen Reisebüchern wußte er, daß dies etwa zwanzig Gehminuten bedeutete. Er gab dem Hotelboten, der neben dem Chauffeur saß, die Weisung, mit dem Gepäck in der Halle auf ihn zu warten und den Chauffeur zu entlohnen, und sprang, als die Wagen wieder an der Kreuzung hielten, rasch und behend aus.

Von der dreiundzwanzigsten Straße an änderte sich das Bild. Es gab mehr Promenierende als Dahinstürmende, die Menschen wurden ersichtlich eleganter, die Damen überwogen die Herren. Rayon der Warenhäuser, der vornehmen Welt der Theater, Konditoreien und Varietes. Jedes zweite Haus ein Warenpalast, jedes vierte ein Theater, ein Kino, eine Singspielhalle.

Carlo blickte aufmerksam um sich. Beobachtete voll Interesse die fast durchwegs blau wie er gekleideten Männer, mit Cäsarenköpfen, bissigem, viereckigem Kinn, ungeheuer betonter Energie und wassergrauen Augen. Für das ungeübte Auge zum Verwechseln ähnlich, so daß man nicht weiß, hat einem eben dieser da einen Stoß mit dem Ellbogen versetzt oder jener. Ein einheitlicher Yankeetyp aus hundert Rassen herausgearbeitet durch die Wucht der Maschinen des Lebens.

Aus dem mächtigen Bronzeportal eines Warenhauses strömte die Weiblichkeit in allen Nuancen und Altersstufen. Carlo blieb stehen und musterte. In Wien hatte er einmal festgestellt, daß von zehn vorbeigehenden Frauen eine hübsch, von hundert eine schön ist. Hier lehrte ihn der erste rasche Blick anders. Fast alle, die jung sind, sind hübsch, grazil, schlank, und jede zehnte wenigstens schön.

Vergebens suchte Carlo nach Wiener Art die Blicke der Frauen aufzufangen. In Wien drehte sich jedes junge Ding nach ihn um, warf ihm jede Dame einen raschen Blick zu. In Hamburg war es nicht anders gewesen. Hier glitten die kühlen, staubgrauen oder durchsichtig braunen Augen gleichgültig über ihn, durch ihn hinweg.

Carlo lächelte dünn. Jedes Land hat seine Art des Kokettierens, man muß nur herausbekommen, welche.

Aus einer Konditorei mit italienischem Namen trat ein Paar. Er ein blonder Nußknacker wie die anderen, sie eine faszinierende Schönheit mit mahagonirotem Haar. Sie gingen stadtaufwärts, Carlo also ihnen nach, neben ihnen her. Er konnte den Blick von dieser libellenhaften Figur, dem Alabaster dieser Wangen, dem brennenden Rot der vollen, geschwungenen Lippen nicht wenden. Die Schöne fühlte den Blick, erwiderte ihn und ließ die Augen über Carlo gleiten, nüchtern, kalt, abwägend, doch plötzlich runzelte sie die Brauen und wandte sich zu ihrem Begleiter, dem sie einige Worte zuflüsterte, worauf dieser stehen blieb, Carlo wütend anstierte und ihm ein herrisches: „Was wollen Sie?“ zurief.

Carlo, fremd im Land und durchaus nicht zum Raufen aufgelegt, verschwand im Gewühl und ärgerte sich, daß er fühlte, wie rote Farbe in das helle Braun seiner Wangen schoß.

***

Hotel St. Regis. Ein Koloß, an dem der europäische Geschmacksbegriff irre wird. Überwältigend und imponierend. Eine dutzendstöckige Stadt mit Blumenladen, Barbieren, Buchgeschäften, Eisenbahnbureaux, Schuhputzern, Hallen, Sälen, Cafés, Restaurants, Bars, Schwimmbädern und sonstigen Bequemlichkeiten für 5600 Menschen. Die mächtige Halle in Lärm und Bewegung getaucht mit unmittelbarem Übergang zu diskreter Stille, lautloser Vornehmheit, lärmschluckenden Teppichen.

Jetzt ganz freudig, ganz berauscht vom Sauerstoff einer neuen, rastlosen Welt, schlenderte der junge, aus zwei Welten entsprossene, in Tropenglut gezeugte, in New York geborene, in Wien erzogene Pilger in guter Haltung durch die Halle, an alten und jungen uniformierten Negern vorbei nach dem Hotelbureau.

„Mein Name ist Carlo Zeller. Mein Gepäck dürfte vor wenigen Minuten hergebracht worden sein. Welches ist meine Zimmernummer?“

Höfliche Verbeugung des geschniegelten Direktors im Cutaway.

„Jawohl, Herr Zeller, Nummer 934 im neunten Stockwerk. Zimmer mit Badezimmer. Falls es nicht konveniert, kann sofort der Umtausch stattfinden. Hier der Schlüssel, Herr Zeller.“

Ein gelber Sonnenstrahl zittert durch das halbdunkle Bureau, der Direktor wird schon von anderen Ankommenden, fragenden, nervösen Damen belagert, Carlo wendet sich dem Aufzugrondeau zu, in dem Lift neben Lift blitzschnell auf- und niedergleiten. Er hört jedoch, wie ein hagerer Mann mit altersroten Backen im breiten schlechten Südstaatenenglisch den Direktor anfährt:

„Was ist los? Der Kerl soll hier wohnen?"

Weitere Worte verschlingt der Lärm. Und nun geschieht Unerwartetes.

Carlo, der eben den Fahrstuhl besteigen will, fühlt sich am Arm erfaßt. Verstört steht der Direktor neben ihm und glotzt ihm ins Gesicht.

Stiert ihn unentwegt an, ringt nach Worten.

„Pardon, mein Herr, ein bedauerlicher Irrtum – es ist kein Zimmer für Sie frei."

Carlo versteht nicht.

„Wie, das Zimmer ist nicht frei? Nun, dann geben Sie mir eben ein anderes, ich kapriziere mich durchaus nicht auf Nummer 934."

Das geschmeidige Gesicht des Direktors wird brutal, bissig.

„Nein, nicht so, es ist überhaupt kein Zimmer frei! Sie müssen anderswo wohnen. Wir werden Ihnen die Fahrt mit dem Autocab vergüten."

Carlo stampfte mit dem Fuß auf. Ein paar Neugierige sammeln sich an.

„Was soll das. Sind Sie verrückt. Ich habe doch mein Zimmer per Kabel von Hamburg aus bestellt."

Hilfesuchend blickt der Direktor um sich, ein paar Herren meckern vergnügt, eine Lady seufzt: „shocking!"

Da taucht ein Riesenkerl mit niedriger Stirne und Backenknochen wie ein Pavian neben ihm auf, legt ihm die Hand auf die Schulter und raunt ihm zu:

„Yes, junger Mann, kein Aufsehen! Sie bekommen Ihr Gepäck und gehen in ein anderes Hotel! Verstehen Sie denn nicht? Hier sind Farbige unerwünscht."

Um Carlo dreht sich die Welt. Er fühlt, wie ihm der Jähzorn in den Schädel springt, weiß, daß er jetzt aschgrau im Gesicht wird, blutige Flecken tanzen vor seinen Augen. Er holt aus, schleudert den Riesen von sich, daß er gegen die Gitter des Fahrstuhls taumelt, ballt drohend die Faust und brüllt, daß es die Halle entlang klingt:

„Gesindel, blödes, das einen, der nicht aussieht, wie Ihr, für einen Farbigen hält! Gut, ich gehe, aber wer mich jetzt noch anrührt, bekommt meine Faust ins Auge!“

Der Direktor ist ins Bureau geflüchtet, die Umstehenden weichen zurück, der Riese brummt mit schiefem Blick:

„Hauptsache, daß Sie gehen!“ wagt aber nicht, dem, der zum Sprung geduckt dasteht, näher zu kommen.

Tiefatmend, am ganzen Körper zitternd, steht Zeller vor dem Portal und läßt es wortlos geschehen, daß sein Koffer und die Handtasche wieder auf ein Auto verladen werden. Fragend beugt sich der Chauffeur zu ihm. Er weiß nicht, was er ihm sagen soll, bis ihm einfällt, daß Waldorf-Astoria eines Ranges mit dem St. Regis sein müsse. Wie er aber einsteigen will, steht ein blonder, behäbiger, älterer Herr neben ihm und gibt ihm einen Wink.

„Auf ein Wort, junger Mann, kommen Sie ruhig um die Ecke herum. Ich möchte Ihnen etwas zu Ihrem Nutzen sagen!“

Verwirrt, erschüttert, verstört folgt ihm Carlo.

Der behäbige Herr beginnt nun Deutsch, gutes Deutsch des Kaufmannes von der Waterkant, zu reden.

„Hören Sie, junger Mann, ich habe die Szene da mitgemacht. Bin kein Yankee und nicht mit Vorurteilen vollgeladen, sondern komme selbst aus Bremen und halte mich hier nur geschäftlich auf. Ich möchte Ihnen raten, fahren Sie nicht ins Waldorf. Sie werden auch dort kein Zimmer bekommen.“

Wieder loderte in Carlo der Zorn siedeheiß empor.

„Um Himmels willen, warum denn nicht?“

„Ja, sehen Sie, junger Mann, hierzulande merkt Ihnen jeder auf den ersten Blick an, daß Sie schwarzes Blut in den Adern haben. Stimmt doch wohl auch, nicht wahr?“

Tonlos, wie im Traum befangen, erwiderte Carlo:

„Schwarzes Blut? Das kann man nicht sagen. Meine Mutter war wohl ein Mischling, aber mein Vater ein deutscher Universitätsprofessor und ich selbst bin in Wien groß geworden und habe heute zum erstenmal Amerika betreten."

Der Bremer Herr pfiff durch die Lippen.

„Da haben wir es also! Wenn Ihre Mutter eine Mulattin war und Ihr Vater ein Deutscher, so sind Sie eben ein Terzerone, das ist nach hiesigen Begriffen so gut und schlecht ein Farbiger, wie ein echter Vollblutnigger. Es nutzt nichts, junger Mann, ersparen Sie sich weitere Kränkungen und gehen Sie nicht ins Waldorf. Selbst wenn der Hotelier Sie aufnehmen wollte, er kann und darf nicht, weil er sonst Skandal mit seinen Gästen bekommt. Dumm genug, das gebe ich zu, aber es ist nun einmal hierzulande so!"

Carlo fiel in sich zusammen, sein Herz und sein Körper bebten, und heiser kam es aus seiner Kehle:

„Ich verstehe das nicht – warum hat man mich in Europa immer für einen Spanier oder einen Italiener oder dergleichen gehalten, und hier –"

Der Behäbige lächelte freundlich.

„Lieber Freund, hier haben die Leute eben Übung und erkennen den Mischling auch in der dritten und vierten Kreuzung auf den ersten Blick, an der Hand, an den Augen, an allem. Und werden sie es nicht am Gesicht erkennen, so ganz sicher am blauen Mal, das Sie unbedingt an Ihren Fingernägeln haben."

Mechanisch streckte Carlo die Finger aus und sah auf allen Nägeln den bläulichen Halbmond an der Wurzel der Nägel …

„Ja aber, wo soll ich denn absteigen, wenn man mich nirgends aufnimmt?"

„Nirgends wäre zu viel gesagt! Versuchen Sie es in einem der kleineren deutschen Hotels, im ›Belvedere‹ vielleicht, dort ist man nicht so heikel. Am besten wäre es freilich, Sie würden in ein" – der alte Herr wurde verlegen und nervös! „Na, eben in ein spezielles Hotel für Farbige gehen, wie es deren sicher ein Dutzend in New York gibt!"

„Niemals!" schrie Carlo empört auf. „Ich habe mit Negern nichts zu tun, ich bin ein akademisch gebildeter Deutscher und mindestens so gut wie irgendein Amerikaner."

Aber er sprach ins Leere, denn der freundliche Herr war verschwunden. Und Carlo ging zum Auto zurück und gab als Ziel das Hotel „Belvedere" an. Dort, in diesem zweitklassigen, aber sauberen Hotel, das sehr an europäische erinnerte, wurde Zeller freundlich empfangen und – bekam kein Zimmer. Der Besitzer musterte den Ankömmling, zuckte die Achseln und sagte mit besonders betonter Liebenswürdigkeit:

„Mein Herr, es tut mir aufrichtig leid! Zu jeder anderen Zeit wäre es mir ein Vergnügen gewesen, Sie als Gast bei mir zu sehen. Aber gerade jetzt geht es nicht, denn ich habe vier Zimmer mit einer Familie aus New Orleans besetzt, die jedes Jahr im September hier wohnt. Und Sie wissen ja, – diese Leute aus dem Süden sind eigentümliche Menschen – wirklich, es geht nicht, in meinem Interesse ebenso wie in Ihrem geht es nicht!"

Nicht mehr Zorn, nicht mehr blinde Wut stieg in Carlo auf, sondern dumpfe Verzweiflung. Er kam sich wie besudelt, wie mit Kübeln Kot beworfen vor und sah an sich herunter, um die Schwären und Krätze zu finden, die ihn zum Ekel der Menschen machten. Seine Lippen zitterten, während er vor sich hinmurmelte:

„Mein Gott, was soll ich nur tun, ich kann doch nicht in ein Negerhotel gehen!"

Mit herzlichem Mitleid strich ihm der Hotelier über den Arm.

„Das würde auch ich Ihnen nicht zumuten, mein Herr, wirklich nicht, denn ich sehe, daß Sie ein Gentleman sind. Aber es gibt einen Ausweg. Fahren Sie stadtabwärts in die zweite Straße, Ecke Canalstreet. Dort befindet sich das Hotel St. Helena, dessen Besitzer ein Franzose ist. In diesem halbwegs sauberen Haus wohnen fast ausschließlich

Südfranzosen, Spanier, bessere Italiener, und dort wird Sie kein Mensch mit scheelen Augen ansehen.“

Und schon entfernte sich eilig und scheu der Besitzer des Hotels Belvedere, denn eben kam die Familie aus New Orleans, an der Spitze ein weißhaariger Herr mit Whiskynase und buschigem Schnurrbart, die Treppe herab. Carlo Zeller aber fuhr ins Hotel St. Helena.

Im Hotel St. Helena, das in seiner häßlichen Fassade an ein Stundenhotel letzten Ranges erinnerte, empfing ihn ein zerlumpter Nigger mit einem freundschaftlichen Grinsen, für das ihm Carlo am liebsten einen Faustschlag gegeben hätte, und geleitete ihn in die Office, wo ihm ein schwammiger, fetter Herr mit olivfarbenem Gesicht und Pockennarben ohne weitere Umstände den Zimmerschlüssel gab und drei Dollars im vorhinein für den Tag verlangte.

Das Zimmer lag im dritten Stock und war erfüllt von peinlichen Gerüchen, Hitze und dem Gestank nach kalt gewordenem Tabakrauch. Carlo riß das Fenster auf und beugte sich auf die lärmende Straße hinaus. Wohin er blickte, sah er nichts als verwahrloste, schmutzige Häuser, verstaubte Fenster, Feuerleitern, auf denen Kübel mit Unrat, zerbrochenem Geschirr, leere Konservenbüchsen lagen. Unten aber drängten sich die Menschen, kreischten die Straßenbahnen, heulten die Hupen der Automobile.

Tief aufatmend zog sich Carlo ins Zimmer zurück. Aus dem Nebenraum erscholl das leise Weinen eines Weibes, unterbrochen von brutalen französischen Schimpfworten aus männlicher Kehle. Im Korridor sang irgendein Bediensteter einen amerikanischen Gassenhauer mit stumpfsinnigem Text und süßlicher Melodie. Carlo schüttelte sich und setzte sich verstört auf die mit einem roten, unsagbar schmutzigen Überwurf bedeckte Chaiselongue, schlug die Hände vors Gesicht und grub die Nägel in die Stirne, um nicht laut aufzuheulen.

Das also war der Empfang in der Neuen Welt, so begrüßte ihn seine eigentliche „Heimat“! Wie ein wüster Traum kam ihm all das vor, was er seit zwei Stunden erlebt. Wohl hatte ihm sein Vater von dem Haß der

Amerikaner gegen die Neger erzählt, wohl hatte er hie und da in den Wiener Zeitungen von den Greueltaten des Richters Lynch gelesen, aber nie war ihm das sonderlich nahe gegangen, weil ihm bei dem Worte Neger immer ein kohlschwarzer Hoteldiener, ein Liftboy oder allenfalls ein Minstrelsänger im Varieté erschienen war. Nie hatte er sich als Neger oder als Negerstämmling empfunden, nie geahnt, daß das Wort „Coloured people" – farbiges Volk – auf ihn Anwendung hätte.

Carlo streckte die feinen, schlanken Finger aus und besah seine Nägel. Die Erbschaft der Mutter, das blaue Mal, leuchtete ihm gespenstisch zehnfach entgegen. Es war in Wien oft aufgefallen, aber nie als Schandmal. Mehr als ein liebes Mädel hatte das blaue Mal geküßt, und als seine Braut, die blonde Lisl, zum erstenmal zärtlich seine Hand gestreichelt, hatte sie verwundert ausgerufen:

„Wie interessant! Das kommt sicher vom südlichen Blut!"

Lisl! Carlo sprang auf und weichere Gedanken kamen über ihn. Nur nicht verzagen, morgen würde er Lisl aufsuchen, sich ihrem Onkel und den übrigen Familienmitgliedern vorstellen, und sie würden alle zusammen lachen über die grotesken Erlebnisse von heute. Denn Lisls Onkel, Herr Ortner, war ja selbst von Geburt Österreicher, und wenn seine Frau auch Amerikanerin war, so würden sie sicher vorurteilslose, moderne Menschen sein, nicht viehisch ungebildete Hotelkommis, die sich an veraltete, überwundene Regeln hielten.

Er öffnete die Koffer, machte sorgfältig Toilette, kühlte den heißen Kopf, indem er in das Waschbecken ein Stück Eis aus dem Krug tat, tränkte sein Taschentuch mit Kölnischwasser und verließ, fast wieder gut aufgelegt, das Hotel. Auf der Straße aber erinnerte er sich, daß er seit mittags nichts genossen, Hunger und Durst kamen ihm zum Bewußtsein, und rasch suchte er im Notizbuch die Adressen erstklassiger Restaurants, die ihm ein Wiener Freund, der sich vor kurzem in New York aufgehalten, gegeben. Delmonico, Martin, Sherrie. Rasch orientierte sich Carlo, dann bestieg er eine Straßenbahn, die stadtaufwärts fuhr, ließ sich wieder von dem Treiben am Broadway erschüttern und stieg mitten im

Lebemannsviertel von New York, das man nach dem zartesten, schmackhaftesten Ochsenstück Tenderloin nennt, aus, um im Restaurant Sherrie zu speisen.

Vollendete Lebenskultur, wie man sie kaum irgendwo in Mitteleuropa findet. Weiche Perserteppiche, die jeden Laut verschlucken, Kellner, die wie Aristokraten auf einem Ball aussehen, köstliches Porzellan, schweres Silber, Kristallgläser, üppige, blutrote Rosen auf jedem Tisch, gedämpfte, diskrete Musik eines kleinen, unsichtbaren Streichquartetts. Die Speisekarte, die ihm der Kellner des Tisches reichte, den Carlo aussuchte, auf Büttenpapier gedruckt, die Speisenfolge fast unübersehbar.

Ungeachtet aller Vorsätze, mit seinen paar tausend mitgebrachten Dollars zu sparen, bestellte Carlo ein üppiges Souper und dehnte sich dann behaglich in seinem Fauteuil. In einem Lande, das solche Restaurants hatte, mußte man wohl leben können! In einem Land, das solchen Reichtum mit so natürlicher Anmut entfaltete, mußte es möglich sein, Reichtum leicht zu erwerben!

Plötzlich fühlte sich Carlo vom Nebentisch her beobachtet und fixiert. Eine ältere Dame saß dort mit einer jungen schönen Person und einem Herrn im Smoking. Die Junge sah abweisend und kalt vor sich hin, der Herr schien erregt, die alte Dame beschwichtigte. Sicher hielt man sich über ihn auf, sicher hatten auch diese da das schwarze Blut gewittert, vielleicht gar das blaue Mal gesehen. Und Carlo, der seines tollkühnen Mutes wegen immer bewundert und verehrt worden war, duckte sich feige zusammen, versteckte die Hände unter der Serviette.

Da stand schon der Kellner mit höflicher Verbeugung neben ihm und überreichte ihm auf einem Teller aus köstlichem Sevresporzellan ein offenes Couvert. Und in dem Couvert steckte eine Karte und auf ihr stand in feinster Lithographie:

„Verehrter Herr! Zu unserem Bedauern sind wir gemäß den Vorschriften unseres Etablissements nicht in der Lage, Ihnen zu servieren!“

Carlo schlug keinen Lärm, tobte und schrie nicht, sondern hatte nur einen Gedanken: Fort von hier aus dem Bereich der Blicke, denn wenn er ein höhnisches Lächeln auffangen würde, dann wäre es um seine Selbstbeherrschung geschehen, dann würde er sich in ein wildes Tier verwandeln und dem Erstbesten an die weiße Kehle springen!

Wohin nun? In ein anderes Restaurant zu gehen, wagte er nicht. Denn vielleicht, wahrscheinlich sogar würde man ihn auch aus zweit- und drittklassigen Lokalen weisen und ihm raten, sich in ein Niggerlokal zu begeben.

Planlos, mit pochenden und hämmernden Pulsen raste er stadtabwärts, mitten im langsam sterbenden Gewühl des Broadway entlang. Nach einer Stunde des Hin- und Herrennens fühlte er sich grenzenlos müde, erschöpft, verstaubt und verschwitzt. Und unwillkürlich zog er den Atem ein, drückte die feuchte Hand an die Nase.

„So, jetzt werden es mir die Hunde nicht nur ansehen, sondern auch anriechen, daß ich ein Farbiger bin." Und er sah Hella Bühler vor sich, die schöne Hella, die mit sinnlichem Behagen flüsterte: „Sie riechen ganz anders als unsere Herren – nach Zimt, Muskatnuß und Essig –" Carlo war jetzt in einer von seltsamem Trubel erfüllten Gegend. In jedem Haus Biersalons und Schnapsschenken, Varietés niedrigster Art. Grelle Musik aus den Lokalen, Trunkene auf der Straße, unter ihnen mindestens ebensoviele Neger wie Weiße. Und hier und da ein gräßlich geschminktes Weib. Er las beim Licht einer Laterne die Straßentafel Bowery. Und aus den Reisebüchern wußte er, daß er sich im Quartier des New Yorker Lasters schäbigster Art befand. Da tauchte vor ihm ein in schreiendes, blauweißes Licht gehülltes Restaurant auf. Riesige Reklametafeln: Ein Souper mit der besten New Yorker Musik nur 50 Cents! Komm herein, komm herein, komm herein! Fünf Gänge für 50 Cents und dazu die neuesten Operettenschlager! Vor dem offenen Portal aber stand ein Kerl mit einem Megaphon, der die Vorübergehenden brüllend aufforderte, dieses feinste und unübertrefflichste aller New Yorker Restaurants zu besuchen. Carlo stand eben im grellen Licht der Türe, und der Rufende lud ihn mit einer Handbewegung ein.

„Come in coloured Gentleman (farbiger Herr), und genießen Sie unsere köstlichen Speisen und Getränke."

Wie von einem Peitschenhieb getroffen, zuckte Carlo zusammen. Also auch für diesen Auswurf war er auf den ersten Blick nichts als ein Farbiger, ein Negerstämmling, gleichgültig welcher Erziehung und Bildung! Und es dämmerte ihm, daß er vor Unabänderlichem stand, vor einem Schicksal, gegen das sich nicht ankämpfen ließ. – –

Und doch wollte er essen, die müden Glieder ausruhen. Langsam, zögernd betrat er das riesige Lokal mit seinen mehr als hundert gedeckten Tischen, den surrenden Windfächern, der abscheulichen Blechmusik, den schmatzenden und schlürfenden Gästen, meistens Männer, die den Hut aufbehalten hatten.

Alle Tische waren besetzt, an einem saß ein Herr allein, und dorthin richtete er seine Schritte. Aber schon hatte ihn ein Herr in fettglänzendem Smoking beim Arm gefaßt, und der Manager oder gar Besitzer des Lokales wies nach einem anderen Tisch, an dem schon zwei Neger saßen.

„Hier ist noch ein schöner Platz für Sie frei, mein Herr!"

Carlo stieß den verdutzten Mann heftig von sich, machte kehrt und raste aus dem Saal wieder auf die Straße hinaus.

Wütender Ekel und Haß gegen diese Menschen, zu denen er gestoßen werden sollte, ließ ihn die Fäuste ballen. Und als eben ein dickes Negerweib mit einem unerhört komischen grünen Federhut sich dicht an ihn drängte und ihn mit einem „Komm mit mir, Kleiner" angirrte, da spuckte er aus, schleuderte ihr ein Schimpfwort ins Gesicht und lief weiter.

***

Zurück ins Hotel St. Helena. Er erinnerte sich, dort im Hausflur eine Tafel mit der Inschrift: „Eingang ins Restaurant" gesehen zu haben. Nun, dort würde man ihm wohl keinen Schimpf antun. Aber er kannte sich nicht aus, wußte nicht, welche der einander kreuzenden Straßenbahnen er benützen sollte, fühlte, wie ihn die Kräfte verließen und warf sich schließlich in ein Mietautomobil, obwohl er wußte, daß er wieder einen, in Kronen ausgedrückt, phantastisch hohen Betrag würde zahlen müssen.

Nun, anmutend sah das Restaurant des Hotels St. Helena eben nicht aus. Hinter einer großen Bar, von der das Bier auf den Fußboden tropfte, stand ein in Hemdärmeln gekleideter Bursch und mischte allerlei Getränke, vor der Bar standen fünf, sechs Gäste und würfelten ihren Whisky aus, im Vordergrund befanden sich etliche ungedeckte Tische, an deren einen Carlo Platz nahm. Ein kauender Kellner mit einer Schürze, die vor Wochen weiß gewesen sein mochte, erschien und fragte in einem Gemisch von Italienisch und Englisch nach seinen Wünschen. Nein, fertige Speisen waren nicht vorhanden, aber ein Steak mit Kartoffeln würde in wenigen Minuten bereit sein. Carlo nickte, stürzte sich auf das weiße Brot und die Butterschüssel, spülte auf einen Schluck ein Glas eiskalten Bieres hinunter und kam wieder zu einigem Menschenbewußtsein.

Am Nebentisch saß ein älterer, wohlbeleibter Herr. Aus dem fast rosigen Gesicht strahlten kleine blaue Äuglein, die um so komischer wirkten, als die dünnen Augenbrauen weiß oder weißblond wie das Haupthaar waren. Carlo fing einen freundlichen Blick auf und lächelte unwillkürlich, unangenehm berührt. Dann vertiefte er sich in das mächtige Steak und es dünkte ihm, seit Jahren schon keine köstlichere Mahlzeit genossen zu haben. Als er fertig war und befriedigt um sich blickte, stand der gemütliche Weißblonde auf und setzte sich, ohne um Erlaubnis zu fragen, zu ihm.

„Fremd hier, junger Mann?“ Und als ihn Carlo nickend, aber fragend ansah:

„Erkenne ich am europäischen Schnitt Ihres Anzuges. Amerikaner haben wattierte Schultern, Ihnen paßt aber der Sakko wie angegossen. Ja, wer so viel in der Welt umhergekommen, wie ich, der kennt sich aus. Übrigens, ganz Europäer sind Sie nicht, was? Scheint mir, daß da eine fremde Rasse in gutes deutsches Blut hineingespielt hat.“

Carlo konnte die Worte, die von einem breiten behaglichen Lachen begleitet waren, nicht übelnehmen, und so bejahte er.

„Mein Vater war ein Deutscher, meine Mutter ein Mischling!"

„Hm," meinte der Dicke bedächtig, „daraus entstehen hierzulande nicht immer ganz angenehme Situationen." Musternd glitt sein Blick über Carlo, blieb an dem tadellosen Schuhzeug, der schweren seidenen Krawatte, der goldenen Armbanduhr haften. Dann sagte er:

„Nehmen Sie mir meine Neugierde nicht übel, Herr. Aber es wäre interessant zu wissen, wie Sie in diese Spelunke geraten sind. Gentleman wie Sie pflegen sonst nicht im St. Helena abzusteigen. Viel lichtscheues Gesindel hier, Menschen, die aus dem Hafen von Marseille mit knapper Not der Justiz entronnen sind und sich hier solange versteckt halten, bis man sie doch erwischt oder es sich herausstellt, daß gar kein Steckbrief erlassen wurde. Dann tauchen sie im großen New York unter, amerikanisieren sich oder gondeln mit erster Gelegenheit wieder zurück."

Wut, Schmerz, Trotz zerschmolzen in Carlo, er fühlte ein geradezu zwingendes Bedürfnis, sich mitzuteilen, und so erzählte er denn dem wohlmeinenden Herrn, der sich indessen als Däne namens Andersen vorgestellt und zwei Cocktails bestellt hatte, mit fliegenden, aufgeregten Worten, was er heute ahnungslos nach achttägiger Seekrankheit erlebt. Und brach schließlich fast schluchzend in die Worte aus:

„Was soll ich nun tun? Glauben Sie, daß auch gebildete, vornehme Menschen mich hier wie einen Aussätzigen behandeln werden? Wie kann ich hier mein Leben aufbauen, wie wieder zum Menschenbewußtsein kommen?"

Der Däne saugte nachdenklich an seiner Zigarre, ließ neue Cocktails aufmarschieren und meinte dann bekümmert:

„Harte Nuß, die Sie mir da aufgeben! Wären Sie ein Nigger oder ein Mulatte oder sonst ein Negerstämmling gewöhnlicher Art, wie sie im Lande zu Hunderttausenden herumlaufen, so würde es Ihnen an nichts fehlen. Sprechen Englisch, wie ein Professor von Yale, Französisch, wie Sie sagen, ebensogut, und Deutsch, könnten also morgen schon einen guten Job in einem Hotel als Aufseher über die schwarzen Kellner bekommen oder Clerk bei einem Niggerrechtsanwalt oder sonst etwas werden. Aber nun wollen Sie von den Negern nichts wissen und die Weißen nichts von Ihnen, also ist die Sache verteufelt schwierig. Und die Yankees werden Sie immer wieder von sich stoßen, mehr noch als wenn Sie ein Schwarzer wären! Dem Schwarzen verzeihen sie noch die Hautfarbe, dem Mulatten, dem ›Halfcaste‹, schon weniger, und den, der sich noch weiter von seiner Rasse entfernt, hassen sie, weil sie instinktiv in ihm einen Eindringling vermuten, der ihre Schranken durchbrechen will. Gebildete, vornehme Amerikaner? Hm, die werden Sie sicher nicht beschimpfen, aber sie werden auch nichts mit Ihnen zu tun haben wollen! Sehen Sie, ich bin Inspektor bei einer Lebensversicherungsgesellschaft, verkehre deshalb in solchen Lokalen. Nun, ich könnte Sie morgen zu unserem Superintendenten führen und ihm sagen: Hier ist ein Mann, wie wir ihn brauchen, ein Mann, der die Yankees und die Fremden bearbeiten kann. Was würde aber unser Superintendent sagen? Er würde Sie ansehen, mich beiseite nehmen und mir zuflüstern: Unmöglich, kann nicht riskieren, daß ihm jemand die Türe weist und sich bei der Generaldirektion beschwert. Wenn er die Farbigen bearbeiten will, so nehme ich ihn, sonst geht es nicht."

Niedergeschmettert, kaum eines klaren Gedanken fähig, murmelte Carlo verstört vor sich hin:

„Oh, hätte ich nur niemals dieses Land betreten, wäre ich drüben unter meinen Freunden geblieben!"

Der Däne beugte sich vor, streichelte die Hand mit den blauen Malen.

„Also, das bleibt Ihnen ja noch immer übrig! Oder langt es nicht mehr für die Rückreise?"

„O ja, dafür und noch darüber hinaus! Ein paar tausend Dollars besitze ich ja, und wenn mir auch der morgige Tag neue Enttäuschungen bringt, nun, dann werde ich wirklich mit dem nächsten Dampfer die Heimfahrt antreten. Angenehm ist der Gedanke ja nicht; auch in Wien oder Berlin oder wohin ich sonst gehen sollte, werde ich mich mit dem Leben ordentlich raufen müssen. Aber davor ist mir nicht bange, die Hauptsache ist: Ich bin dann wieder ein Mensch, ein voller, ganzer Mensch, den niemand über die Achsel anzusehen wagt!“

Die Aufregungen des Tages, das Bier, die fünf oder sechs scharfen Schnäpse begannen Carlo mit bleierner Müdigkeit zu erfüllen, er konnte kaum noch die Augen offen halten, zahlte, streckte dem Dänen die Hand entgegen und erklärte, sich auf sein Zimmer begeben zu wollen. Auch der freundliche Herr erhob sich:

„Wenn Sie gestatten, so begleite ich Sie und erzähle Ihnen, während Sie zu Bett gehen, noch einiges, was Ihnen vielleicht dienlich sein kann. Es ist noch früh am Tage und meine Gesellschaft in der oberen Stadt habe ich unserer angeregten Unterhaltung halber nun doch mal versäumt.“

Carlo hätte es vorgezogen, jetzt allein zu bleiben, aber das freundliche Anerbieten ließ sich nicht ausschlagen, und so begab er sich mit Herrn Andersen auf sein Zimmer und kleidete sich langsam aus, während der Besucher ruhelos auf und ab schreitend aus seinem eigenen bewegten Leben erzählte, von den hundert Berufen, die er ergriffen, bevor er es nun so weit gebracht, daß er in sicherer, auskömmlicher Stellung ruhig seine Tage verbringen konnte. So leise und monoton aber sprach der Däne jetzt, daß seine Worte wie ein Gemurmel klangen und einschläfernd wirkten. Carlo hörte ihn kaum noch, schloß die Augen, empfand die Erzählungen des Dänen wie ein fernes Geplätscher und dann nur mehr an der Schwelle des tiefen Schlafes, wie sein Gast das Licht ausdrehte, das Zimmer verließ und die Türe hinter sich schloß.

Der endlose Lärm der Straße, die warme, feuchte Luft, Ungeziefer ließen Carlo immer wieder aus bleiernem Schlaf erwachen. Und wüste Träume machten ihn stöhnen, so daß er schweißgebadet dalag. Einmal sah er sich im Traum, wie er, einen Strick um den Hals, einherlief, von einer wütenden Menschenmenge verfolgt, die hinter ihm brüllte: Hängt den Neger auf, er will sich an einem weißen Mädchen vergreifen! Dann wieder krochen tausend riesengroße schwarze Käfer über ihn hinweg, tanzten einen wilden Tanz um ihn her, streichelte ihn der schwarze Portier im Lido Palace Hotel, verhöhnten ihn seine Wiener Freunde, rief Hella Bühler: Pfui, ich ertrage den Gestank des Negers nicht!

Wie zerschlagen erwachte Carlo frühmorgens durch ein Pochen an der Türe. Auf sein erschrecktes „Herein“ öffnete ein Junge und überreichte ihm einen Brief mit der Bemerkung:

„Ein Herr hat gestern nacht den Brief abgegeben und gesagt, er möge heute übergeben werden!“

Carlo sprang aus dem Bett, riß den Umschlag auf und las:

„Lieber junger Mann! Sie müssen hierzulande vorsichtiger sein! Es tut mir von Herzen leid, weil Sie mir sehr sympathisch sind, aber es ging nicht anders, ich konnte die gute Gelegenheit, zu einem Vermögen zu kommen, das mich vielleicht für immer aus dem Elend reißen wird, nicht vorübergehen lassen. Sie sind jung und stark und werden sich schon durchbringen, ich bin ein alter Knabe, für den Ihr Geld den Haupttreffer bedeutet! Mit besten Wünschen Ihr angeblicher Andersen!“

Mit einem unterdrückten Aufschrei stürzte Carlo an den Tisch, auf den er gestern abend beim Auskleiden in Gegenwart des Dänen die Uhr und die Brieftasche gelegt hatte. Die Uhr lag da, neben ihr ein Häuflein Kleingeld, die Brieftasche war verschwunden. Der freundliche, teilnahmsvolle Däne hatte sie mitgenommen, und Carlo stand mit dreiunddreißig Cents allein in fremder gehässiger Welt da!

Eine Minute lang tobte Carlo mit geballten Fäusten gegen sein Schicksal, dann fiel sein Blick auf die goldene Uhr, der ganze Leichtsinn seines Wesens brach durch, er lachte auf und sagte sich:

„Mögen meine dreitausend Dollars dem Spitzbuben irgendwie das Genick brechen! Jetzt heißt es biegen oder brechen! Lisls Onkel wird mir schon irgendwie aus der Patsche helfen, und erwerbe ich erst mein Brot, so komme ich schon wieder in die Höhe.“ Und die pessimistischen Mitteilungen des Dänen erschienen ihm als das Geflunker eines Halunken, der ihn vertrauensvoll hatte machen wollen.

Im Hotelbureau, im Restaurant, erkundigte er sich vergeblich nach dem Dänen. Niemand kannte ihn, niemand wollte ihn schon gesehen haben, und Carlo, das Aussichtslose und Lächerliche seiner Lage erkennend, verzichtete auf eine polizeiliche Anzeige, die doch nie zu einem Erfolg führen würde.

Die dreiunddreißig Cents genügten für einen Tee, das Zimmer für den nächsten Tag konnte er auch später zahlen, und so schlenderte Carlo denn stadtaufwärts, sich sorgfältig umsehend, bis er zu einem Pfandleihgeschäft kam, dessen Besitzer Moe Löwenstein ankündigte, daß er die besten Preise von ganz Nordamerika zahle. Aber schließlich waren es doch nur fünfzehn Dollar, die ihm der Taxator für die Uhr bot, wobei er allerdings hinzufügte, er wäre bereit, die Uhr für zwanzig zu kaufen. Und Carlo überlegte nicht lange, sonders ließ ihm die Uhr und nahm die zwanzig Dollar.

***

Das Haus des Mister Ortner, dem Onkel Lisbeths, lag in der West 75. Straße. Carlo orientierte sich nach dem Taschenplan und sauste gleich darauf mit der Untergrundbahn stadtaufwärts. Vor seinem Duell mit Thomas Bühler und damals in Venedig auf der Gondelfahrt von Piazetta nach dem Lido hatte Carlo genugsam jedes Klopfen des Herzens kennen gelernt, das Furcht, fieberhafte Erwartung, stürmische Erregung hervorrufen könnte. Aber was war das alles gegen die Gefühle gewesen, die sein Herz wie mit Hämmern schlagen ließ, als er nun vor dem schönen vornehmen Braunsteinhaus stand, das seine Liebe, sein Schicksal, vielleicht sein Leben barg! Ein paarmal wischte er sich den Schweiß aus der Stirne, atmete tief auf, bevor er sich endlich entschloß, den rechten Zeigefinger auf den weißen Elfenbeinknopf des Läutewerkes zu drücken. Und wie er dies tat, leuchtete ihm der blaue Halbmond auf dem Fingernagel entgegen, blauer noch als sonst, eindringlicher, wie eine Warnung.

Schon öffnete ein nettes Mädchen mit weißem Häubchen die Türe und fragte nach seinem Begehr.

„Ist Miß Elsbeth Ortner zu Hause?“

Es surrte in seinen Ohren, wie im Traum vernahm er die Antwort:

„Jawohl, wen darf ich melden?“

Er stand nun in der dunklen, mit gediegener Vornehmheit ausgestatteten Diele des Einfamilienhauses und griff nach der Brusttasche: Richtig, die Brusttasche war mitsamt den Visitenkarten die Beute des Dänen geworden. Also riß er aus seinem Notizbuch eine Seite und schrieb mit zitternden Fingern: „Carletto Zeller.“

Carletto – wie lange war es her, daß ihn Lisbeth, daß ihn gute Freunde und zärtliche Frauen so genannt hatten.

Das Mädchen ließ ihn nun in den rechts von der Diele liegenden Parlor eintreten und bat ihn, Platz zu nehmen.

Carlo schritt aber in dem großen Salon, in dessen Hintergrund ein Steinway-Flügel stand, auf und ab. Schwere dunkle Eichenmöbel im Missionsstil, an den Wänden gute Bilder, auf Konsols und Etageren Photographien.

In diesem Gesicht fand Carlo eine starke Ähnlichkeit zu Elsbeth, also war es wohl die Photographie des Herrn Ortners. Und dieses junge schlanke Mädchen mochte ihre Cousine sein. Auch sie sah Elsbeth ähnlich, aber um die Lippen lag jener abweisende, hochmütige Zug, den Carlo schon gestern mehrfach bei Frauen gesehen. In silberner Schale Lichtbilder von Lisbeth selbst. Zum großen Teil Wiener Bilder, darunter Amateuraufnahmen, die er kannte. Carlo fand ein Bild neuesten Datums, bei einem Photographen in dem amerikanischen Badeort Newport aufgenommen. Erregt drückte er das Bild an seine Lippen; ja, das war sein liebes, gutes Lisl mit den blanken, großen Augen! Nur schien ihm das Lächeln um den vollen Mund weniger kindhaft, etwas herber geworden zu sein und die Augen blickten kühler in die Welt. Warum Lisl auch nicht hereingestürmt kam? Es waren nun wohl schon zehn Minuten vergangen, und selbst wenn Lisl noch nicht ganz angekleidet gewesen wäre, so hätte sie doch wenigstens eine Hand zur Türe hereinstrecken können.

Ein banges Gefühl schnürte ihm die Kehle zu. Gespannt lauschte er gegen die Türe. Stimmengewirr von oben, Frauenstimmen, erregte, aber unverständliche Worte, und jetzt war es ihm, als würde er ein Schluchzen wahrnehmen. Und er drückte die Nägel in die Handballen, biß die Lippen zusammen, fühlte, wie sein Blut in rasendem Tempo durch die Adern schoß.

Minute auf Minute verging. Oben war es ruhig geworden, man hörte nichts als das Ticken der großen Uhr über dem Kamin. Wie Blei lag es ihm in den Knien; er setzte sich nun wirklich und begann zu zählen! Bis hundert und dann nochmals bis hundert.

Geräuschlos ging die Türe auf, und Carlo sprang in die Höhe und streckte die Arme aus. Aber in der Türfüllung stand nur das Stubenmädchen, das ihn verwundert, neugierig ansah, ihm einen Brief reichte und dabei sagte:

„Das gnädige Fräulein läßt entschuldigen, es hat Migräne und kann den Herrn nicht empfangen."

Carlo wußte nicht, wie er aus dem Haus gekommen war, entsann sich späterhin nur undeutlich, daß ihm das Mädchen zweimal den Hut, der ihm aus der Hand gefallen, aufgehoben und er dann die vier Stufen von der Haustüre nach der Straße gestolpert war, so daß ihn ein Briefträger lachend aufgefangen hatte. Dann rannte er, eng an die Hausmauer gedrückt, damit man ihm nicht etwa aus einem der Fenster nachblicken konnte, die Straße entlang wie ein Dieb, solange, bis er die breite Columbusavenue erreichte. Und nun stand er still und las:

„Carlo, Sie müssen mich vergessen! Es kann nicht sein, daß wir hier miteinander verkehren. Alles ist ja hier anders, als es drüben in Wien gewesen war. Seien Sie mir nicht böse, denken Sie von mir nicht schlecht. Carlo, aber es darf wirklich nicht sein. Und bedenken Sie, daß ich drüben ein dummes kleines Mädel war, hier aber eine Amerikanerin geworden bin. Sie werden dann alles selbst verstehen. Es grüßt Sie Elise Ortner."

Carlo brüllte auf wie ein Tier. Urinstinkte überwältigten ihn. Mit den Fäusten schlug er sich gegen die Brust, mit blutunterlaufenen Augen stierte er die Leute, die erschreckt stehen blieben, so wütend an, daß sie eilig entwichen. Und als eine Frau mit den Worten: „Der Nigger ist verrückt geworden," davonlief, da lachte Carlo gellend auf, während ihm der weiße Schaum über die Lippen troff. Gleich darauf stand er in einem Barraum, stürzte ein volles Glas Whisky hinunter und noch eines und noch eines, bis sich alles um ihn her drehte und er schwankend in der Ecke auf einen Stuhl fiel. Und dann kam die Reaktion, und er fühlte, wie ihn ein weher Schmerz schüttelte und hatte nur einen Gedanken: Jetzt nicht weinen müssen, nicht heulen wie ein Kind vor diesen weißen Tieren um sich her. Und blitzartig übermannte ihn zum erstenmal das Gefühl, daß zwischen den weißen Menschen und ihm sich eine Kluft auftat und er diesseits der Kluft bei den Schwarzen stand.

***

Nach Tagen voller Apathie und wüsten Whiskytrinkens hatte der zähe, ranke Wille des jungen Einwanderers auch Liesl überwunden. Er nahm seine besten Anzüge über den Arm, verkaufte sie, übersiedelte im Hotel St. Helena in ein kleines Hofzimmerchen im obersten Stockwerk, für das er nur einen Dollar zu bezahlen hatte, und ging daran, eine Existenz zu suchen. Schließlich – in einer Stadt mit sechs Millionen Menschen – mußte sich auch für ihn eine Erwerbsmöglichkeit finden, ohne daß er sich zu den Negern stoßen ließ.

Frühmorgens um fünf Uhr stand er auf, ging hinunter nach Park Row, wo ein Zeitungsgebäude neben dem anderen liegt, und kaufte die noch von der Druckerpresse warme und feuchte ›World‹, die die meisten Stellenangebote enthielt. Und er wartete in den immer kühler werdenden Morgenstunden mit hundert anderen vor Bureaus, Fabriken, Wolkenkratzern, Privatwohnungen, bis er an die Reihe kam und sein Sprüchlein hersagen konnte. Und diese Enttäuschungen! Kränkungen, Hiebe prasselten auf ihn nieder, bis er schier unempfindlich wurde.

Eine große Schule suchte einen Lehrer der französischen und deutschen Sprache. Kaum zwanzig Bewerber konnten sich melden, und der schlanke, noch immer elegante Carlo hätte die meisten Chancen gehabt.

„Unmöglich – meine Schülerinnen sind junge Damen aus ersten Häusern – Sie werden verstehen – – –"

Ein Reklamebureau suchte intelligente Kräfte mit gutem Stil. Der Manager erkannte sofort die überlegene Intelligenz und Bildung Carlos, zögerte, sagte dann: „Hol's der Teufel, ich nehm' Sie!"

Mit Feuereifer stürzte sich Carlo in die Arbeit, skizzierte Reklameideen, entzückte den Manager, der in ihm endlich die Kraft gefunden hatte, nach der er monatelang vergeblich unter den jungen, wenig gebildeten, ideenlosen Leuten gesucht. Am zweiten Tag aber schon fühlte sich Carlo von feindlichen Blicken verfolgt, hörte tuscheln und wispern im großen Saal um sich her, bemerkte, wie in der Lunchpause die dreißig Mädchen und Männer nach dem Zimmer des Managers drängten, statt die kurze halbe Stunde zum Essen auszunützen. Und nachmittags schüttelte ihm der Manager die Hand, bedauerte lebhaft und hieß ihn gehen.

„Meine Leute wollen mit einem Farbigen nicht arbeiten, sie drohen, mir die Union der Bureauangestellten auf den Hals zu hetzen, ich muß nachgeben, ob ich will oder nicht – –"

Im größten Buch- und Zeitschriftenversandgeschäft der Vereinigten Staaten war eine Stelle für einen gebildeten Herrn frei, der Englisch, Französisch, Deutsch und womöglich auch Italienisch sprach. Carlo reichte eine schriftliche Offerte in allen Sprachen ein und wurde zum Generaldirektor bestellt. Dieser, ein Deutscher, der selbst erst einige Jahre im Land weilte, sah im Halbdunkel des kleinen Bureaus das blaue Mal nicht, erkannte auch am Gesicht Carlos die Mischrasse nicht, freute sich, mit ihm über Wien sprechen zu können, war überzeugt, die wertvollste Kraft gefunden zu haben, und engagierte Carlo mit einem Gehalt von zwanzig Dollar wöchentlich. Schließlich war es Carlo selbst, der den Deutschen auf seine Abstammung aufmerksam machte und auf die Möglichkeit von Konflikten, die daraus entstehen konnten.

Der Generaldirektor lächelte abwehrend.

„Hier werden Sie auf keinen Widerstand stoßen! Die Hälfte der tausend Angestellten, die ich habe, sind Grünhörner, die froh und glücklich sind, ihr Brot zu verdienen. Und die anderen, die Amerikaner, werden sich hüten, aufzumucksen, weil ich sie sonst eben hinauswerfe. Vorsichtshalber aber werde ich Sie in der deutschen Abteilung in einem kleinen Raum mit drei oder vier jungen Mädchen zusammen arbeiten lassen."

Carlo jauchzte auf, Glücksempfinden durchrieselte seit langer Zeit zum erstenmal wieder seinen Körper und auf der Straße ging er so aufrecht, sich in der Taille biegend, wie einst in Wien, wenn er, gut ausgeschlafen, nach einem feudalen Frühstück den Graben entlang gebummelt war.

Als er die Treppe der Hochbahn erklommen hatte, stieß er mit einem jungen Mädchen zusammen, das wie er sich rasch an dem Beamten, der die Billetts entgegennahm, vorbeidrängen wollte, um noch in den Zug zu springen. Höflich ließ er der Dame den Vortritt und beide saßen dann einander gegenüber. Das Mädchen lächelte freundlich und strich sich die wirren kohlschwarzen Haare zurecht. Carlo gab es einen Ruck. Ein Mädchen, das ihn anlächelte, Donnerwetter, seit Hamburg war ihm das nicht geschehen! Doch folgte dem innerlichen Ruck bald eine leichte Ernüchterung. Das Mädchen mit dem olivefarbenen Teint, den großen, von langen Wimpern umschatteten Augen, den blendend weißen Zähnen und allzu üppigen Lippen war eine Mulattin! Nicht wie er ein Mischprodukt des dritten Grades, sondern das Kind einer Negerin und eines Weißen. Widerstreitende, seltsame Empfindungen durchtobten ihn. Irgendwie fühlte er sich zu dem kaum noch erblühten Ding, das einen durchaus anständigen, braven Eindruck machte, hingezogen. Und sie lächelte noch immer so freundlich, daß er sicher sein durfte, keine brüske Abweisung zu erfahren, wenn er sie etwa ansprach. Und Carlo überlegte:

Wenn mir all dies Furchtbare nicht widerfahren wäre, wenn mich die Weißen nicht hinüber in das Lager der Farbigen stoßen würden, dann würde ich nicht zögern und dieses hübsche, reizvolle, kleine Mädchen ansprechen und vielleicht heute noch meine Glut an ihrem schlanken braunen Leibe löschen. Aber es darf nicht sein, denn diese Mulattin würde in mir nicht den verehrten, angebeteten weißen Mann sehen, zu dem ja, wie man mir sagt, die Sehnsucht aller schwarzen Frauen drängt, sondern ihren Rassegenossen, den Mann aus ihrem Volke, und sie würde mich hinabziehen wollen in jene schwarzen Tiefen, vor denen mir graut.

Das Gesicht des Mannes verzerrte sich und wurde so kalt und abweisend, daß das Mädchen zu lächeln aufhörte und ihn mit großen erschreckten Augen ansah.

Zeller stieg an der dreiundzwanzigsten Straße aus und verscheuchte die widerwärtigen Gedanken. Er zählte seine Barschaft. Drei Dollar waren ihm noch aus dem Erlös seiner Kleider geblieben und zwei davon wollte er heute behaglich ausgeben. Denn morgen war er ja in Amt und Würden, morgen war Mittwoch, Samstag die Auszahlung des Wochenlohnes und bis dahin würde es irgendwie schon gehen. Er lachte vergnügt vor sich hin, freute sich des eigenen Leichtsinns, lächelte seinem Spiegelbilde zu, das ihn schlanker und blasser, aber durchaus nicht weniger hübsch erscheinen ließ, und bummelte durch das Tenderloin mit seinen schönen Frauen, eleganten Männern und herrlichen Karossen. Berauschte sich an den Auslagen, an den knisternden Toiletten, an dem feinen Parfüm, das diese oder jene Schöne zurückließ, an dem Funkeln von Gold und Diamanten, spürte Eroberergelüste, dehnte die Glieder.

Und doch ist dies und nur dies meine Welt! Und ich werde die Banausen zwingen, mich anzuerkennen, werde in Jahr und Tag emporgekommen sein und ihnen beweisen, daß die treibenden Kräfte in mir aus edlem, germanischem Blut stammen und ich mit denen, zu denen sie mich werfen wollen, nichts gemeinsam habe, als eben das blaue Mal, dieses tückische Geschenk einer nie gekannten Mutter!

Und er spann seine Gedanken weiter. Rächen will ich mich aber doch für alles Leid, daß sie mir angetan. Ihre Frauen und Töchter will ich verführen, in meinen Armen sollen sie jeden Rassendünkel verlieren, stöhnen sollen sie vor Lust, wenn ich sie umklammere und sie Kinder von mir in die Welt setzen, die das blaue Mal untilgbar in ihre Kreise tragen.

Gier nach Leben, nach Frauen, nach Luxus ließ seine Muskeln schwellen, führte ihn ins Traumland des Phantasten, gab seinen dunklen Augen so Kühnes und Träumerisches, daß hier und da ihn sogar ein Blick aus weißem Frauenantlitz nicht ohne Wohlwollen streifte. Sekundenlang nur, um sich dann in die Würde der durch den Anblick eines coloured man beleidigten Frau zurückzuziehen.

Es wurde Abend und Carlo ging bis zur vierzehnten Straße und bog seitwärts ab, um nach der zweiten Avenue zu gelangen. Dort lagen nebeneinander die Wiener und ungarischen Cafés und Restaurants, eins neben dem anderen, so daß dieser Teil der zweiten Avenue im Volksmund die Gulasch-Avenue hieß.

Carlo wußte, daß in diesen, von den naiven, nie zu amerikanisierenden Kindern Wiens und Budapests frequentierten Lokalen kein Verständnis für die Negerfrage herrschte und er dort ein ebenso willkommener Gast sein würde, wie jeder, der in der Lage war, dem Kellner statt ihm mit der Zeche durchzubrennen fünf Cent Trinkgeld zu geben.

Im Café Vindobona umgab sich Carlo mit einem Berg von Wiener und Berliner Zeitungen, aß sich an Nudelsuppe, Rindsgulasch und Apfelstrudel satt, alles zusammen für vierzig Cents, ließ sich einen Mokka servieren, zündete sich eine importierte österreichische Zigarette an und fühlte sich fast wie zu Hause in Wien. Ringsumher hörte man nur Deutsch sprechen, echt wienerisches, mit tschechischem Anklang, mit Budapester Betonung, meistens mit unverkennbar jüdischem Akzent. Es wurde Billard und Tarock gespielt, auf Amerika geschimpft, die neuesten Nachrichten der ›Neuen Freien Presse‹ besprochen, kurzum, hier schlug sich ein Völkchen mehr schlecht als recht durchs Leben, das mitten in Amerika eine mitteleuropäische Insel geschaffen hatte, und hier verdarb und starb, ohne je Englisch zu erlernen und sich im guten und bösen Sinne zu amerikanisieren.

Carlo lächelte ironisch vor sich hin. Eigentlich wurden diese braunhäutigen und dunkelhaarigen Juden in Wien von den weißen Ariern ebenfalls beiseite geschoben, und die Negerfrage hat mit der Judenfrage eine verdammte Ähnlichkeit. Nun, die Juden in Europa haben sich nicht hinunterstoßen lassen, und ich, der ich kein Jude und kein Neger bin, werde es erst recht nicht tun.

***

„Mein Name ist Carlo Zeller aus Wien, ich bin erst wenige Wochen im Lande und werde Ihnen dankbar sein, wenn Sie sich bei der Arbeit meiner annehmen wollen!“

Drei junge Mädchen verbeugten sich geschmeichelt, reichten ihm die Hand. Grete Möller, Erna Struve, Lilli Wegner. Grete Möller war eine strohblonde, stattliche, aber schon etwas verblühte Hannoveranerin und seit drei Jahren in Amerika. Erna Struve klein und unansehnlich, vor einem Jahre mit ihren Eltern aus Lübeck gekommen, Lilli Wegner erst einige Monate hier. Ihre Brüder lebten seit Jahren in New York und hatten die verwitwete Mutter und die achtzehnjährige Schwester jetzt nachkommen lassen. Lilli gefiel Carlo gut, sie war mittelgroß, hatte weiche, schmiegsame Bewegungen und gute blaue Augen. Mit ihr hatte er vorläufig auch am meisten zu tun; er diktierte ihr die deutschen Briefe in die Maschine, die er nach kurzen stenographischen Bemerkungen des Generaldirektors entwarf. Französische und italienische Briefe an Buchhändler schrieb er selbst, wenn auch noch etwas unbeholfen auf der Maschine, da er in dieser Abteilung der einzige war, der die Sprachen beherrschte.

Die „International Book Company“, bei der nun Carlo angestellt war, monopolisierte die Einfuhr und Ausfuhr von Büchern und Zeitschriften aus und nach Europa, es war ein gewaltiger Betrieb mit mehr als tausend Angestellten, von denen mehr als drei Viertel die mechanische Arbeit des Verpackens, Adressierens und Rubrizierens zu besorgen hatten. Winzige Rädchen im großen Mechanismus, während Carlo doch mehr schon Feder und Antrieb war.

Die Zeit verlief rasch und Carlo war von dem Gefühl, Mensch unter Menschen zu sein, nutzbringende, bezahlte Arbeit leisten zu dürfen, so beglückt, daß er keine Müdigkeit verspürte, als mit dem Glockenschlag sechs alles zum Aufbruch drängte.

Lilli wohnte mit der Mutter und den zwei Brüdern in einem Mietshaus in der ersten Avenue, und fast von selbst ergab es sich, daß Carlo sich ihr anschloß und sie begleitete. Sie legten den nicht allzu weiten Weg zu Fuß zurück; er erzählte ihr mit wenigen Worten von seinen reichen, bewegten Jünglingsjahren in Wien, das Mädchen klagte, daß es sich in der großen Stadt, deren Sprache sie noch nicht beherrschte, ungemütlich fühle, um so mehr, als ihre Brüder ihr fremd seien und sie die Abende immer in der dumpfen, abscheulichen Wohnung verbringen müsse.

„Immerhin," sagte Carlo leise, „Sie haben doch Ihre Mutter und die Brüder um sich, ich aber bin ganz allein, kenne keinen Menschen, habe niemanden, mit dem ich sprechen und einen Gedanken austauschen könnte."

Sie waren beim Tor des häßlichen, vierstöckigen Hauses angelangt, und Lilli sah ihn mit großen Augen mitleidig an.

„Wenn Sie sich einsam fühlen, Herr Zeller, dann kommen Sie doch abends nach dem Speisen ruhig zu uns. Die Brüder sind selten zu Hause, und wenn auch, Mutter und ich sitzen doch gewöhnlich in unserem Stübchen und es wird uns sehr freuen, wenn Sie mit uns plaudern wollen."

Freudig sagte Carlo zu. Als er dann allein nach dem Hotel St. Helena ging, lächelte er dünn vor sich hin:

Vor wenigen Monaten noch hätte ich mich nach diesem kleinen Mädchen in der Baumwollbluse sicher nicht umgedreht, Abend für Abend verbrachte ich in großer Gesellschaft, beim Spiel mit vornehmen Freunden oder in Salons schöner Frauen, die mich gut leiden mochten, deren schlanke, weiße Hände zitterten, wenn ich sie küßte oder gar verwegen meine Lippen auf die Pulsadern drückte. Heute bin ich ein armer Clerk, einer unter Millionen, und werde froh sein müssen, wenn ich einen Abend mit zwei einfachen Frauen, die mir nichts sagen können und meinen Nerven nichts sind, verbringen darf. Wer mir das alles vorausgesagt hätte, wer mir heute voraussagen könnte, wohin mein Weg mich noch führen wird!?

Die nächsten Tage verliefen im Gleichklang der Arbeit, der Generaldirektor nahm zweimal Anlaß, Carlo seine außerordentliche Zufriedenheit auszudrücken, so daß dieser sich immer sicherer fühlte und Vertrauen in die Zukunft faßte. Mißtrauische, ironische Blicke seitens anderer Angestellter, mit denen er auf der Treppe oder in den Korridoren zusammentraf, beachtete er nicht, ließ er an sich abgleiten. In nähere Berührung kam er mit niemandem, außer mit den drei deutschen Mädchen, da das Zimmer, in dem er arbeitete, direkt vom Treppenflur des dritten Stockwerkes betreten werden konnte. Abends begleitete er immer Lilli nach Hause, besucht aber hatte er sie noch nicht, da sie die Einladung nicht mehr wiederholte und er, ohne nachdrücklich nochmals aufgefordert zu werden, nicht kommen wollte.

Am Samstag bekam. Carlo zum erstenmal in seinem Leben selbstverdientes Geld in die Hand, und zwar, obwohl er erst am Mittwoch eingetreten war, den ganzen Wochenlohn von zwanzig Dollar. Er lachte vergnügt in sich hinein, als er neben Lilli die Straße entlang schritt, und dämpfte selbst das Gefühl einer gewissen stolzen Zufriedenheit, indem er sich daran erinnerte, wie er noch vor so kurzer Zeit ganz andere Betrage flüchtigen Launen, schalen, eingebildeten Vergnügungen geopfert hatte.

Die Oktobertage waren warm und sonnig, sie repräsentierten den „Indian Summer“ in seiner vollen Glorie, man hatte das Empfinden, einem neuen Frühling entgegenzukommen, und Carlo schlug Lilli vor, morgen nachmittag mit ihm das berühmte Coney Island, das er noch nicht kannte, zu besuchen.

Das Mädchen willigte vergnügt ein. Einmal war sie schon mit ihren Leuten dort gewesen, aber damals sei es furchtbar heiß und voll gewesen, ihre Mutter habe Kopfschmerzen von all dem Lärm und Trubel bekommen und so habe sie von all den Karussell- und anderen Vergnügungen eigentlich nichts gehabt.

Zeller erwartete das kleine Mädchen am Sonntag nachmittag beim Haustore, und sie fuhren über die endlose Brooklyner Brücke in der maßlos überfüllten Hochbahn nach Coney Island, dieser riesigen, an der Küste gelegenen Vergnügungsstadt, die fast die einzige Erholung der unteren drei Millionen New Yorks bildet. Betäubender Lärm empfing sie, erstickender Dunst von Menschen, von den fremden Maiskolben, die offen verkauft werden, von tausend Würstelbuden, das Geheul von etlichen hundert Musikkapellen, das Kreischen der Menschen, die hoch oben in der Luft durch tollkühne Hochschaubahnen flogen. Ein Wurstelprater in tausendfacher Vergrößerung, ins Gigantische und Groteske verzerrt.

An der Seite des jungen Dinges, dem Mannheim noch in den Gliedern steckte, umbrandet von einer ausgelassenen Menschenmenge, fühlte sich auch Carlo heute nur als Junge, jauchzend ließ er sich mit Lilli in Gondeln durch die Luft schwenken, bestieg Holzpferde, die einen unbedingt abwarfen, kostete das Vergnügen des Teufelsrades, aus dem man zum Gelächter der Umstehenden hinausgeschleudert wird, und verirrte sich mit seiner Begleiterin für nur zehn Cent unrettbar in einem gigantischen Labyrinth, in dem nur hier und da das Auge eines Gnomen elektrisch aufleuchtete. Als er aber fühlte, wie sich Lilli ängstlich an ihn schmiegte, da loderten seine jungen, ausgehungerten Sinne auf, er schlang den Arm um den weichen Leib des Mädchens und versengte ihre zuckenden, zuerst widerstrebenden, dann hingebungsvoll gereichten Lippen mit seinen Küssen. Bis plötzlich ein elektrischer Pfeil vor ihnen auftauchte und die Dunkelheit zerriß und ihnen wie den anderen Liebespaaren den Weg wies.

Vergebens mahnte Lilli zur Sparsamkeit. Im feinsten Restaurant von Coney Island speisten sie zu Abend. Und hier trat ein kleiner Zwischenfall ein, der jäh die glückliche Stimmung durchbrach. Zwei Herren gingen an ihrem Tisch vorbei, blieben einen Augenblick stehen, und der eine sagte laut zu dem anderen: „Pfui, da sitzt ein weißes Mädel mit einem Farbigen!“ Dann gingen sie weiter.

Alles Blut wich aus Carlos Gesicht, es färbte sich so aschgrau, daß Lilli, die die englisch gesprochene Bemerkung nicht verstanden hatte, ängstlich ihre Hand auf seinen Arm legte und fragte, ob ihm schlecht geworden sei. Mühsam gewann er seine Fassung wieder, schüttelte den Kopf, zahlte aber rasch und bat Lilli, die vielleicht noch gerne geblieben wäre, mit ihm zu gehen. In beklommenem Schweigen verlief die Rückfahrt, und Lilli wußte sich die Verstimmung Zellers nicht zu erklären.

***

Am nächsten Morgen hingen schwere dunkle Wolken am Himmel, und ein Blick auf die Dollaruhr, die er vor wenigen Tagen erst gekauft, zeigte ihm, daß es reichlich spät war. Carlo rasierte sich nicht, zog sich rasch an, trank unterwegs, stehend, einen heißen Kaffee und war knapp vor acht Uhr in der Duane Street, in der das Gebäude der International Book Company lag. Da der Aufzug gerade abfahrtbereit war, so wollte ihn Carlo entgegen seiner sonstigen Gepflogenheit benützen. Der Fahrstuhl war stark besetzt, immerhin für eine Person mochte noch Raum sein. Gerade wie er sich aber hindrängen wollte, stieß ihn ein baumlanger, stiernackiger Kerl zurück, drängte an ihm vorbei und rief höhnisch:

„Ach was, ein verdammter Nigger hat vor einem weißen Gentleman zurückzustehen."

Kein Neger läßt sich in Amerika ungestraft einen Nigger nennen. Er betrachtet dieses Wort als Schimpf, will ein „coloured man", womöglich ein „coloured gentleman" genannt werden. Und es ereignete sich das Merkwürdige, daß auch Carlo nicht das Wort „verdammt", sondern den „Nigger" als eine unerhörte Beschimpfung, als brennende Schmach empfand. Einen Augenblick setzte sein Herzschlag aus, er bekam jene graue Färbung im Gesicht, die beim Neger wie bei den Mulatten und Terzeronen das Rot- oder Bleichwerden ersetzt, daß Weiß seiner Augen färbte sich rötlich, er duckte sich, sprang den Mann, der schon in der Türfüllung des Aufzugs stand, wie ein Raubtier an, riß ihn heraus, zwei, drei kunstgerechte Faustschläge dröhnten durch die Halle, und der Kerl, der ihn beschimpft hatte, wälzte sich, während ihm das Blut aus Nase und Mund schoß, besinnungslos am Boden.

Die Amerikaner tragen bei solchen Zweikämpfen eine bewunderungswürdige Disziplin zur Schau. Sie mischen sich nicht ein, ergreifen keine Partei, betrachten das als eine Privatangelegenheit, die keinen Dritten angeht. So auch hier. Die hundert Männer und Frauen, die sich angesammelt, bildeten während des kaum eine Minute währenden Kampfes einen Ring um die beiden, und als nun der eine kampfunfähig auf der Erde lag und fortgetragen werden mußte, löste sich die Menschenmenge ruhig auf: nicht ohne bewundernde Blicke für Carlo, der nun schweratmend die Treppen emporging. Ein alter Herr aber meinte, zu den Umstehenden gewendet, vorwurfsvoll: „Ganz recht hat der junge Mann gehabt, wir leben hier nicht im Süden, wo man einen Farbigen Nigger schimpfen darf."

Carlo kam um reichliche zehn Minuten zu spät in sein Arbeitszimmer, aber niemand hatte Notiz davon genommen. Er begrüßte, als wäre nichts geschehen – die drei Mitarbeiterinnen. Lilli reichte er die Hand und sah nun, daß sie vom Weinen geschwollene Augen hatte. Bestürzt sah er sie an und flüsterte: „Was ist geschehen?" Er bekam jedoch keine Antwort und konnte auch nicht weiter fragen, weil er sich von den zwei anderen Mädchen beobachtet fühlte und eben die zu bearbeitende Korrespondenz hereingebracht wurde. Später, als eine kleine Arbeitspause eintrat, schob ihm Lilli rasch und verstohlen einen mit der Schreibmaschine geschriebenen Zettel zu:

„Carlo! Es war schrecklich! Meine Brüder haben mich mit Ihnen gesehen und mich furchtbar beschimpft und eine gemeine Dirne genannt, weil ich mich mit einem, der von Schwarzen abstammt, herumgetrieben habe. Ich mußte schwören, mit Ihnen nicht mehr anders als dienstlich zu verkehren, widrigenfalls sie mich auf die Straße werfen werden! Ich verstehe das alles nicht, aber die Brüder meinen, daß ein weißes Mädchen hierzulande ärger als eine Straßendirne betrachtet werde, wenn man sie in Gesellschaft eines Farbigen sehe. Raten Sie mir, was ich tun soll, Carlo, aber nur schriftlich, denn ich traue mich nicht mehr mit Ihnen auf der Straße zu sprechen."

Carlo schluckte Tränen und gallebitteren Speichel herunter und lachte in sich hinein.

Lisl, Lilli, das reiche Mädchen und das arme! Es ist immer dasselbe! Ich weiß, so lange ich in diesem grauenhaften Land bleiben muß, daß ich ganz allein, von allen Menschen abgeschlossen, leben und froh sein muß, wenn man mir das Stück Brot verdienen läßt!

Quer über die Rückseite des Briefes aber schrieb er:

„Was Sie tun sollen? Höchst einfach! Nicht mehr mit mir sprechen und ein braves amerikanisches Mädchen sein!"

Er schob Lilli den Zettel hinüber, setzte sich an den Schreibtisch, schrieb französische und italienische Briefe und arbeitete in so fieberhaftem Tempo, daß ihm die Stunden wie Minuten vergingen. Um fünf Uhr kam ein Officeboy und bat ihn, zum Generaldirektor zu kommen. Der Direktor saß ersichtlich erregt im Drehstuhl, fuhr sich wütend durch das dünne Haar und sagte nach kurzer Pause:

„Leider haben Sie, lieber Zeller, die Verhältnisse richtiger beurteilt als ich! Wirklich haben ein paar elende Schweine, die ich nicht fassen kann, weil ich sie nicht kenne, gegen Sie gehetzt, und nun bekomme ich von der Gewerkschaft der im Buch- und Musikhandel Angestellten diesen Wisch da."

Er reichte Zeller einen Brief, in dem es hieß:

„Das Sekretariat der Union Nr. 23 wurde verständigt, daß die International Book Company seit kurzer Zeit in ihrem Betrieb einen Mann namens Carlo Zeller beschäftigt, der unter die Kategorie der farbigen Leute einzureihen ist. Dies widerspricht dem Paragraphen 19 unseres mit dem Unternehmen geschlossenen Kollektivvertrages, und wir müssen Sie ersuchen, unverzüglich die Erfüllung dieses Punktes zu bewerkstelligen. Wir machen Sie darauf aufmerksam, daß gemäß den Statuten der Trade

Unions eine Weigerung Ihrerseits die Verhängung der Verrufserklärung und des Boykottes über die International Book Company zur Folge hätte."

Carlo hatte es schweigend gelesen, ruhig, beherrscht gab er dem Direktor den Brief zurück und sagte mit tonloser, müder Stimme:

„Also kann ich wohl gehen, Herr Generaldirektor!"

Dieser sah ihn aus den Brillengläsern verzweifelt an, begann in urwüchsigem Deutschamerikanisch alle Amerikaner zur Hölle zu wünschen, erklärte aber schließlich achselzuckend:

„Ich kann natürlich nichts machen, lieber Freund! Ein Trotzen meinerseits würde nicht nur mich meine Stellung kosten, sondern das ganze Unternehmen gefährden, Ihnen aber sicher nicht nützen. Ich kann Ihnen nur sagen, daß Sie mir lieber sind als die ganze Bande und ich die Absicht hatte, Sie demnächst zu meinem Privatsekretär zu machen. Nun müssen wir allerdings scheiden. Das Einzige, was ich für Sie tun konnte, ist, daß ich Ihnen das Salär für die ganze Woche angewiesen habe. Damit Sie sich nicht noch den hämischen Blicken irgendwelcher Hunde aussetzen müssen, habe ich den leider so geringen Betrag gleich von der Kasse holen lassen."

Carlo nahm die zwanzig Dollar, quittierte, reichte dem ersichtlich erleichterten Direktor die Hand, die dieser herzlich schüttelte, und ging ruhig, apathisch die Treppen hinunter. Unten, vor dem Fahrstuhl, klebten dunkelbraune Flecken auf der Diele. Das Blut seines niedergeboxten Gegners. Ein leises, dünnes Lächeln huschte über die zusammengepreßten Lippen Carlos.

„Diese eine Satisfaktion hätte ich mir ja geholt, aber schließlich sind sie doch stärker als ich, und ich kann nicht ganz Amerika niederboxen."

Langsam, ein wenig unsicher und schwankend, ging Zeller seines Weges. Bis er zu einem „Saloon" kam, einer Kneipe größten Stiles. Einen Augenblick nur zögerte er, dann trat er ein, setzte sich in einen Winkel und begann einen Whisky nach dem anderen zu trinken. Erst als er fühlte, daß noch ein Tropfen ihn zum sinnlos Betrunkenen machen würde, ging er in die feuchte, kühle und unfreundliche Nacht hinaus, zum Hafen hinunter und blickte mit brennenden Augen einem Schiffe nach, das ostwärts gegen Europa zog.

*

Der November war gekommen und Carlo saß, trotzdem ein feiner Sprühregen fiel, auf einer Bank im Battery-Park. Äußerlich vernachlässigt, unrasiert, den Rock hochgeschlagen, weil er keinen Kragen trug. Seit seinem tragischen Abgang von der „International Book Company“ hatte er Arbeit nicht mehr gefunden, auch kaum noch gesucht, da er ja doch wußte, daß nirgends unter Weißen lange seines Bleibens sein würde. Als die paar Dollars aufgebraucht waren, verkaufte er nach und nach alles an Kleidungsstücken, was er noch am Leibe trug, sein toilette necessaire, zwei Paar Schuhe, einige deutsche und französische Bücher, die er aus Wien mitgebracht, weil er sie liebte, schließlich sogar seinen Rasierapparat. Nur die kleine Styria-Repetierpistole besaß er noch, und von ihr wollte er sich unter keiner Bedingung trennen, weil sie ihm als letzter Ausweg erschien. Heute morgen hatte er die letzten fünf Cent für eine Tasse Kaffee ausgegeben und nun stand er fröstelnd und hungrig auf, um sich irgendwie zu sättigen.

Die Schliche der Arbeitslosen kannte er längst, wußte, wie sich der Vagant, ohne verhungern zu müssen, durchschlug. An mehreren Biersalons schlich er vorbei, spähte hinein, bis er einen fand, der so voll war, daß er sein Vorhaben ruhig ausführen konnte. Er betrat den großen, ausschließlich von Männern erfüllten Raum. An der Bar tranken die Leute ihr schäumendes Bier oder ihren Whisky mit Soda, dann gingen sie zu dem Büfett gegenüber der Bar, belegten Brotschnitte, die in Körben lagen, mit Wurstscheiben, Käse, Heringsstücken, aßen so viel, als sie wollten, um dann abermals an der Bar ein Bier zu trinken oder fortzugehen. Amerikanischer Freilunch, den die Brauereien den Kneipen liefern, damit die Gäste durch das scharfe, minderwertige Zeug Durst bekommen. Immerhin eine wahre Wohltat für den, der nur fünf Cent besitzt und sich mit seinem Glas Bier am Freilunch sättigen will.

Carlo mischte sich in das Gedränge um die Bar, machte dann kehrt und ging zum Büfett, wo er in aller Ruhe etwa zehn Brote mit Wurst und Käse herunterschlang.

Nun war er satt, wenn auch sicher nicht auf lange, den brennenden Durst konnte er an einem Brunnen am Batterypark löschen und dann stadtaufwärts bis zum „Cooper Union Institut" auf zerrissenen Stiefelsohlen wandern und dort im großen Bibliotheksaal sich hinter Büchern und Zeitschriften vergraben, bis es sechs Uhr wurde.

Nochmals einen Saloon aufgesucht, dort nach spärlichen Käseresten gefahndet und dann hinunter den langen Weg nach dem Hotel St. Helena.

Als Carlo sich an der Office des Hotels vorbeischleichen wollte, um todmüde seine Kammer aufzusuchen, wurde er angehalten. Breitspurig stand der Clerk vor ihm.

„Mister Zeller, tut mir leid, Sie haben kein Zimmer mehr bei uns. Seit acht Tagen haben Sie nicht gezahlt, Sachen haben Sie nicht, Ihren leeren Koffer halte ich zurück als Deckung für die acht Dollar, die Sie uns schulden!"

Carlo wollte um Aufschub bitten, Vorstellungen erheben, darauf hinweisen, daß er zwei Monate hindurch regelmäßig gezahlt habe, aber er brachte kein Wort hervor, die Kehle war ihm wie zugeschnürt, achselzuckend machte er kehrt und ging in den grauen Abend hinaus.

Während er müde und planlos durch die jetzt menschenleeren Straßen der unteren City ging, fühlte er von Zeit zu Zeit nach der rückwärtigen Hosentasche, in der seine Pistole verborgen war. Er kam an einem hellerleuchteten Trödlerladen vorbei und blieb stehen.

Für die Pistole würde ich zwei Dollar bekommen. Könnte in einer Herberge ein Bett mieten, mich morgen satt essen und würde abends genau so dastehen wie heute! Nein, in dieser bösen, feindseligen Welt ist die Pistole mein letzter Freund. Von ihm trenne ich mich erst dann, wenn sie ihre Pflicht getan und mir aus der kalt gewordenen Hand fällt.

Er ging westwärts zu dem Handelskai am Hudson. Eben wurde ein Frachtschiff beladen. Männer rollten schreiend und fluchend Ballen und Kisten zum Kran, der zehn, zwölf davon auf einmal, zu einem mächtigen Bündel verschnürt, hob, kreischend in die Luft schwenkte und dann mit einer Wendung in den Bauch des Schiffes gleiten ließ.

Am mächtigen Tor des Güterschuppens hing ein Zettel: „Morgen früh Abfahrt des ›S. S. Missouri‹ nach Rotterdam. Heizer werden noch angenommen. Freie Fahrt und zwanzig Dollar."

Atemlos stierte Carlo die Inschrift an.

Er mit seinen jungen, gestählten Kräften würde die Höllenarbeit bei den Kesseln vielleicht überstehen. Und zwanzig Dollar – damit konnte er in Rotterdam einen Anzug kaufen und bequem nach Wien fahren.

Was aber dann? Was würden seine Freunde sagen, wenn er verkommen, schäbig, zugrunde gerichtet mit rissen Händen und mageren Gliedern vor ihnen stehen und sie um Hilfe bitten würde?

Ein Schauer lief ihm über den Rücken. Nein, lieber hier verrecken wie ein Hund, als in dem üppigen, schwelgerischen Wien als Bettler von der Gnade anderer leben zu müssen.

Carlo stieg eine Steintreppe hinunter, die zum Wasser führte, und sah in die schlammigen, schwarzgrauen Fluten, die dem Meere zubrausten.

Wenn ich mich vornüber beuge und mir eine Kugel in die Schläfe jage, so ist alles vorbei. Ein Nigger weniger auf der Welt, das ist alles!

War es seine erregte Phantasie, war es Wirklichkeit? Die Wellen rissen eine Leiche mit sich, die Leiche eines Mannes mit ausgebreiteten Armen. Von Grauen erfüllt, beugte sich Carlo weiter vor, sah ein grünlich aufgedunsenes Gesicht mit aufgerissenen Augen, sah die schlammigen, weißen Haare, den offenen Mund.

„Nein, das doch nicht," murmelte Carlo vor sich hin, „dazu habe ich noch Zeit, morgen, übermorgen, wenn ich nicht mehr weiter kann!"

Dunkle Nacht, frisch einsetzender Regen mit Flocken vermischt. Dumpfes Kältegefühl ließ Carlo rascher gehen, fast laufen. Er rannte stadtaufwärts, kam zur Welt Houston Street, richtete instinktiv, von seltsamer Neugierde getrieben, die Schritte den Straßen zu, die, wie er wußte, fast ausschließlich Neger beherbergten.

Mein Volk, dachte er hämisch grinsend, die Menschen, zu denen ich gehöre, unter denen ich, wenn ich nur wollte, sicher ganz gut mein Leben fristen könnte.

Ein Gedanke schoß ihm durch den Kopf. Wohin gehört der Mensch? Dorthin, wo er von den anderen gestellt wird. Nun, hier stellt man mich zu den Farbigen. Also gehöre ich von Rechts wegen zu ihnen, ist es vielleicht nur kindischer Hochmut, wenn ich trotze und zu denen will, zu denen ich nicht gehöre. Wie wäre es, wenn ich morgen zu einer der Zeitungen der Farbigen gehen und ihr meine Dienste anbieten würde? Neger, die so gebildet sind wie ich, wird es nicht viele geben, wahrscheinlich würde ich mit offenen Armen aufgenommen werden!

Aber diese Gedanken waren spielerisch angeflogen und Carlo lächelte über sie hinweg. Ein schmerzliches Lächeln, denn er empfand heftigen Hunger, war unsagbar müde, begann beim Gehen zu straucheln und fühlte, wie seine Augenlider schwerer und schwerer wurden.

***

Vor einem Restaurant stand in der Türfüllung breit und behäbig ein Neger mit einer knallgrünen Krawatte, einem mächtigen falschen Diamanten am rechten Zeigefinger und goldenen Zähnen, die in die Nacht hinaus gähnten.

Carlo fühlte sich so elend, daß er mitten im Lichtkegel der offenen Türe stehen blieb und sich an die Mauer lehnte.

„Krank, Mister?“ fragte der dicke Neger teilnahmsvoll und seine kohlschwarzen Kinderaugen glotzten den Fremden neugierig an. Und Carlo kam sich so jammervoll, so hilfsbedürftig vor, daß er fast unbewußt die Worte hervorstammelte:

„Ich bin müde, hungrig und habe kein Obdach!“

Der schwarze Wirt griff in die Hosentasche, überlegte, nahm dann Zeller am Arm und sagte ruhig:

„Sie sollen sich satt essen! Kommen Sie herein!“

Und er führte Zeller an einen Tisch, klatschte in die Hände und flüsterte einer schwarzen, noch dickeren Frau mit mächtigen Korallen in den Ohren ein paar Worte zu. Bald darauf watschelte die Negerin, die Frau des Wirtes, mit einem Teller Suppe, Brot, Butter und einer Schüssel Fleisch herbei und sagte, während sie von einem Ohr bis zum anderen grinste:

„So, essen Sie sich ordentlich satt, junger Mann! Und nicht traurig sein! Ist schon mehr als einer niedergebrochen und dann doch noch reich wie Vanderbilt geworden!“

Diskret entfernte sie sich ebenso wie ihr Gatte, und es schien Carlo, als wenn auch die anderen schwarzen Gäste, die den Vorgang beobachtet hatten, nun ostentativ wegschauen würden, um ihn beim Essen nicht zu stören.

Erst als er fertig war, setzte sich der Wirt zu ihm, ein paar andere Neger taten desgleichen, die Wirtin brachte Bier, und plötzlich saß Carlo mitten unter denen, die nach Ansicht der Amerikaner seine Genossen waren. Sein Humor regte sich, er fand die ganze Situation grotesk und burlesk, außerdem aber durchaus nicht unbehaglich. Nun befand er sich unter Leuten, die ihm sicher keine Kränkung zufügen, ja wahrscheinlich sogar Verständnis für seine Leiden haben würden. Und auf die Fragen der Neger erzählte er kurz von seinem Leben und den traurigen Erfahrungen, die er in Amerika gemacht.

Die Neger steckten die Köpfe zusammen, sahen ihn fast ehrfürchtig an, er hörte, wie der eine dem anderen zuraunte: „Er ist ein Studierter, ein gelehrter Mann, drüben hat er nur unter Weißen gelebt.“

Aber sein Leid konnten sie doch nicht erfassen. Der Wirt wiegte bedächtig das wollige Haupt.

„Es wird sich ganz leicht ein guter Job für Sie finden. Gebildete Leute wie Sie, die Sprachen sprechen, findet man nicht leicht unter uns. Vorläufig könnte ich Sie ganz gut bei mir gebrauchen als Kellner und um in der Küche zu helfen, weil sich meine Alte sonst zu Tode schindet. Was, Mammi? Aber ich will auch mit dem Direktor der Schule nebenan sprechen, sicher weiß er etwas für Sie. Wie gesagt, mit der Bildung steht es bei uns noch recht schlecht."

Carlo schüttelte verzweifelt und mutlos den Kopf. Wie sollte er sich verständlich machen, ohne die Leute zu beleidigen? Endlich sagte er zögernd:

„Gentleman, Sie müssen mich recht verstehen! Nicht als ob ich glauben würde, ich sei, weil mein Vater ein Weißer war, etwas Besseres als jeder andere, der nur schwarzes Blut hat. Nein, aber ich bin nun einmal unter Weißen aufgewachsen, habe mich nie anders als jeder Europäer gefühlt, und will mich nicht durch brutale Gewalt irgend wohin drängen lassen, wohin ich nach meiner Ansicht nicht gehöre."

Fassungslos sahen die Männer einander an.

„Ja, aber wenn die Weißen Sie doch nicht unter sich leben lassen wollen und Sie es unter den Farbigen gut haben können?"

Ein seltsam anzusehender Vollblutneger mit schneeweißem Haar und Brille war eingetreten, hatte stehend den größten Teil der Unterhaltung angehört. Er wurde nun als Reverend Jonas angesprochen, sehr ehrerbietig behandelt und aufgefordert, Platz zu nehmen. Der Methodistenpastor lehnte ab, sah Carlo groß an und sagte:

„Junger Mann, gehen Sie ruhig nach Europa zurück und genießen Sie dort die Rechte, die man Ihnen einräumt, weil man von dieser Seite der Rassenprobleme dort nichts weiß. Wenn Sie aber hier bleiben wollen, dann müssen Sie sich in unser Lager begeben und Neger werden! Nie werden Sie hier ein weißes Weib freien können, und Ihre Kinder würden ja doch wieder zurückkehren zu den Farbigen! Ich weiß ganz gut, im Innern Ihres Herzens verachten Sie den dummen, plumpen Neger. Überwinden Sie sich, helfen Sie ihn zu erziehen, statt zu verachten, und

Sie werden manch Goldkörnchen unter der schwarzen Haut blinken sehen und erfahren, daß der Neger dankbar sein kann, wie kein anderer."

Reverend Jonas ging wieder, die anderen nickten, ohne die Worte ganz erfaßt zu haben, Carlo wurde nachdenklich, in jähem Wechsel begannen die Gedanken in seinem Hirn zu kreisen.

Das Gespräch wandte sich von Carlo ab, den Interessen der anderen zu. Geschäftliche Dinge wurden besprochen, von kleinen Veränderungen erzählt, die sich in der Nachbarschaft ereignet. Der Barbier Sam Lincoln habe sich unvermutet mit der Tochter des Schuhhändlers Washington Robbin verheiratet, die Frau des Tischlers Soundso Zwillingen das Leben geschenkt, die aber, obwohl sie wie ihr Gatte Vollblut seien, durchaus wie Mulatten aussehen. Man lachte grinsend und erzählte dann einander allerlei schlüpfrige Geschichten.

Carlo dachte: Ich kann mit bestem Willen nicht zugeben, daß sich diese Leute von Weißen desselben sozialen Milieus und Bildungsgrades irgendwie unterscheiden. Genau so würde die Unterhaltung aussehen, wenn ich hier in Posemuckel oder gar in Berlin oder Wien in einem Vorstadtwirtshaus am Stammtisch mit Gevatter Schneider und Sattler säße. Ja, sie riechen anders, das spürt meine Nase, und sie sehen anders aus, das sehen meine Augen, und sie sprechen ein seltsames Englisch, als würden sie ihre wilde afrikanische Sprache noch nicht ganz überwunden haben. Aber sonst empfinde ich sie wie Müller und Schulz, wie Smith und Jones, wie Boulanger und Dupont! Vielleicht ein wenig naiver noch, ganz unangekränkelt von der Gedanken Blässe, aber gutmütiger und herzlicher sind sie sicher, als es die Duponts und Müllers zu sein pflegen!

Plötzlich horchte Carlo hoch auf. Ein Neger erzählte, daß sein jüngerer Bruder, der gerade stellenlos sei, sich nach Alabama zum Holzfällen verdungen habe. Eine große Gesellschaft habe ungeheuere Waldungen im Staate Alabama längs des Flusses Alabama erworben, Urwälder, die nun ausgerodet werden sollen, einerseits, um Baumwolle an ihrer Stelle anzupflanzen, andererseits um das Holz stromabwärts nach New Orleans zu bringen, von wo aus es nach England verschifft werden würde. Das alles soll bis zum Frühjahr vollendet sein, und die Gesellschaft werbe nun Zehntausende von Händen unter recht günstigen Bedingungen an. Alles frei und täglich drei Dollar, und für den, der bis zum Schlusse bleibt und seine Arbeit macht, noch eine Prämie von fünfzig Dollar. Übermorgen schon würde ein riesiger Extrazug mit ein paar tausend Leuten von New York abgehen.

Carlo, der gespannt zugehört hatte, warf eine Frage ein:

„Es werden wohl nur Farbige angeworben?“

„Keine Spur,“ lachte der Neger, „Weiße und Farbige und Gelbe! Wo es um harte Arbeit geht, hört hierzulande der Unterschied auf. Aber nur starke Leute werden genommen, bei denen man nicht riskiert, daß sie nach ein paar Tagen krank zusammenbrechen.“

Prüfend maß er Carlo mit den Augen.

„Wäre für dich nichts, glaube ich, siehst eher aus, als wenn du gute Hirnarbeit leisten könntest!“

Carlo reckte sich lächelnd.

„Oh, ich bin stark wie nur einer und nehme es im Boxen und Ringen, im Stemmen und Heben mit jedem auf, der zweimal so viel wiegt wie ich.“

Er ließ sich die Adresse der Anwerbungsstelle geben. Sein Plan war gefaßt. Nur fort von hier, sich nicht hinein zu den Negern zerren lassen. Monate hart arbeiten und schuften wie ein Tier, aber dann im Frühling mit ein paar hundert Dollar in der Tasche zurück nach Europa, nach Wien, als Weißer unter Weißen!

Es war Mitternacht, die Gäste gingen. Mammi machte Carlo auf ein paar Stühlen das Lager zurecht und der Wirt drückte ihm einen harten Silberdollar in die Hand:

„Wenn Sie mit Geld aus Alabama zurückkommen, so können Sie es mir wiedergeben.“

Gerührt schüttelte ihm Carlo die schwarze Hand. War das nicht die erste warme Menschlichkeit, die ihm in diesem Lande begegnete?

Tief und schwer schlief Carlo auf dem improvisierten Lager. Aber die bösen, finsteren Gedanken, die ihn in der letzten Zeit unablässig verfolgt, blieben ihm diesmal ferne, Abenteuerlust, der Wunsch, sich mit diesem seltsamen Leben ordentlich zu raufen, beherrschten ihn, er sah wieder Ziel und Weg, und in weiter Ferne leuchteten ihm der Dom von St. Stephan, die Ringstraße, die schönen Wienerinnen und der Kreis von Gleichgesinnten, in den er wieder eintreten wollte, wenn er erst aus eigener Kraft sich dem Banne Amerikas entzogen hatte.

*

Unten am East River stand mit Kreide auf das Tor eines Gebäudes geschrieben:

Starke Hände für Alabama zum Holzfällen gesucht!

Vor dem Tor lungerten ein paar Dutzend Männer umher, solche, die eben abgeschlossen hatten und nicht recht wußten, was bis morgen beginnen, und solche, die man als zu schwächlich zurückgewiesen hatte. Drinnen in der großen Halle, die sonst Warenmagazin war und jetzt provisorisch als Werbebureau gemietet, herrschte ein Stimmengewirr seltsamster Art. Lachend stellte Zeller fest, daß es so ungefähr unmittelbar nach der Sprachenverwirrung rings um den Turm von Babel gewesen sein mochte. Englische und deutsche, polnische und ungarische, italienische und jiddische Worte flogen an sein Ohr, schon hatten sich die Angeworbenen zu Gruppen nach ihren Sprachen und Nationalitäten geordnet, und mit Unbehagen sah Carlo, daß dort ein ganzer Haufen Neger und Mulatten zusammenstand. Also würde er auch hier zu den Farbigen gedrängt und von der Gemeinschaft mit Weißen ausgeschlossen werden! Aber wie dem auch immer wäre – in der Wildnis von Alabama konnte ihm das alles gleichgültig sein! Geld zusammenzuscharren und dann nach Europa – das war ein Programm, das an Empfindlichkeiten nicht scheitern durfte.

Carlo stand nun vor einem Tisch, hinter dem ein Amerikaner Listen ausfüllte. Der Mann blickte auf, brummte: „Glaube, Sie sind zu schwach," und wies mit dem Zeigefinger auf eine mächtige Eisenkugel von hundert

Pfund, die neben ihm auf dem Boden lag. „Zeigen Sie, was Sie damit anfangen können!"

Carlo trat seitwärts, hob die Kugel am Griff, stemmte sie zehnmal mit gestrecktem Arm, bis der Mann am Tisch zufrieden lächelnd sagte:

„Genug! Könnte mehr Leute brauchen, wie Sie einer sind!"

Dann wurde rasch Kontrakt gemacht. Morgen früh um vier Uhr Abfahrt mit dem Sonderzug nach Alabama. Von da an drei gute, ausreichende Mahlzeiten und drei Dollar für den Tag. Der erste Lohn wurde aber erst nach dreißig Tagen ausgezahlt. Wer vorher aus irgend einem Grunde die Arbeit niederlegte, bekam nichts als das Geld zur Rückfahrt. Wer volle vier Monate in Arbeit blieb, bekam dann extra fünfzig Dollar und nochmals fünfzig als Rückfahrgeld. Außerdem wurden die Arbeiter in Partien zu fünfzig Mann unter je einem Aufseher eingeteilt. Jede Partie, die wöchentlich ein gewisses Arbeitsquantum überschritt, bekam Prämien, die gleichmäßig verteilt wurden.

Carlo unterschrieb, er wurde aufgefordert, sich spätestens um drei Uhr früh bis zum Abmarsch nach dem Bahnhof hier einzufinden. Er könne aber auch gleich hier bleiben oder abends kommen und sich irgendwo auf dem Fußboden der Halle niederlegen.

Carlo ging heiter und frohgelaunt weg und begann intensiv zu rechnen. Drei Dollar für den Tag macht in vier Monaten rund 360 Dollar. Dazu die Prämie von fünfzig und das Reiserückgeld. Er würde also Mitte März, wenn er den Nebenverdienst für Mehrarbeit zum Ankauf von Getränken und Tabak verwendete, im Besitz von etwa 460 Dollar sein. Die Fahrt nach dem nächsten Hafen, der Ankauf von anständiger Kleidung, die Reise in der zweiten Kajüte nach Europa würde rund 260 Dollar verschlingen, so daß er, wenn alles glatt verliefe, mit zweihundert in Wien sein könnte. Nicht viel, aber genug, um ein Zimmer zu mieten und ein paar Wochen anständig zu leben. Und dann hieß es eben arbeiten, nicht mit den Fäusten, sondern mit dem Schädel!

Mißmut beschlich ihn wieder. Clemens von Ströbl und die anderen Freunde würden ihm wahrscheinlich mehr oder weniger kühl entgegentreten. Und die Frauen? Hm, den eleganten, reichen, müßiggängerischen Carletto hatten sie verwöhnt. Wie würden sie sich zu einem ärmlichen, im Bureau schuftenden Carlo stellen? Ach was, ich bin jung und nicht der Dümmste und werde Erfahrungen hinter mir haben, wie kaum ein anderer.

Carlo dachte an die letzten Jahre zurück. War er nicht wie ein Knabe durchs Leben gegangen? Von Genuß zu Genuß, von Spielzeug zu Spielzeug! Wie dumm und erbärmlich hatte er die Erbschaft seines Vaters verschleudert, wie unbenutzt Jahr auf Jahr verstreichen lassen! Wie ein Neger, so unbewußt und leichtsinnig war ich gewesen, dachte Carlo mit lächelnder Selbstironie. Nun, vielleicht ist das eben das Erbteil der Mutter, diese Freude an Glitzerndem und Funkelndem, an Äußerlichkeiten und berauschendem Tempo!

Zeller fühlte, daß er heute milder und weicher gestimmt war, als die ganzen wüsten Wochen hindurch. Vor allem durchtobte ihn nicht mehr dieser Haß und Widerwillen gegen die Schwarzen. Diese maßlose Empörung und Wut bei dem Gedanken, selbst für einen Neger gehalten zu werden. Gestern hatte er ja zum erstenmal ihre Gemeinschaft erlebt, und – nein – er konnte es tiefinnerlich nicht leugnen – eine gewisse Sympathie war ihm von dieser Nacht zurückgeblieben, eine Art Wohlwollens, wie ihn der Erwachsene spürt, wenn er fremde Kinder um sich her spielen sieht.

Fast fröhlich warf Carlo den Silberdollar in die Luft und fing ihn auf.

Heute bin ich noch reich und frei, kann mich gar in der Gulaschavenue in einem Wiener Café von der Kultur verabschieden. Und dann – nun dann bin ich eine „starke Hand“, nichts weiter. – Werde Bäume umlegen und Dollars sammeln, Corned beef und Bohnen essen, am Sonntag in der heißen Sonne von Alabama faulenzen, bis die Zeit um ist und ich unter die Episode Amerika einen Strich machen kann!

***

Zwei Tage und zwei Nächte rollte der lange Zug mit den Holzfällern durch Pennsylvanien, über das mächtige endlose Alleghany-Massiv hinunter nach dem Süden. Bei Regenwetter waren sie abgefahren, einen ganzen Tag begleitete sie Schnee und Kälte, dann wurde es frühlingswarm, und als die tausend Männer aus New York im Städtchen Anniston ausstiegen, brodelte ihnen die heiße feuchte Luft von Alabama entgegen. In Anniston erwarteten sie große Wagen, auf denen die Leute ihre Bündel und Koffer verstauten und streckenweise, falls einer fußkrank wurde, selbst Platz nehmen konnten. Es wurde ausgiebig gegessen, Proviant verteilt, und dann ging es vorwärts, zuerst auf guter Landstraße, später auf ausgetretenen Pfaden querfeldein durch Baumwollplantagen; über blaugrüne Wiesen, auf denen Zehntausende von Pferden grasten, und schließlich über Sümpfe hinweg in den mächtigen Eichenwald, der ausgerodet werden sollte.

Schon hörte man aus der Ferne das Sterben des Waldes, das Stöhnen der Baumriesen, die sich gegen den gewaltsamen Tod wehrten, das Knacken der Äste, das Kreischen der Säge und die dumpfen Hiebe von Äxten. An Baracken kamen sie vorbei, in die sich eben Rudel von Holzfällern zur Ruhe begaben, stürmische Zurufe erschollen, Scherz- und Hohnworte flogen ihnen entgegen, bis der Führer, der an der Spitze der Kolonne schritt, sein Halt erklingen ließ. Sie waren an ihrem Lagerplatz angelangt, von dem aus sie täglich früh morgens zur Arbeit gehen würden. Rasch wurde die ganze Kolonne in Gruppen von je fünfzig Mann eingeteilt, jede Gruppe erhielt eine aus einem Schlafsaal und einem Waschraum bestehende Baracke zugewiesen, Kessel mit Suppe und Fleisch standen bereit, jeder konnte essen, so viel er mochte, und dann schlafen gehen.

Carlo hatte sich unterwegs auf der Eisenbahn fast ausschließlich mit deutschen Männern zusammengefunden. Unter ihnen glaubte er sicher zu sein, nicht als Neger behandelt zu werden, und sie waren ihm auch sympathischer als die Slawen, mit denen er sich nicht verständigen konnte, und die Irländer, die immer Streit suchten und sich als Raufbolde und Säufer erwiesen. Eingeborene Amerikaner gab es nur wenige unter den Holzfällern, denn im Laufe eines Jahrhunderts hatte es sich immer mehr so gemacht, daß der Yankee der schweren Arbeit aus dem Wege ging und sie von frischen Einwanderern besorgen ließ.

Die Gruppe, zu der nun Carlo gehörte, hauste in der Baracke Nr. 43, und die fünfzig Mann hießen kurzweg die Dreiundvierziger. Ihr Führer, der „Boß“, wie man sagte, war ein phlegmatischer Deutschamerikaner, der die englische Sprache nicht erlernt und die deutsche schon längst vergessen hatte, so daß er ein wunderliches Mischmasch sprach. Je zwanzig Gruppen standen unter der Leitung eines sogenannten Superintendenten, von dem man einfach als der „Super“ sprach. Die Oberleitung über die gesamten Leute befand sich in Anniston, von wo aus die Supers und Managers und Generalmanagers allmorgendlich per Auto angefahren kamen.

Morgens um sechs Uhr begann die Arbeit. Von zwei Seiten aus wurde in gleicher Höhe von zwei Männern mit mächtigen Hieben der langen amerikanischen Axt eingeschlagen, bis nur eine kaum noch zollbreite Holzschicht die beiden einander entgegenarbeitenden Äxte trennte. Dann wurde rasch ein Seil in beträchtlicher Höhe über den Baum geworfen und dieser niedergelegt. Sofort hatten sich die Holzfäller an den nächsten Baum zu machen, während ein anderer Mann die Aufgabe erhielt, die Äste des gefällten Stammes abzuhacken. Bestand ein ganzes Gebiet derart nur mehr aus Baumleichen, so wurden diese auf ein niedriges Räderwerk verstaut, das dann Pferde hinunter nach dem Coosa River, einem Nebenfluß des Alabama, brachten. Auf mächtigen Flößen ging es tagelang stromabwärts, bis der Alabama die Bucht von New Orleans erreichte, wo dann die Flöße im Bauch mächtiger Segelschiffe verschwanden, um die Reise nach England anzutreten.

Am ersten und zweiten Abend waren fast alle Neuangekommenen von der ungewohnten und schweren Arbeit so erschöpft, daß sie kaum ihre Mahlzeit einnehmen konnten und schon auf ihre Pritschen wie halbtot sanken, um zwölf Stunden zu schlafen. Nach zwei Tagen des Holzfällens hatte man einen Tag lang nur die Äste abzuhacken und die Stämme zu verladen, was beides wesentlich leichter war. So kam es, daß am dritten Abend die Dreiundvierziger nach dem Speisen nicht gleich schlafen gingen, sondern zuerst in der lauen Nacht vor der Baracke saßen, dann, als die Moskitos ihnen zu sehr zusetzten, drinnen im Schlafsaal beim Schein der von der Decke herabhängenden Petroleumlampe wohlgemut plauderten und ihre Erfahrungen austauschten. Fast alle hatten dicke Blasen an den Händen, sie spürten die Knochen im Leibe, schimpften über die Rackerei mächtig, waren aber dabei mit ihrem Schicksal zufrieden. Denn – und das war allen die Hauptsache – die Kost war gut und mehr als reichlich, niemand schimpfte mit ihnen herum, und die drei Dollar trösteten über die zehn Arbeitsstunden. Unangenehm wurde es nur empfunden, daß die Kantineure – zu je zwanzig Baracken gehörte eine Kantine – die ganze Woche hindurch nur Obst, Naschwerk, Sodawasser, Limonaden und Tabakwaren verkauften, nicht aber Alkohol. Erst am Samstag nachmittag durften Bier in Flaschen, Whisky, Kümmel und andere Liköre verkauft werden, auch am Sonntag vormittag bis zwölf Uhr, dann war wieder Schluß damit.

Carlo erkannte sofort das Kluge, aber auch das Infame dieses Systems. Die Kantineure mußten alle ihre Ware von der Generaldirektion in Anniston beziehen. Während der Woche wurde also den „Händen" das mühsam verdiente Geld in Gestalt von unnützen Leckereien abgenommen und am Samstag abend und Sonntag vormittag, wenn der Alkohol nicht mehr ungünstig auf die Arbeitsleistung einwirken konnte, in Schnaps und Bier. Carlo berechnete, daß die Gesellschaft an allem, was die Kantineure führten, durchschnittlich fünfzig vom Hundert verdiente. Da nun gut jeder zweite Mann allwöchentlich seinen ganzen Arbeitslohn in der Kantine aufbrauchte, so hatte die Gesellschaft einen ungeheuren Überverdienst, um den sie mancher New Yorker Warenhausbesitzer beneiden durfte.

In der Gruppe 43 befanden sich außer Carlo Deutsche jeder Art. Gemütliche Schwaben, Berliner, Hannoveraner, Pommern und Mecklenburger. Bayern mit dem Messer im Stiefelschaft, ja sogar zwei Siebenbürger Sachsen waren da. Im allgemeinen Leute, die harte Arbeit gewohnt waren: Bauern, Tischler, Schlosser. Allerdings auch ein paar Leute, denen man unschwer ansah, daß sie einst bessere Tage gesehen. So ein ehemaliger Schullehrer, ein total verbummelter und versoffener Student, der angeblich Borusse gewesen war, ein Buchhalter, der ungeniert erzählte, daß er aus Frankfurt bei Nacht und Nebel geflohen sei, weil er seinen Chef beschummelt hatte, und ein Buchhandlungsgehilfe aus Dresden. Alle diese, die aus sogenannten gebildeten Berufen kamen, wollten, so wie Carlo, nach Europa zurück, hatten den Vorsatz, jeden Dollar zu sparen, um nach vier Monaten genug Reisegeld zu besitzen. Aber der Student und der Buchhalter vertranken ihren Arbeitslohn, der Buchhändler verspielte ihn regelmäßig, und nur der Schullehrer sparte ihn wirklich ebenso wie Carlo, der sich vorläufig nicht einen Cent für Extraausgaben gestattete. Er mußte sich oft über sich selbst wundern. Er, der für den Wert des Geldes nie Verständnis gehabt, der leichtsinnigste Verschwender unter allen seinen Freunden gewesen war, entwickelte sich jetzt zum Geizkragen, der sich nicht einmal eine Zigarette gönnte. Aber er empfand eben dieses ganze Leben als ein Abenteuer, eine sportliche Leistung, als eine Art Wette mit sich selbst, dahingehend, ob er wirklich vier Monate durchhalten würde.

Vergebens versuchte Carlo, in innigere Fühlung mit seinen Gefährten zu kommen. Die meisten waren primitive, ungebildete Leute, mit denen ihn nichts verband, die einen heimatlichen Dialekt sprachen, den er kaum verstand, der Schullehrer war gedrückt, scheu, hämisch und verschlossen, und die anderen, die allenfalls in Betracht gekommen wären, logen, schnitten auf, bramarbasierten und erzählten immer wieder Weibergeschichten, bei denen natürlich immer Damen der besten Gesellschaft, wenn nicht gar Gräfinnen und Komtessen die Hauptrolle spielten.

Gerade solche Gespräche stießen aber Carlo, der viel zu sehr Erotiker und Frauenanbeter war, um von Frauen häßlich zu sprechen, heftig ab, und so zog er es vor, sich auf den Austausch der üblichen Redensarten zu beschränken. Gerne hätte er in den späten Abendstunden draußen am Waldesrand auf einem Baumstumpf gesessen, aber dies erwies sich als kaum möglich, weil die Moskitos mit der sinkenden Sonne in ungeheueren Schwärmen auftauchten, bis bald der ganze Körper zerfressen und wund war. So mußte Carlo wie die anderen auf seinem Feldbett oder um den langen, rechteckigen, ungehobelten Tisch herum im Schlafsaal sitzen. Ein paar Bücher, die der ehemalige Schullehrer besaß, unter ihnen eine russische Grammatik, bildeten so seine Zerstreuung, da er nach Ablauf einer Woche es endgültig aufgegeben hatte, den öden Gesprächen seiner Kameraden zu lauschen.

Um so mehr begannen die anderen sich mit ihm zu befassen. Bald hatten die Gebildeten sowohl wie die Primitiven die besondere Art, die feinere Lebenskultur an ihm herausbekommen. – Mit Ausnahme des Schullehrers, der immer mehr apathisch wurde, fanden sie sich als Widersacher gegen ihn zusammen, nicht, daß sie ihm feindselig waren, aber sie gewöhnten sich, ihrer eigenen monotonen Gespräche und Münchhauseniaden müde, ihn als Zielscheibe ihres Spottes zu betrachten. Es begann damit, daß sie ihn einen verkappten Prinzen nannten, ihn per Herr Aristokrat ansprachen, bis sie irgendwie herausbekommen hatten, daß er dunkles Blut in den Adern hatte. Von da an erhielt er den Spitznamen Zulukönig. Anfangs ließ sich Carlo die Hänseleien ruhig gefallen, bis ihm eines Tages die Sache zu dumm wurde und er den Studenten, der ihn fragte, ob seine Mutter eine Menschenfresserin gewesen sei, so ohrfeigte, daß er zwei Tage mit geschwollenem Gesicht umherlief. Von da an hatte er halbwegs Ruhe.

Eines Abends, als es besonders heiß war, hielt Carlo die stickige, vom Rauch der Petroleumlampen und Tabakpfeifen erfüllte Luft seiner Baracke nicht aus und er begab sich ins Freie, wo er zur Abwehr der Moskitos einen feuchten Eichenzweig zum Glimmen brachte und in der Hand schwenkte. Aus einer ferngelegenen Baracke hörte er Mandolinenklänge und leisen, schwermütigen Gesang. Er ging näher und kam zu einer Baracke, die von Negern bewohnt war. Die Insassen lagerten im Freien vor der Baracke, erhielten aus dürren Zweigen und feuchtem Moos ein mächtiges Lagerfeuer, das die Moskiten vertrieb. Sie kauerten um den Scheiterhaufen herum und sangen im Chor mit dem Banjospieler, einem bildhübschen, schlanken, fast pechschwarzen Burschen.

Unendliche Schwermut liegt in den Negerliedern, von denen niemand weiß, wie sie entstanden sind, wer sie zum erstenmal auf das Notenpapier gebracht. Es ist, als würde aus diesen monotonen, klagenden Weisen die unbewußte Sehnsucht des Negers nach seiner afrikanischen Heimat, das Leid der Fremde klingen, die Sklavenketten klirren, Wildheit sich mit tiefen Träumen mischen.

Seltsam ergriffen setzte sich auch Carlo auf den Erdboden. Erinnerungen an seine Knabenjahre tauchten in ihm auf, da sein Vater mitunter an stillen, friedlichen Sonntagsnachmittagen diese Lieder am Klavier gespielt und dazu leise in tiefem Baß gesungen hatte. Einmal hatte sein Vater plötzlich den Klavierdeckel zugeschlagen und sich Tränen aus den Augen gewischt. Da war Carlo an ihn herangetreten und hatte ängstlich und bestürzt gefragt, warum der Vater weine. Und Professor Zeller hatte ihn auf die Knie genommen, ihn zärtlich gestreichelt und gesagt:

„Diese Lieder erinnern mich immer an deine Mutter, die bei deiner Geburt sterben mußte, und die ich sehr geliebt habe."

„Erzähle mir von meiner Mutter," hatte der Knabe gebeten. Und Professor Zeller hatte mit leiser, tonloser Stimme gesagt:

„Deine Mutter war schön und jung. Sie hatte braune Wangen und große schwarze Augen, in denen ihre ganze kindliche Seele lag. Eine noch nicht erblühte Knospe war sie, die der Tod geknickt, da andere Frauen erst zu leben beginnen. Später einmal, mein Junge, werde ich dir die ganze Geschichte deiner lieben kleinen Mama erzählen, eine Geschichte, die so rührend wie ein Märchen klingt. Aber heute bist du noch zu klein dazu und würdest die Geschichte nicht verstehen."

Die Jahre waren vergangen, Professor Zeller kam nie mehr auf die Geschichte von Carlos kleiner Mama zurück; dieser vergaß zu fragen, und heute, bewegt von den Klängen der Lieder, hätte er vor Schmerz darüber heulen können, daß er von seiner Mutter fast nichts wußte, nichts, als daß sie ihm ein Erbteil hinterlassen, das ihn in diesem Lande von der Gemeinschaft weißer Menschen ausschloß.

Und doch plagte ihn jetzt, in diesem Augenblick, ein unbezähmbarer Drang, diesen dunkelhäutigen Leuten näher zu kommen, zu erfahren, wie sie dachten und fühlten, was sie vom Leben wollten und erhofften.

Blut von ihnen rollt auch durch meine Adern, dachte er, irgend etwas von ihrer Wesensart muß auch in mir vorhanden sein. Blut ist dicker als Wasser, und das Blut dieser Neger schwerer als das Blut der Weißen.

Der Gesang hatte aufgehört, der Banjospieler kauerte jetzt neben Carlo, musterte ihn und fragte dann kurz und unvermittelt:

„Terzerone oder Quarterone?"

Carlo erwiderte auf diese Frage, die ihm noch vor wenigen Wochen das Blut in die Schläfen gejagt hätte, gemütsruhig und lächelnd:

„Terzerone, meine Mutter war Mulattin, mein Vater, bei dem ich aufgewachsen bin, ein Deutscher."

Andere mischten sich in das Gespräch, und einer rief grinsend aus:

„Was, bei dem weißen Vater bist du aufgewachsen? Verdammt, das habe ich noch nicht gehört! Wie ist denn das zugegangen?"

Carlo erzählte nun, daß sein Vater in New York mit seiner Mutter gelebt hatte, diese bei seiner Geburt gestorben war und er dann mit dem Vater nach Europa, nach Wien, gezogen sei.

„Wien? Europa?" Die Fragen prasselten nur so auf ihn nieder.

„Wie groß ist Europa? Wo liegt es ganz genau? Ist es dort so heiß wie in Afrika? Gibt es nur Weiße in Europa? Wo ist Wien?"

Carlo begann zu erklären, und als er sah, daß er durch Worte nicht viel erreichen würde, zog er ein Blatt Papier aus der Tasche und zeichnete in Umrissen Amerika und Europa auf, zeigte, daß das europäische Westland von der atlantischen Küste Nordamerikas ungefähr so weit entfernt wie New York von San Francisco, zergliederte Europa in seine verschiedenen Staaten, zeichnete Wien ein und Berlin, kurzum, er hielt einen längeren Vortrag, wie ihn etwa ein Volksschullehrer vor kleinen Kindern gehalten hätte.

Ein älterer Mulatte von abstoßender Häßlichkeit schüttelte verwundert den Kopf.

„Du bist ein kluger Mann, gebildet, ein Professor! Wie kommt es, daß du hier Holz fällst, anstatt auf einer Universität in Virginia oder Atlanta oder wo es sonst Universitäten für Farbige gibt, zu unterrichten?"

Einen Augenblick nur zögerte Carlo mit der Antwort. Dann empfand er klar, daß er diesen großen Kindern gegenüber ganz offen und aufrichtig sein durfte, sein mußte, wollte er ihr Vertrauen erwecken.

Die Neger der ganzen Baracke hatten sich um ihn versammelt, als er ihnen von seiner Jugend, seinem glanzvollen, tollen Leben in Wien, seiner Reise nach New York und den furchtbaren, grausamen Enttäuschungen, die er dort erfahren, erzählte. Er schloß mit den Worten:

„Ihr müßt mir glauben, daß ich die Farbigen, zu denen mich die Weißen tun wollen, nicht gering achte. Aber ich bin nun einmal unter den Weißen aufgewachsen, sie sind meine Gefährten gewesen, von Jugend an, ich bin unter ihren Sitten und Gebräuchen groß geworden, und ich will mich nicht gewaltsam von dem Platz verstoßen lassen, auf den ich gehöre."

Ein junger, hübscher Bursch beugte sich zu ihm vor und sprach erregt:

„Professor, hast du in Wien mit weißen Frauen verkehrt? Hast du am Ende gar welche besessen?"

Carlo, der von nun an nicht mehr anders von den Farbigen als Professor angeredet wurde, lachte kurz auf:

„Meine Lieben, glaubt mir, selbst wenn ganz echte, unverfälschte Neger nach Wien oder Berlin kommen, haben die weißen Frauen nichts gegen sie einzuwenden, im Gegenteil, man sagt sogar, daß sie ihnen mitunter nachrennen. Bei mir aber hat niemand an Negerabstammung gedacht, in mir sahen sie nur den dunkleren Gentleman, der interessanter aussieht als die blonden Männer."

Aus den Fragen, mit denen er nun bestürmt wurde, erklang immer wieder die Sehnsucht des Negers nach Vermischung mit weißem Blut und die Gier nach der weißen Frau, nach der er in Amerika nicht einmal einen Blick erheben darf.

Carlo empfand diese Flucht aus der eigenen Rasse fast schmerzhaft. Dann besann er sich. Hatten nicht alle Kinder die Sehnsucht, erwachsen zu sein? Hatten sie nicht das Verlangen, endlich die Kleider der Erwachsenen zu tragen, wie sie rauchen und trinken zu dürfen? Und waren diese Schwarzen da nicht einfach Kinder mit der tiefen Ehrfurcht vor den Weißen, die ihnen die Höheren, die Erwachsenen sind?

„Warum wollt ihr alle euch mit weißen Frauen mischen," meinte er schließlich, „gibt es nicht genug schöne, schwarze Mädchen, die euch lieben wollen? Und was hätte diese Mischung für einen Zweck, wenn eure Kinder und Kindeskinder doch immer wieder mit dem blauen Mal zur Welt kommen, das sie zu Farbigen stempelt?"

Ein ganz junger, wollhaariger Kerl von etwa siebzehn Jahren lachte verschmitzt.

„Professor, man will doch immer haben, was man nicht bekommen kann. Und da wir weiße Frauen nicht anrühren dürfen, so ist eben die Lust nach ihnen groß. Vielleicht, daß sich ein Farbiger, der in Wien lebt, am Ende gar nach unseren schwarzen Mädeln sehnt."

Die anderen nickten grinsend und lachend im Kreise.

Carlo aber sagte sich: „Da hat dieser Bursch eine so kluge, vernünftige Äußerung getan, wie sie nur irgend ein junger Yankee oder Deutscher hätte tun können. Und überhaupt – wenn ich dieses Volk in seiner Gesamtheit als Kind betrachte, so handelt es sich doch ersichtlicherweise um entwicklungsfähige Kinder, die zu Erwachsenen werden können, wenn man sie erzieht, statt prügelt."

Er lenkte das ihm ohnehin peinliche Gespräch in andere Bahnen und begann die Leute nach ihrem Schicksal zu befragen. Die meisten stammten aus dem Norden der Staaten, da die Südneger gewöhnlich bei den Baumwollplantagen bleiben, und waren dort in Armut und Elend aufgewachsen, die Jungen konnten zum größeren Teile lesen und schreiben, die Älteren, die über dreißig alten, waren fast durchweg Analphabeten. Der Mulatte seufzte bei dieser Erwähnung tief auf.

„Ich bin aus Philadelphia, meine Mutter war noch in der Sklaverei geboren worden, sie weiß selbst nicht, wie sie später nach dem Norden kam. Mein Vater? Sie weiß nicht einmal, welcher der besoffenen Matrosen es gewesen ist, mit dem sie verkehrte, um ein paar Cents oder ein buntes Tuch zu bekommen, oder weil sie es als Ehre empfand, von einem weißen Mann umarmt zu werden. Nun, ich wuchs auf der Straße auf, schlief im Freien oder unter Haustoren, habe niemals eine Schule von innen gesehen, hätte auch, wenn ich mir nicht mein Stück Brot schon als Fünfjähriger hätte verdienen können, gar nicht in die Schule gehen können, weil das die Eltern der weißen Kinder nicht geduldet haben würden. Negerschulen gab es damals aber noch nicht. Heute muß ich mich schämen, weil ich kaum meinen Namen schreiben kann. Wollte, ich hätte es gelernt, könnte dann besser mein Leben machen!"

In Carlo krampfte sich das Herz zusammen. Welches abscheuliche Verbrechen haben da Menschen begangen, die sich für überlegen und hochkultiviert halten! Ganze Völker mit roher Gewalt aus ihrem primitiven Urzustand gerissen, verschachert wie ein Stück Vieh, in der Sklaverei gepeinigt und ausgenützt, dann unter dem Zwang süßlicher, sentimentaler Schlagworte sie „freigemacht", das heißt, ihnen die Freiheit gegeben, zu verhungern; Tiere zu bleiben oder zu werden, um sie dafür noch mit Verachtung zu bestrafen. Dem Mulatten aber, der Sidney Houston hieß, sagte er:

„Lieber Freund, Lesen und Schreiben ist weniger Kunst, als du glaubst. Wenn es dir recht ist, so will ich dir das gerne in den Feierstunden am Abend und am Sonntag beibringen. Ich bin sicher, daß du es in drei, vier Wochen perfekt kannst."

Kaum hatte der Mulatte freudestrahlend eingewilligt, als auch schon von allen Seiten sich andere an ihn herandrängten.

„Professor, bitte, ich möchte es auch lernen, bitte ich auch, ich zahle gerne dafür."

Carlo wehrte lachend ab.

„Von Zahlen kann keine Rede sein. Wir sind hier Kameraden, und wenn einer dem anderen helfen kann, so muß er es tun. Also gut, von morgen an wird abends gelernt, und jeder muß sich Papier und einen Bleistift verschaffen. Der Kantineur verkauft alle diese Sachen.“

Es war fast Mitternacht, als Carlo in seine Baracke kam. Ein warmes Gefühl durchströmte ihn. Nun hatte er ja außer dem Ziel, Geld zu verdienen, auch eine Mission: Dumme, unwissende Menschen aus dem tiefsten Dunkel zu führen, von den reichen Gaben, die das Schicksal ihm, dem Kind einer Mulattin, geschenkt, auch anderen etwas zukommen zu lassen. Und mit einem Gemisch von Stolz und Selbstironie empfand Carlo zum erstenmal in seinem Leben, ein nützliches Mitglied der menschlichen Gesellschaft zu sein. Von da an hielt Carlo allabendlich und Sonntag vormittag in und vor der Negerbaracke Nummer 55 regelmäßig Kurse ab, die einen immer größeren Zulauf bekamen. Von allen anderen Baracken, in denen Farbige lebten, kamen neue Schüler heran, unter ihnen Leute, die das fünfzigste Jahr schon hinter sich hatten, aber auch ganz junge, die in dürftigen Schulen nur wenig gelernt und dieses Wenige fast wieder vergessen hatten. Und Carlo staunte über den zähen Willen, den Fleiß und die rasche Auffassungsgabe seiner Schüler. In wenigen Stunden lernten sie, wozu Kinder Wochen brauchen; mit ihren ungelenken, von schwerer Arbeit fast unempfindlich gewordenen Fingern schrieben sie stundenlang die Buchstaben nach, die Carlo vorzeichnete, nach drei Wochen war kaum einer da, der nicht sämtliche Buchstaben des Alphabets hätte einzeln schreiben und lesen können, und noch vor Weihnachten war seine Klasse so weit, daß sie nach Diktat Worte, wenn auch nicht ganz einwandfreier Orthographie, schreiben konnte.

Aber Carlo konnte sich nicht auf diesen primitiven Unterricht beschränken. Immer wieder baten ihn die Tommies, Johannies, Washingtons und Lincolns nach Beendigung des Unterrichtes, er möge ihnen etwas von der Welt draußen erzählen, so daß er schließlich fast allabendlich kurze, leicht verständliche Vorträge über soziale Einrichtungen, Lebensgewohnheiten und Sitten der Völker Europas hielt.

Und es war ihm eine unsagbare Genugtuung und Freude, zu sehen, wie die Leute an seinen Lippen hingen, ihn verehrten und zu ihm aufschauten.

Waren das wirklich die faulen, rohen, diebischen Halbtiere, für die sie der Amerikaner hielt? Bei der Arbeit und beim Unterricht waren sie ungemein emsig, in den Baracken der Weißen kamen mindestens ebensooft Kameradschaftsdiebstähle vor wie hier, zu irgend welchen Roheitsexzessen war es, wenigstens in Carlos Gegenwart, nie gekommen. Sie rochen anders, sie sprachen anders, sie waren unzweifelhaft naiver, leichtgläubiger, im Gehaben läppischer als die Weißen, aber immer wieder und bei allen Gelegenheiten kam es zum Ausdruck, daß sich unter den Farbigen genau so viele und so wenige geistige Krüppel, sicher weniger Degenerierte, genau so viel und wenig Boshafte und Gutmütige, Herrische und Demütige, Anmaßende und Bescheidene befanden, als unter den anderen Menschen aller Rassen.

***

Seit dem Beginn des neuen Jahres lebte Carlo Zeller ganz unter den Farbigen in der Baracke Nummer 55. Sein Verhältnis zu den weißen Kameraden von Nummer 43 war immer schlechter geworden. Als diese erfahren hatten, daß er seine Abende als Lehrer unter den Farbigen verbrachte, kam es zu ausgesprochenen Feindseligkeiten gegen ihn und schließlich war er es selbst, der den ›Boß‹ bat, ihn zu den Fünfundfünfzigern ziehen zu lassen. Der Boß trug die Sache dem ›Super‹ vor, dieser brummte etwas von farbigen Hunden, die ohnedies zu einander gehören, und Carlo konnte sein Bündel schnüren und wurde mit Jubel von seinen Halbbrüdern empfangen.

Schwer genug konnte sich Zeller an das Zusammenleben mit den neuen Kameraden gewöhnen. Bitter empfand er es als wahr, daß der Sinn für Reinlichkeit bei ihnen kaum entwickelt war. Gerade, daß sie am Morgen die Hände in die Waschbecken tunkten und das Gesicht befeuchteten, der Gebrauch von Seife erschien ihnen ebenso überflüssig wie der einer Zahnbürste und einer Nagelfeile. Und die nächtliche Ausdünstung im

Schlafsaal war so stark, daß Carlo es kaum ertragen konnte. Wieder aber bekämpfte er seinen Ekel und Widerwillen, indem er den Vergleich mit Kindern ausspann.

Sind Kinder von Natur aus nicht auch unreinlich? Weinen nicht die meisten, wenn man ihnen mit Seife und Wasser kommt? Ist es nicht lediglich das Beispiel der Erwachsenen, das nach und nach auf sie einwirkt? Und würden nicht auch Kinder vornehmster Abstammung in Schmutz aufwachsen, wenn sie immer sich selbst überlassen blieben?

Kurz entschlossen hielt Carlo am nächsten Abend einen Vortrag über Reinlichkeit und Körperpflege.

„Das, was die Weißen uns immer wieder vorwerfen, ist unser Mangel an Reinlichkeit," sagte er, „und leider trifft die meisten von uns dieser Vorwurf mit vollem Recht, meine Lieben. Ihr alle seid von dem Wunsch erfüllt, zu den Weißen emporzuwachsen, ihnen gleich zu werden im besten Sinne. Dazu müßt ihr aber von unten, bei den primitivsten Dingen beginnen, und zwar in erster Linie mit der Pflege des eigenen Körpers. Ihr habt mir Geld für das bißchen Unterricht angeboten, das ich euch geben kann, und ich habe es abgewiesen. Nun aber könnt ihr euch reichlich revanchieren, indem ihr von heute an wetteifert, wer der Sauberste sein wird. Der Kantineur hat Seife, Hand- und Zahnbürsten, kauft diese billigen Dinge bei ihm, und wir wollen heute noch vor dem Schlafengehen und dann allmorgendlich ein Wettwaschen veranstalten."

Ein grauhaariger Neger brummte und protestierte mit merkwürdiger Begründung:

„Waschen muß sich nur, wer schmutzig ist, und wir sind nicht schmutzig!"

Aber der alte Benjamin wurde überstimmt, alle schrien durcheinander, daß Carlo gefolgt werden müsse, und eine halbe Stunde später plätscherte es lustig im Schlafsaal, der bald fast unter Wasser stand. Prustend und schnaufend gössen sich die Burschen gegenseitig Kübel Wasser über den nackten Rücken, Houston holte für die ganze Baracke Seife und Bürsten, es begann ein Gegurgel und Geschnaube, daß von den benachbarten

Baracken Neugierige herbeigelaufen kamen, und von da an betrieben die Farbigen mit köstlichem Humor und der tollen Ausgelassenheit, die ihnen eigen ist, das Waschen als eine Art Sport.

Carlo stellte mit Befriedigung fest, daß seither auch die penetrante Hautausdünstung der Neger geringer wurde und sich in jenen eigentümlichen Geruch von Muskatnuß, Essig und Zimt verwandelte, den einst – oh, wie lange war es her – die rotblonde Hella Bühler bei ihm mit ihren feinen Nüstern eingesogen hatte.

Wochenlanger Regen setzte ein, aber kein erfrischender, kühler Regen, sondern es war, als würde schmutziges, warmes Wasser die Luft und die Erde erfüllen. Giftige Nebel entstiegen dem dampfenden Boden: die Arbeit wurde zur Höllenqual, es mehrten sich die Fälle von Typhus und Malariaerkrankungen, Hunderte von Holzfällern mußten forttransportiert werden, und Carlo hatte seine ganze Willenskraft aufzubieten, um auszuhalten.

In den meisten Baracken wurde nun an jedem Samstag fast der ganze Wochenlohn in Schnaps umgesetzt, weil man glaubte, durch diese künstliche Erwärmung von innen der schleichenden giftigen Nässe von außen entgegenwirken zu können. Mit allen Mitteln der Beredsamkeit überzeugte Carlo seine engeren Genossen von dem Unsinnigen, Selbstmörderischen solchen Vorgehens, durch das der Körper geschwächt, das mühsam erworbene Geld vergeudet und nur das Vermögen der Gesellschaft vermehrt würde. Wirklich brachte er es dahin, daß die farbigen Holzfäller zur maßlosen Überraschung der Kantineure viel weniger Geld für Alkohol ausgaben als die Weißen, die Bewohner der Baracke 55 aber fast gar keines. Dafür kauften sie Tee und Zucker und Zitronen, bereiteten sich an Holzfeuern selbst heiße Getränke, sparten ihr Geld und wurden von Krankheiten mehr verschont als die anderen.

Ende Februar hörte der Regen auf, um fast unvermittelt glühender Sommerhitze Platz zu machen. Immer größere Waldflächen schwanden dahin, während sich neue Kräfte schon daran machten, die Wurzelstöcke der gefallenen Bäume auszusprengen und den Boden umzugraben, auf daß er willig und geduldig den Baumwollsamen aufnehme.

Zur vorausberechneten Zeit, Mitte des Monates März, hatte sich der Urwald am Coosa-River in eine weite, weite Fläche verwandelt. Carlo nahm von seinen schwarzen und braunen Arbeitsgenossen, die ihm wahre Freunde geworden waren, herzlichen Abschied und trat, sein kleines Bündel mit Kleidern und Wäsche über den Rücken geschnallt, in der Brusttasche aber nahezu fünfhundert Dollar wohlverwahrt, mit einem selbstgeschnittenen Stock in der Hand, leicht und wohlgemut den langen Marsch nach der etwa fünfzig Kilometer entfernten Stadt Birmingham in Alabama an, wo er sich wieder in einen europäischen Menschen verwandeln wollte. Dort würde er neue Kleider, Wäsche und einen Handkoffer kaufen, dann mit der Eisenbahn an die Küste fahren, um so rasch und billig als möglich nach Europa zu dampfen. Drei, vier, fünf Wochen noch, dann würde er wieder in Wien sein und der vergangenen drei Vierteljahre wie eines wirren, zuerst bösen, dann versöhnlichen, aber höchst lehrreichen Traumes gedenken.

***

Rüstig schritt Carlo aus; tagsüber, wenn die Sonnenhitze am ärgsten war, schlief er in schattigen Gehölzen, abends bis Mitternacht und von drei Uhr morgens bis acht Uhr ließ es sich leicht gehen, war der Marsch wohltuend und stählend. Am dritten Tage zeitig morgens kam er in Birmingham mit seinen hunderttausend Einwohnern, tausend Kirchen, einem erbärmlichen Theatergebäude und einem Fingerhut voll erborgter Kultur an: ein Farbiger unter zehntausend anderen, schmutzig, verstaubt, mit zerrissenen Kleidern und Stiefeln, mit Schweiß und Staub bedeckt und wohlweislich niemals den Blick zu einem hübschen Mädel erhebend, da er keine Lust hatte, die Brutalitäten der Südstaatenamerikaner am eigenen Leibe kennen zu lernen.

Immerhin – es gab auch in Birmingham ein großes Warenhaus, und innerhalb einer Stunde hatte dort Carlo alles zusammengekauft, um einen neuen oder eigentlich den alten Menschen aus sich zu machen. Die gekauften Kleidungsstücke wurden in einem Kabinenkoffer aus braunem Leder verstaut, und mit diesem zog Carlo nun durch die gleichförmigen und uninteressanten Straßen von Birmingham, bis er auf einen Barbierladen stieß, der, wie eine Tafel besagte, auch Badekabinen zu Verfügung hatte. Und da vor der Türe ein Neger stand, konnte er es ruhig wagen, hier einzutreten. Auf seinen Wunsch nach einem Bad machte der Neger zwar ein bedenkliches Gesicht, aber schließlich sagte er:

„Ich habe nur weiße Kundschaft, also dürftest du hier nicht baden. Aber es ist noch so früh am Tage, daß niemand kommt und es keine Gefahr hat."

Gleich darauf saß Carlo in der mit heißem Wasser gefüllten Wanne, kostete die Köstlichkeit eines Bades nach vielen, vielen Monaten mit vollem Behagen aus, ließ sich in der Wanne rasieren und die Haare schneiden, sog mit Wonne den Duft des Bay-Rums ein, der ihm über Gesicht und Kopf gegossen wurde, zog die neuen Kleider, Schuhe und Wäschestücke an, ließ die alten Fetzen zurück und besah sich mit Freude den schlanken, hübschen, von der Sonne mehr noch als sonst gebräunten Herrn Carletto Zeller aus Wien im Spiegel.

Der dunkelblaue Anzug, die eleganten Schuhe, das weiche, zart gemusterte Hemd, die perlengraue Seidenkrawatte, dazu der hellgraue weiche Filzhut und der neue Koffer – so könnte ich ohne weiteres im Auto vor dem Hotel Bristol oder Imperial in Wien anfahren!

Nun aber empfand er heftigen Hunger. Da er wußte, daß hier im Süden ein Farbiger nur dann ein gewöhnliches Restaurant betreten darf, wenn er dort als Kellner bedienstet ist, so entschloß er sich – wieder von einem leisen Gefühl der Abwehr beschlichen – ein für Neger bestimmtes Lokal aufzusuchen. Er fand ein solches in Lincoln Square, das nett aussah und die Aufschrift trug: „Eldorado für farbige Leute." Tatsächlich speiste er dort sehr gut, erstaunlich billig, und es war nicht unsauberer als in anderen zweitklassigen Restaurants.

Der nächste Tag führte ihn in ein Reisebureau, in dem er die Möglichkeiten der Europafahrt erkunden wollte. Er wurde an einen schwarzen Kommis gewiesen, der ihm auch bereitwilligst Auskunft gab. Heute, Donnerstag, um ein Uhr, also knapp in einer Stunde, ging ein Personenzug nach Atlanta, der größten Stadt von Georgia.

Der Kommis rollte ehrfurchtsvoll die Augen nach aufwärts, daß man nur das Weiße sah.

„Atlanta ist eine herrliche, große Stadt, Sir! Es leben dort viele Farbige, darunter feine, gebildete Gentlemans, es gibt ein Theater für uns, mehrere Hochschulen und eine Universität, die der von Yale und Columbia nicht nachsteht. Sie werden sich dort herrlich unter Ihresgleichen unterhalten können. Sie kommen so gegen sechs Uhr in Atlanta an, steigen am besten in Montgomery Hotel ab, das einem ehrenwerten Moses Broocker gehört und für uns Farbige bestimmt ist, und lassen sich morgen telephonisch mit der Office der Reederei Lefevre Brothers in Charleston an der Küste verbinden. Samstag geht nämlich von Charleston ein Frachtdampfer dieser Firma nach Havre ab, den ich Ihnen sehr gut empfehlen kann. Ein großes, schönes, französisches Schiff, das nur wenige Kabinen ohne Klasseneinteilung enthält. Und wenn die Reise mit der ›La Gloire‹ auch zwanzig Tage andauert, so ist andererseits das Gute daran, daß nur selten Yankees an Bord sind, sondern fast ausschließlich Franzosen und Farbige, so daß niemand Sie kränken wird und Sie leicht Anschluß finden. Außerdem sind die Passagierraten kaum halb so groß, wie auf den regulären Passagierdampfern, die von New Orleans abfahren."

Carlo, der mit gemischten Empfindungen, halb belustigt und doch auch irgendwie verletzt, den ausführlichen Erklärungen gelauscht hatte, bedankte sich, kaufte seine Karte nach Atlanta und ließ sich den Weg nach dem Bahnhof zeigen.

***

In der Tür des Reisebureaus stieß er mit einer jungen Negerin zusammen, und er hörte noch, wie sie gleich ihm eine Karte nach Atlanta verlangte.

Interessiert, fasziniert blieb Carlo draußen stehen, bis das Mädchen wieder herauskam und vor ihm zum Bahnhof ging.

Unter den Negern gibt es schöne und häßliche Menschen genau so wie unter den Ariern, und dieses Mädchen verkörperte das Prachtexemplar einer schwarzen Schönheit. Übermittelgroß, schlank, der junge Leib beim Gehen biegsam und schwebend, die Füße klein und schmal, die Fülle des blauschwarzen Haares zu einem Knoten geschlungen, die Nase nicht, wie es so oft bei den Äthiopiern der Fall ist, breit und stumpf, sondern schmal und fein, die kirschroten Lippen nicht wulstig, sondern nur üppig, und die großen, dunklen Augen keine unbewußten Kuhaugen, sondern klug und tief und ein wenig schelmisch, wie Carlo empfand, als er merkte, daß ihm das Mädchen an der nächsten Straßenbiegung einen flüchtigen Blick zuwarf.

Wie Kinder von Natur aus das Bunte, Glitzernde, Grelle lieben, so auch die Neger und ganz besonders die Negerinnen, die sich in grotesker Nachahmung der herrschenden Mode das Äußerste zu leisten pflegen und sich an bunten, schreienden Farben nicht genug tun können. Das junge Mädchen, dem Carlo folgte, war hierin entschieden eine Ausnahme. Ein dunkelblauer Rock, eine schlichte weiße Blume, ein mit einigen Blumen geschmücktes Strohhütchen, weiße Seidenhandschuhe und Lackhalbschuhe – vollkommene Lady auch in der Kleidung.

Carlo meditierte vor sich hin. Welch komische, unlogische Welt, die wir uns geschaffen haben! Würde dieses junge Weib heute in Berlin oder Wien auftauchen, es wäre im Nu die gefeierte Schönheit des Tages, die Aristokraten und Geldmagnaten würden sich um die Gunst der schwarzen Venus reißen, mit einiger Klugheit und Zurückhaltung würde es ihr unschwer gelingen, die Gattin eines der Großen im Lande zu werden! Hier aber? Hier ist sie ein Auswürfling, der mit Weißen nicht an einem Tisch speisen, nicht in einer Sitzreihe des Theaters sitzen darf, gerade gut genug ist sie, um die Begierde irgendeines Kerls zu stillen, und wenn sie von einem Weißen ein Kind empfängt, so ist auch dieses wieder ein Auswurf, ein elender Mulatte, der zurück zu seiner Rasse muß!

Der Bahnhof war erreicht, das Mädchen verschwand im Menschengewühl. Carlo ließ am Schalter seine Karte abstempeln und war im Begriff, in den nächstgelegenen Waggon des bereitstehenden Zuges einzusteigen, als er eine Hand auf seiner Schulter fühlte. Er wandte sich um und sah sich einem schwarzen Schaffner gegenüber, der ihm, von einem Ohr bis zum anderen grinsend, zurief:

„Hallo, Jimmy, das ist ein Irrtum, du gehörst da hinten in einen der Wagen für unsere Leute!"

Wieder quoll in Carlo der Jähzorn hoch, wieder fühlte er das Sausen seines Blutes in den Ohren, aber im letzten Augenblick ließ er die geballte Faust sinken.

Gegen wen bin ich im Begriff zu toben? Gegen diesen armen Kerl, der nur seine abscheuliche Pflicht tut? Gegen das eingefleischte Vorurteil der Herren dieses Landes?

Tief aufatmend folgte er der Weisung und bestieg einen der beiden letzten Waggons, die die Aufschrift trugen: „Only Coloured! People". Aber so gepackt und ergriffen hatte ihn dieser neue Schlag gegen sein Selbstbewußtsein, daß er, als er sich auf seinen Sitz niederließ, unwillkürlich zwischen den Zähnen hervorstieß:

„Gemeines Pack, verdammtes!"

Ein halblautes, helles Lachen ließ ihn aufblicken. Ihm gegenüber saß am offenen Fenster das junge Mädchen, dem er vom Reisebureau aus gefolgt war. Es lächelte ihn jetzt direkt an, beugte sich aber, von seinem noch immer zornigen und fragenden Blick getroffen, vor und sagte leise in tadellosester Betonung, wie sie den Negern im Norden nie eigen ist:

„Verzeihen Sie mein Lachen! Aber ich habe die Szene auf dem Bahnsteig beobachtet und nun Ihre empörten Worte – sicher sind Sie hier im Süden ganz fremd, sonst würden Sie sich über solche Selbstverständlichkeiten nicht erregen!"

Carlo empfand es sehr angenehm, auf diese Art das junge, schöne Weib kennen zu lernen, aber sein Ärger war noch zu groß, und so antwortete er fast brüsk:

„Ich bin allerdings hier im Süden fremd und eigentlich auch im Norden, und eben im Begriff, dieses abscheuliche, verrohte Land, das ich besser nie betreten hätte, wieder zu verlassen!"

Das Mädchen sah ihn nun mit großen, teilnahmsvollen Augen an.

„Wie das? Sie, ein Mischling, sind nicht in den Vereinigten Staaten zu Hause? Darf man, ohne indiskret zu sein, fragen, woher Sie kommen?"

Carlo überlegte kurz. „Warum soll ich ihr nicht von meinem Leben erzählen, da ich es so vielen anderen Menschen gegenüber tun mußte, die ersichtlich weniger intelligent und distinguiert waren, als diese da?"

Und er verbeugte sich leicht und nannte seinen Namen.

„Jane Morris," lautete die Erwiderung und dann: „Carlo Zeller? Eine Mischung von germanisch und romanisch. Darf ich Sie nun bitten?"

Er war verwirrt! Romanisch und germanisch! Welch seltsame Worte aus dem Munde einer Negerin! Nun, mit ihr würde er, auch ohne die primitivsten Worte suchen zu müssen, sprechen können. Und mit Hinweglassung alles allzu Persönlichen und besonders seiner grausamen Herzensaffäre erzählte er von seiner Abstammung, seinem Leben in Europa und den Begebenheiten in Amerika.

„Und nun habe ich genug und werde namenlos glücklich sein, ein Land verlassen zu können, das von den niedrigsten Vorurteilen und bösesten Rasseninstinkten beherrscht wird!"

Jane hatte das weiche, runde Kinn in die kleine braune, gut gepflegte Hand gestützt und ihm aufmerksam zugehört. Dann sagte sie, während über ihre Augen ein Schatten fiel:

„Nun, bedenken Sie gar nicht, wie unrecht es von Ihnen ist, von hier wegzugehen? Ahnen Sie nicht, wie notwendig wir Männer brauchen, wie Sie einer sind?"

Jäh zuckte der Mann zusammen. Wo hatte er fast dieselben Worte schon gehört? Richtig, vor Monaten, in einer nassen Novembernacht hatte der schwarze Methodistengeistliche im Negerrestaurant, in dem er, halb verhungert, gelabt worden war, dasselbe gesagt.

Jane, als wenn sie seine Gedanken erraten würde, sagte:

„Ja, Herr Zeller, sehr, sehr notwendig brauchen wir Sie! Wir können Sie gar nicht entbehren in dieser heißen, schicksalsschweren Zeit, in der wir Neger hier leben."

Carlo bäumte sich auf, als müßte er Fesseln entrinnen, die um ihn geschlungen würden.

„Sie brauchen mich? Wozu, wenn ich fragen darf? Gibt es nicht genug schwarze, braune und gelbe Neger, die den weißen Mann bedienen, ihn rasieren, ihm die Stiefel putzen und seine Sklaven sind? Oder soll ich hier im Süden Baumwolle zupfen oder am Ende gar Geistlicher werden und Schwermut, Demut und Ehrfurcht predigen?"

So laut hatte er gesprochen, daß die anderen Passagiere aufmerksam wurden. Jane flüsterte ihm zu:

„Da Sie Französisch sprechen, so ist es besser, wenn wir die Unterhaltung in dieser Sprache fortsetzen."

Wieder war Carlo verblüfft. Das Mädel sprach also Französisch! Und der Gedanke schoß ihm durch den Kopf, daß er doch noch verschiedenes, was wissenswert sein mochte, nicht erfahren hatte. Auch diesen unausgesprochenen Gedanken nahm Jane auf.

„Sie sind ja wohl an Bildung den meisten Amerikanern turmhoch überlegen," sagte sie in fließendem, wenn auch im Akzent nicht einwandfreiem Französisch, „aber von der Negerfrage scheinen Sie wenig zu wissen und nur das grob Äußerliche erfahren zu haben. Wenn ich Sie nicht langweile, so will ich Ihnen einiges, was Sie nicht wissen, mitteilen. Hören Sie denn und erfahren Sie, daß in der lächerlich kurzen Zeit von kaum einem halben Jahrhundert innerhalb der Vereinigten Staaten Entwicklungen vor sich gegangen sind, wie sie in gleicher Rapidität und Intensität die Weltgeschichte noch nicht erlebt hat. Stellen Sie sich vor: Elende Seelenverkäufer haben die Neger in Afrika zusammengepackt und nach Amerika verschachert. In Afrika lebten diese Menschen fast wie im Urzustand, nackt, wild, von den Früchten der ungepflegten Erde sich nährend, ganz ihren dumpfen Trieben überlassen. Doch aber Menschen, die irgendwo tief vergraben den göttlichen Funken besaßen. Als willenlose Sklaven und Arbeitstiere verloren sie manches von ihrer Ursprünglichkeit, gewannen aber nichts an Geistigkeit und Lebenskultur. Im besten Fall wurden sie dressiert, so daß sie das ästhetische Empfinden der weißen Herren nicht allzu gröblich verletzten. Dann kam der Krieg zwischen Norden und Süden und die sogenannte Emanzipation der schwarzen Sklaven. Seither sind wenig mehr als fünfzig Jahre verflossen. Und wissen Sie, was wir hier im Süden, wo die Neger in dichten Massen verblieben sind, das heißt einige Auserlesene unter uns und eine Handvoll kluger, geiler Amerikaner erreicht haben? Wissen Sie, daß es um das Jahr 1850 herum nahezu keinen Neger gab, der lesen und schreiben konnte, im Jahre 1890 noch neunzig Prozent Analphabeten waren und es heute kaum noch zwanzig Prozent sind, diese aber nur unter älteren Leuten, während hier im Süden es kaum noch schwarze Kinder gibt, die nicht zur Schule gehen? Wir haben heute 40.000 Lehrer und, abgesehen von den Volksschülern, 100.000 Studenten an Schulen, die ungefähr den deutschen Gymnasien entsprechen. Wir haben Ärzte und Ärztinnen zu Tausenden, wir haben Heime für Säuglinge und Kinder, wir haben große, starke Negerbanken mit vorzüglich ausgebildeten Beamten und Direktoren, wir sind Unternehmer und Eigentümer geworden, und nicht weniger als 900.000 Neger haben Grund und Boden, den sie selbst als Herren bearbeiten. Heute, nur fünfzig Jahre nach unserer Befreiung, befinden sich nach genauen Berechnungen tausend Millionen Dollar im Besitz von Negern, auf dem vorjährigen Medizinerkongreß in Atlanta sind mehr als fünfhundert schwarze Ärzte und Dentisten erschienen. Wir haben gegen hundert Zeitungen, die von Farbigen geschrieben, gesetzt und redigiert werden. Wir haben große Bibliotheken und sechsunddreißig Versicherungsgesellschaften, die nur Neger aufnehmen. Und alle diese Ziffern wachsen von Jahr zu Jahr, trotzdem die Amerikaner dagegen toben und wüten und uns, angesichts dieses beispiellosen Aufschwunges, noch mehr hassen als je zuvor.“

Jane Morris hatte sich in Erregung gesprochen und lehnte sich jetzt, sich Luft zufächelnd, leise lächelnd, zurück. Carlo war wie betäubt.

„Das ist allerdings kolossal! Wie war das nur möglich?"

Jane richtete sich straff auf, und in ihrer glockenhellen Stimme klang Begeisterung:

„Wie das möglich war? Dies alles ist das Werk der Nationalen Vereinigung farbiger Menschen, einer wunderbaren Schöpfung unserer Führer Corvoy und Du Boy. Kurz nachdem dieser elende Mulatte Booker Washington als von den Weißen gekaufte Kreatur entlarvt worden war, gründeten junge, kluge, gebildete Neger diese Vereinigung, und seither kämpfen wir mit allen Waffen des Geistes um unseren Fortschritt, unsere Einigung, unsere wahre Befreiung. Glauben Sie nun nicht, daß wir Männer wie Sie brauchen?"

Widerstrebende Empfindungen schnürten Carlo die Kehle zu. Zu viel des Neuen war auf ihn eingestürmt, es dauerte Minuten, bevor er Ordnung in sein Denken bringen konnte.

„Wohin aber soll das alles führen? Doch schließlich nur zu einem furchtbaren Kampf zwischen Weiß und Schwarz! Denn die Amerikaner werden niemals gutwillig die Gleichberechtigung der Neger anerkennen, je mehr diese zu ebenbürtigen Menschen werden, desto weniger!"

„Tausendmal in der Geschichte sind diese Worte gesagt worden und immer wurden sie von den Tatsachen widerlegt! Die Herren haben sie den Bauern und Arbeitern gegenüber gebraucht, die Franzosen den Deutschen gegenüber, und vor zweihundert Jahren noch waren wohl alle Christen darin einig, daß niemals den Juden Gleichberechtigung eingeräumt werden dürfe. Ich, besser gesagt, die Männer, die meine Lehrer und Erzieher sind, halten das Problem für leichter, als es erscheint. Eigentlich wollen wir dasselbe, was die Amerikaner wollen. Diesen graut vor dem Gedanken, ihre Rasse mit der unsrigen zu vermischen, und sie haben darin recht, weil jede Art ihre Eigentümlichkeit entwickeln, nicht aber ändern soll. Nun, wir arbeiten darauf hin, daß auch der Neger Rassenstolz empfindet und seine Art bewahrt. Es soll keine Mulatten und

Terzeronen mehr geben, sondern nur Neger, je schwärzer desto besser! Unseren Mädchen predigen wir es täglich in der Schule, daß sie sich niemals einem weißen Mann hingeben dürfen, weil sie dadurch ihre Rasse besudeln und verschlechtern. Es ist ja leider wahr, daß der Mulatte gewöhnlich die bösen Instinkte beider Eltern empfängt und nur dann ein vortrefflicher Mensch wird, wenn Vater und Mutter tadellos waren. Werden die Weißen erst sehen, daß wir niemals, nicht aus Furcht, sondern aus Stolz, den Bannkreis ihrer Rasse überschreiten wollen, dann werden sie sich auch mit unserer Existenz leichter abfinden und uns achten lernen. Wir aber wollen uns unermüdlich heranbilden, an Unternehmungsgeist mit ihnen wetteifern, das Niveau der Massen von Jahr zu Jahr heben, und daß uns dies gelingt, beweist der kurze Rückblick zur Genüge."

„Gut, Miß Morris, damit haben Sie aber meine Frage noch nicht beantwortet. Der Neger vermehrt sich rascher als der Amerikaner, den die tausendjährige Kultur seiner Ahnen müde gemacht hat. Also wird es in abermals fünfzig Jahren in Amerika vielleicht dreißig Millionen Neger geben und in hundert werden aus den ganzen Millionen von heute deren hundert geworden sein. Halten Sie es für möglich, daß auch dann zwei vielleicht gleich starke Völker ohne natürliche Grenzen und ohne Vermischung beieinander leben? Muß es dann nicht zu einer furchtbaren Machtprobe kommen, zu einem Kampf auf Tod und Leben?"

Der Zug fuhr durch den Bahndamm, durch endlose Baumwollfelder, Neger mit riesigen Strohhüten winkten fröhlich hinauf, ganze Bündel von schwarzen Kindern standen und spielten vor den kleinen Lehmhütten und elenden Holzhäusern.

Jane hatte, die Augen mit der Hand beschattet, hinaus in das Land geblickt, das in der Sonne glühte, und sagte:

„Innerhalb unserer großen Nationalen Vereinigung gibt es zwei Gruppen: die eine, die kleinere, hat sich die Rückwanderung nach Afrika als Ziel gesteckt, die andere, die drei Viertel der Mitglieder umfaßt, denkt an eine friedliche und automatische Eroberung der Südstaaten Amerikas.

Ich gehöre dieser Gruppe an. Schrittweise werden wir hier zu Herren des Landes werden, weil wir jung, unverbraucht, zäher und willensstärker sind als der faule, weiße Südstaatler, der sich noch ›Oberst‹ nennen läßt und veraltete Herrenträume träumt. An ihm werden sich eben die entsetzlichen Verbrechen seiner Voreltern rächen, er wird sein Hab und Gut, den Boden, das Geld an uns verlieren, bis wir eines Tages hier im Süden in so überwältigender quantitativer und qualitativer Mehrheit sein werden, daß wir den Süden für uns werden beanspruchen können. Aber das alles liegt in weiter Ferne und ist eigentlich für uns, die wir jetzt leben, nebensächlich. Für uns gibt es nur eines: Unermüdliche Arbeit an uns und für uns! Und wollen Sie es noch immer nicht glauben, daß wir Männer wie Sie brauchen, daß Sie hier zu Großem berufen wären und ein an Erfolg und Ehren reiches Leben führen könnten?“

Wie eine schwere Last empfand Carlo diese Worte, unter der er das Haupt nach vorne sinken ließ. Er schloß die Augen, rang mit sich, sah die Vergangenheit in Europa voll Licht und Glanz, die Zukunft düster und verhangen, Wolken über sich, Abgründe neben sich. Tief atmete er auf, heiß kämpfte er gegen das junge, blühende, schwarze Weib an.

„Und wenn Sie sich irren, wenn es wirklich so ist, daß die Neger Halbtiere sind und zwischen ihnen und den Kaukasiern eine Kluft besteht, die nie überbrückt werden kann?“

„Dagegen spreche ich selbst, dagegen sind meine Freunde, dagegen sind die Führer unserer Bewegung der beste Beweis. Ich kenne genug weiße Männer und Frauen und weiß genau, daß sie nicht klüger sind und nicht besser, als die Fortgeschrittenen unter uns. Ich kenne die Literatur der europäischen Völker und weiß genau, daß sie auf einem ungeheuer hohen Niveau angelangt ist. Ich kenne aber auch Bücher unserer jungen Gelehrten und Dichter und sehe, daß diese weiter bauen und fortsetzen, nicht erst neu beginnen. Ich bin Lehrerin an einem Heim für verlassene farbige Mädchen und habe Schülerinnen, die dumm und boshaft sind, und solche, die klug und lieb sind, faule und fleißige, solche, die das Schwerste schnell auffassen, und solche, die nichts begreifen können.

Genau dieselben Erfahrungen mache ich, wie sie jede Lehrerin in einer weißen Schule macht."

Carlo nahm einen neuen Anlauf.

„Und die Moral der Neger, vor allem die sexuelle Moral? Ist es nicht um die sehr arg bestellt?"

Jane lächelte.

„Arg? Wir sind leidenschaftlicher, unser Blut ist heißer, wir sind in der Erotik weniger spekulativ, und unser Volk ist jung und bedenkenlos und unerzogen! Das ist alles! Aber der echte Moralunterricht, den wir in unseren Schulen erteilen, fällt auf fruchtbaren Boden, schon hüten sich unsere Mädchen, allzu leicht die Beute des Mannes zu werden, und ich fürchte, daß in wenigen Jahrzehnten auch bei uns die Erotik in so innigem Zusammenhang mit der Mitgift der Frau und der Karriere des Mannes stehen wird, wie es bei den weißen Völkern der Fall ist."

Carlo, von der köstlichen Ironie dieser Worte entzückt, lachte hell auf, um dann den letzten Trumpf auszuspielen.

„Vernichten alle Ihre Theorien nicht das Beispiel von Haiti? Dort haben die Neger längst ihre volle Freiheit und Selbstverwaltung, und was ist daraus geworden? Ein Weltskandal, ein Zerrbild, eine widerwärtige Affenkomödie!"

„Vortrefflich, man sieht, daß Sie eifrig die amerikanischen Zeitungen lesen! Oh, wie oberflächlich ist es aber, uns immer wieder Haiti entgegenzuschleudern! Ich betone ja selbst, daß wir ein Volk ohne Tradition, ohne Geschichte, ohne Vergangenheit sind, ein Volk, das in den Kinderschuhen steckt! Nun nehmen Sie einmal den Fall, es würde jemandem einfallen, zwanzigtausend oder mehr Kinder, die noch nicht lesen und schreiben können, zusammenzupacken, nach einer fruchtbaren Insel zu transportieren und zu sagen: So, da könnt ihr nun in voller Freiheit leben, wie es euch paßt! Würden sich nicht diese zwanzigtausend europäischen oder amerikanischen Kinder trotz der Kultur ihrer Eltern zu halben Tieren entwickeln? Würde nicht auch diese Kinderrepublik ein

Witz und die Beute der bösesten und grausamsten unter den Kindern werden? Lassen Sie die haitiischen Neger durch wohlmeinende Weiße oder durch unsere gebildeten Neger erziehen, dann ist in Haiti in fünfzig Jahren mindestens so viel Kultur aufzuweisen, wie heute etwa in Australien!"

***

Der Zug hielt in einer größeren Station. Hausierer trugen Obst, Zeitungen und Bäckereiwaren durch die Waggons, es entstand eine Pause im Gespräch. Später bat Carlo das Mädchen:

„Ich habe Ihnen vieles, beinahe alles von mir erzählt. Darf ich Sie nun um Ihren Werdegang befragen, wollen Sie mir nicht erklären, wie es möglich war, daß aus einem Negerkind eine Dame wurde, die an Bildung wenigen Europäerinnen nachstehen dürfte, an Geist die meisten übertrifft?"

Bei diesen Worten hatte Carlo, einer Eingebung folgend und die Landessitten vergessend, die Hand Janes ergriffen und sie an seine Lippen geführt. Jane entzog ihm hastig die Hand, eine leichte Röte färbte das glatte Braun ihrer Wangen, dann meinte sie lachend:

„An diesem Handkuß allein hätte ich erkennen müssen, daß Sie ein Wiener sind. Ich habe nämlich ein paar reizende Romane von Artur Schnitzler gelesen, leider in schlechter englischer Übersetzung. Aber nun werde ich auch ganz sicher Deutsch lernen! Also, meine Lebensgeschichte möchten Sie kennen lernen? Nun, allzuviel habe ich nach außenhin nicht erlebt. Meine Großeltern sind vor mehr als siebzig Jahren, beide auf demselben Schiff, wie wilde Tiere nach Amerika verfrachtet worden, beide kamen als Sklaven zu demselben Plantagenbesitzer nach Virginien, wo sie zusammenlebten, und wie meine Eltern glauben, sogar von einem Geistlichen rechtmäßig verheiratet wurden. Übrigens waren die Herren meiner Großeltern halbwegs anständige Leute, die ihre Sklaven gut behandelten. Als meine Mutter geboren wurde, nahte auch schon der Befreiungskrieg, aber meine Großeltern blieben mit ihrem Töchterchen auch nach dem Kriege auf der Farm in Virginien, wo die Großeltern starben.

Verhältnismäßig spät, erst mit zwanzig Jahren heiratete meine Mutter einen jungen Mann, meinen Vater, der Grund zu glauben hatte, das Enkelkind eines Negerkönigs zu sein. Jedenfalls war er stolzer, intelligenter, unternehmungslustiger als die meisten seiner Art es damals waren, und als ich vor zwanzig Jahren auf die Welt kam, übersiedelte er mit meiner Mutter nach Atlanta in Georgia, wo er einen kleinen Obst- und Zeitungsstand eröffnete, während meine Mutter Amme bei der Gattin eines Professors an der neuen Hochschule von Atlanta wurde, mich aber bei sich behalten durfte.

Ich wuchs mit den Kindern des Professors zusammen auf, halb als Gefährtin, halb als Bedienerin, mußte zwar die recht primitive Negerschule besuchen, lernte aber zu Hause mit Feuereifer mit den anderen weißen Kindern, lernte wohl sogar mehr als diese, so zum Beispiel setzte ich die französische Hauslehrerin durch meine gute Auffassungsgabe in Erstaunen. Mit zehn Jahren konnte ich vollkommen Französisch sprechen, während die Kinder des Professors, meine Milchschwester und ein Junge von vierzehn Jahren, mit Mühe und Not ein paar Sätze herplappern konnten.

Als ich vierzehn Jahre alt geworden war, trat ein furchtbares Ereignis ein, das mein ganzes Leben bestimmte. Mein Vater hatte, wie gesagt, eine Verkaufshütte, in der er Obst, Zuckerwerk und Zeitungen feilbot. Eines Tages trat ein weißer Mann an ihn heran, ließ sich Obst einpacken, nahm etliche Zeitungen und wollte sich dann ohne Bezahlung entfernen. Es kam zu einem heftigen Auftritt und als mein Vater mit der Polizei drohte, versetzte ihm der Strolch einen Faustschlag. Jähzornig, wie wir ja alle sind, sprang ihm mein Vater an die Gurgel und verprügelte ihn. Der Mann lief davon, kam nach einer Viertelstunde mit einer ganzen Horde von Männern wieder und nach verzweifelter Gegenwehr blieb mein armer Vater, von drei Kugeln durchbohrt, tot liegen. Ein Opfer der Lynchjustiz, wie es deren tausende gibt, ein Mord, um den sich kein Richter und kein Gesetz kümmert.

Die Negerbewegung hatte damals, vor sechs Jahren, schon eine sehr starke Entwicklung genommen, gütige, gebildete farbige Menschen nahmen sich meiner Mutter an, halfen ihr mit Hilfe des kleinen Kapitals, das mein Vater hinterlassen hatte, ein kleines Häuschen mit Garten kaufen, um dort durch Vermieten von Zimmern, natürlich nur an unsere Rassegenossen, mit mir zu leben. Ein junger Professor an der ersten Hochschule für Farbige in Atlanta und dessen Gattin, eine Ärztin, waren unsere ersten Pensionäre, denen andere gebildete Männer und Frauen folgten. Ich hatte nun Gelegenheit, mich zu bilden, gute Bücher zu lesen, mich mit ganzer Seele unserer nationalen Bewegung zu widmen; vor drei Jahren machte ich mein Lehrerinnenexamen, heute bin ich die erste Lehrkraft an dem Heim für verlassene farbige Mädchen und außerdem ständige Mitarbeiterin an der größten Tageszeitung unserer Bewegung ›The Crisis‹. Dadurch bin ich materiell so gut gestellt, daß wir, mein Mütterchen und ich, unser kleines Haus allein bewohnen können. Nach wie vor verkehren aber bei uns alle Führer des geistigen Lebens der Neger von Atlanta."

Beide schwiegen, jeder in seine Gedanken versunken, bis Carlo das Mädchen mit großen, angstvollen Augen ansah und seine innere Zerrissenheit in Worte kleidete.

„Was soll ich nun tun? Was Sie mir gesagt haben, erschüttert mich tief, macht mich schwankend, läßt neue Möglichkeiten vor mir auftauchen, bringt mich ganz und gar aus dem Geleise, das ich mir in Gedanken wenigstens aufgebaut. Soll ich hier bleiben und mein Leben einer Sache widmen, die mir gestern noch fremd war, heute aber schon vieles in mir aufwühlt? Oder soll ich am Samstag die ›La Gloire‹ besteigen, alle diese wirren, schrecklichen Probleme hinter mir lassen und dorthin zurückkehren, wo ich nicht kämpfen muß, weil mich niemand angreift?"

Ein herber, abweisender Zug trat auf das schöne Gesicht des schwarzen Mädchens.

„Oh, ich weiß, man tut dem Neger und dem Negerstämmling dort kein Leid an. Weil man ihn schätzt? Keine Spur! Weil er in seiner Seltenheit ein Kuriosum ist! Bringen Sie zehntausend Neger nach Wien oder Berlin, dann wird sich plötzlich der Haß gegen sie kehren und es wird eine aus der Sumpf- und Froschperspektive betrachtete Negerfrage geben wie hier. Also ist es eigentlich eine feige Flucht, die Sie ergreifen!"

Carlo zuckte zusammen und ergriff wieder die Hand des Mädchens.

„Miß Jane, seien Sie nicht so hart in Ihrem Urteil, bedenken Sie, daß das alles so neu für mich ist, und vergessen Sie nicht, daß ich Haß in mir gegen dieses Land trage, in dem ich fast nichts als Bitteres erlebt. Sogar mein Herz ist ja hier aufs tiefste verwundet, mißhandelt worden!"

Leise erzählte Carlo nun von Lisl, die er geliebt, die an ihm mit der ganzen Leidenschaft eines jungen Weibes gehangen, das er hätte nehmen können, wenn er gewollt hätte. Und die ihn in seiner bitteren Not wie einen Bettler von der Türschwelle gewiesen. Jane nickte stumm, streichelte seine Hand, sagte: „Armer Junge!" und wandte sich dann jäh zum Fenster hin, durch das man die Vororte von Atlanta sah. Knapp vor der Ankunft in der Halle nahmen sie Abschied voneinander. Jane duldete es, daß er ihre Hand immer wieder preßte und sagte, während sie ihn voll und ganz ansah:

„Herr Zeller, überlegen Sie, setzen Sie sich mit sich selbst auseinander! Und wenn Sie morgen nicht schon auf der Fahrt nach Charleston sind, um die ›La Gloire‹ zu erreichen, so erwarte ich Sie um sechs Uhr bei uns zum Souper. Ich würde mich freuen, Sie wieder zu sehen und mit Ihnen noch vieles, vieles zu besprechen. Wir wohnen Nummer 72 in der Sunflowerstreet."

Carlo stieg, wie ihm geraten worden war, im Montgommery Hotel ab, bekam für billiges Geld ein sauberes kleines Zimmer und ging bald zu Bett. Am nächsten Vormittag ließ sich Carlo mit dem Bureau der Reederei in Charleston verbinden und erfuhr, daß die ›La Gloire‹ eines kleinen Maschinendefektes halber nicht übermorgen, Samstag, sondern erst am Donnerstag der nächsten Woche die Anker lichten werde. Eine Kabine würde ihm bis Mittwoch unter allen Umständen reserviert bleiben.

Carlo atmete befreit auf. Er hatte also Zeit zur Überlegung und vor allem – er konnte heute Jane besuchen. Sein Herz klopfte stürmischer, als er an sie dachte, er sehnte sich nach ihr, die Stunden bis zum Nachmittag erschienen ihm endlos. Als er Punkt sechs Uhr vor dem kleinen einstöckigen Häuschen mit dem gepflegten Vorgarten in der Sunflowerstraße stand, da war er fast so erregt, wie damals vor vielen Monaten vor dem Palais des reichen Mister Ortner.

*

Jane streckte ihm beide Hände entgegen und er war beglückt, als er sah, wie das Mädchen über seinen Besuch erfreut war. Traute bürgerliche Behaglichkeit umfing ihn. Janes Mutter hätte mit ihrer schwarzen Haut und den weißen Haaren noch vor wenigen Monaten einen grotesken Eindruck auf ihn gemacht, heute, die andere Hautfarbe längst gewöhnt, sah er in ihr nur eine liebe, alte Frau, die ihn herzlich begrüßte. Die Zimmer des kleinen einstöckigen Häuschens waren nett ausgestattet, im Parlour stand ein Pianino, Bücherregale füllten eine Wand, und diese Bibliothek hätte ebensogut einer vornehmen, gebildeten Europäerin gehören können. Jane legte auf den peinlich sauberen Speisetisch ein drittes Gedeck, und Carlo war von den graziösen, anmutigen Bewegungen, mit denen sie bei Tisch servierte, entzückt. Es war das typische Südstaaten-Souper: In Eis gekühlte rohe Tomaten, mit geriebenem Käse gefüllt, gebackene Austern, ein mächtiger Truthahn und Preiselbeerkompott und ein Apfelkuchen mit Schlagobers. Jane ließ kein schweres Tischgespräch aufkommen. Sie fragte Carlo nach den Eindrücken, die er von Atlanta bekommen, stimmte mit ihm darin überein, daß wahrscheinlich jede deutsche Kleinstadt von zehntausend Einwohnern mehr echte Kultur aufweise, als diese Metropole mit ihrer fast Viertelmillion, aber sie machte ihn auf verschiedene schöne Punkte der Stadt aufmerksam, besonders auf den Zentralpark von Atlanta, der durch seine reiche tropische Flora eine Sehenswürdigkeit bilde.

Und beide ahnten nicht, daß sich vor mehr als einem Vierteljahrhundert in diesem Park in heißer Sommernacht ein deutscher Professor und ein armes schutzloses Mulattenmädchen in inniger Umarmung gefunden hatten, deren Frucht Carlo war – – –

Zum schwarzen Kaffee, der auf der durch Moskitonetze geschützten Veranda genommen wurde, fanden sich drei weitere Gäste ein. Alle drei Vollblutneger. Isidor Pope, Professor für Rechtsstudien an der Negeruniversität von Atlanta, Dr. Samuel Thompson, Arzt und Leiter der chirurgischen Abteilung des Hospitals für Farbige, und Abel Crawford, Chefredakteur der Tageszeitung „The Crisis".

Jane machte die Herren in kurzen Worten mit dem Schicksal Zellers bekannt, und nach einem Gespräch über europäische Verhältnisse und Carlos humoristischer Schilderung seiner freiwilligen Lehrtätigkeit in den Baracken der Holzfäller riefen die drei Neger fast gleichzeitig:

„Sie bleiben doch bei uns, Männer wie Sie können wir brauchen!"

Ein lebhaftes, oft erregtes Gespräch mit stürmischen Temperamentsausbrüchen entwickelte sich. Carlo fühlte sich im Kreise dieser gebildeten Leute wohl, es war ihm köstliches Bedürfnis, seinen Geist und sein Wissen ausbreiten zu können, andererseits kämpfte er mit letzter Kraft, mit äußerstem Willen gegen Jane und die drei Männer, die ihm die ausgebreiteten Arme entgegenstreckten, um ihn zu sich hinüber zu reißen.

Alle Möglichkeiten des Negerproblems wurden besprochen, alle Gefahren und Aussichten für die Zukunft, die biologische und die historische Seite, die ökonomische und soziale der Negerfrage beleuchtet. Und jeder Einwand Carlos, jedes Bedenken, das er vorbrachte, zerschellte an den Ziffern, die man ihm entgegenhielt, an den Erfolgen, auf die man hinwies. Bis Carlo tiefaufatmend sich geschlagen gab:

„Sie haben mich überzeugt! Auch ich kann nicht mehr an der inneren Möglichkeit der Ebenbürtigkeit unserer Rassen zweifeln, auch ich glaube nun, daß auf dem Wege systematischer Erziehung der amerikanische Neger in raschem Tempo alle Phasen der Entwicklung zurücklegen wird, bis er die Stufe der erwachsenen Völker der Germanen, Angelsachsen und Romanen und Slawen erreicht haben wird."

„Wenigstens in zivilisatorischer Beziehung," warf Jane ein, „denn ich glaube nicht, daß vor Ablauf von Jahrhunderten die schwarze Rasse der Welt Genies schenken wird."

Und nun traten positive Vorschläge an Carlo heran. Professor Isidor Pope machte sich erbötig, Zeller ohne weiteres einen Lehrstuhl für deutsche und französische Sprache und Literatur an der Universität zu verschaffen; Abel Crawford bat ihn, in die Redaktion seines Blattes einzutreten.

Carlo schwankte noch immer, und Jane selbst war es, die ihn bat, in aller Ruhe zu überlegen, nichts zu tun, was ihn später reuen könnte. Schließlich vereinbarte Carlo mit dem Redakteur, eine Serie von Artikeln zu schreiben, in denen er als in Europa großgewordener Farbiger seine amerikanischen Eindrücke und seine Erlebnisse unter den schwarzen Holzfällern schildern sollte. Das Honorar, das Abel Crawford ihm dafür bot, war so groß, daß Carlo daraufhin allein ruhig noch zwei Wochen in Atlanta bleiben konnte.

Es war Mitternacht, als Carlo mit den drei anderen Gästen gemeinsam aufbrach. Im Dunkel des Vorgartens verabschiedete er sich von Jane, er küßte wieder ihre Hand, seine Lippen zitterten, als sie sich auf die schlanke, warme Hand Janes preßten, er fühlte aber auch das Zittern, das durch ihren Körper ging.

Carlo war zu erregt und aufgeregt, um an Schlafen denken zu können. Er holte sich aus dem Schreibzimmer Papier und begann die Artikel, die er versprochen, zu schreiben. Fließend, ohne die geringste sprachliche Schwierigkeit, füllte er Seite auf Seite, bis die Strahlen der Morgensonne das elektrische Licht verdunkelten und er todmüde und erschöpft zu Bett ging, um nach traumlosem Schlaf erst am Nachmittag zu erwachen.

Es war zum Ersticken schwül, ein feuchter Ostwind brodelte vom Meer her, als Carlo sich wusch und anzog. Ein eigenartiges Angstgefühl schnürte ihm fast die Brust zu, dumpfe Empfindungen nahen Unheils verursachten ihm Beklemmung. Plötzlich vernahm er deutlich den knatternden Lärm von Gewehrsalven, dazwischen das Klatschen von

Pistolenkugeln und ein dumpfes Gemurmel, wie es angesammelte Menschenmassen zu verursachen pflegen.

Verblüfft eilte er zum Fenster und beugte sich auf die Straße hinab. Unten wimmelte es von gestikulierenden, dahinstürmenden Menschen, in der Luft aber schwebten zwei, drei Aeroplane, die einem Punkt zustrebten, sich zusammenballten, wieder auseinanderflogen. Von dem einen Flugzeug löste sich jetzt ein kleiner punktartiger Gegenstand, gleich darauf pfiff es durch die Luft, wie wenn ein mächtiger Peitschenschlag gefallen wäre.

Verwirrt, erschreckt beendete Carlo seine Toilette. Und während er die drei Treppen hinabstürmte, dachte er an Revolution, Krieg, Riesenstreiks.

In der Hotelhalle standen schreiend, gestikulierend etwa hundert Menschen zusammen. Das Tor war versperrt. Er drängte sich durch die Neger, um das Tor zu öffnen.

Aufgeregte Hände zogen ihn zurück.

„Halt! Wollen Sie sich draußen niederknallen lassen?"

„Was ist geschehen? Ich weiß von nichts, bin eben erst erwacht!"

Nun war er von Menschen umringt, und von allen Seiten wurde auf ihn eingeschrien, bis er sich endlich losmachte und von einem Farbigen, der seine Ruhe bewahrt zu haben schien, Aufklärung erhielt.

Im ersten Hotel der Stadt, dem Lincoln-Haus, hatten die entsetzlichen Ereignisse ihren Anfang genommen. Mittags hatte die Gattin eines der reichsten Männer der Gegend, Mrs. Arabella Stockton, ihr Appartement verlassen und war mit dem Aufzug ins Parterre gefahren. Unterwegs war ihr der schwarze Liftwärter angeblich heftig auf den Fuß getreten und, statt sich gebührend zu entschuldigen, frech geworden. Als die Dame ihn mit dem Sonnenschirm über das Gesicht geschlagen, habe er, wie sie behauptete, ihr den Schirm entrissen und zerbrochen. Stockton schlug sofort Lärm, rief einen Polizisten herbei, der den Liftboy ins Gefängnis schleppte. Aber damit begnügte sich Mrs. Stockton nicht. Sie begab sich in das Bureau ihres Gatten, dieser alarmierte Mitglieder der berüchtigten

Antineger-Vereinigung, und eine bewaffnete Bande von Ku-Klux-Klan-Leuten, gemischt mit dem anderen weißen Pöbel, marschierte vor das städtische Gefängnis, um die Übergabe des Negers zu erzwingen, der natürlich gelyncht werden sollte. Die Gefängnisdirektion verweigerte die Auslieferung, worauf der Pöbel das Gefängnis zu stürmen begann und einige zufällig des Weges kommende Farbige niederknallte.

Daraufhin begannen sich die jungen Neger in der ganzen Stadt zu sammeln und ihrerseits vor das Gefängnis zu marschieren. Um diese Zeit war ein grauenhafter Kampf zwischen den Weißen und Schwarzen in vollem Gange, irgendwelche Flieger hatten Flugzeuge bestiegen und begannen das Gefängnis, Kirchen und Schulen der Neger mit Bomben zu belegen. Man sprach bereits von vielen Toten, in den Negervierteln herrschte Panik, die ganze Stadt war in hellem Aufruhr.

Entsetzt, verstört hatte Carlo zugehört. Wachte er oder träumte er? Befand er sich im hochzivilisierten Amerika oder auf den Feuerlandsinseln, wo wilde Völker einander mit Krieg überzogen? Ein Liftwärter hatte eine Dame auf den Fuß getreten und deshalb Blutvergießen, Mord und Totschlag! Das war zu viel für einen europäischen Schädel. Carlo griff sich an die Schläfen, er konnte das Unfaßbare nicht begreifen.

Ein Pöbelhaufen raste an dem Hotel Montgommery vorbei, Steine flogen gegen die Fensterscheiben, die klirrend zerbrachen.

Plötzlich verbreitete sich eine neue Schreckensnachricht, die durch einen aus einer Schußwunde blutenden Neger überbracht wurde, dem es gelungen war, durch eine Hintertüre in das Hotel zu flüchten.

Dutzende von Toten bedeckten, wie er erzählte, den Platz vor dem Gerichtsgebäude, die Schwarzen hatten der Übermacht weichen müssen, das Gefängnis war gestürmt und der Liftwärter nebst einem Dutzend anderer schwarzer Häftlinge auf grausame Weise ermordet worden. Nun aber ziehe auf ein Losungswort hin der weiße Mob gegen das unweit des Parkes gelegene Heim für verlassene farbige Mädchen, um sich der jugendlichen Insassen zu bemächtigen.

Schwarze und rote Nebel stiegen vor Carlo auf, gallbitter wurde sein Speichel, der Schweiß trat ihm auf die Stirne, der Schaum vor den Mund. Und während er sich mit einem Satz durch eine der zerbrochenen Fensterscheiben auf die Straße schwang, stieg in ihm riesengroß überwältigend ein einziger Gedanke auf:

Nun gehöre ich zu ihnen! Nun bin ich Neger, nichts als Neger!

Instinktiv drückte er die Krempe seines Hutes ins Gesicht, um nicht gleich als Negerstämmling erkannt zu werden. Dann rannte er inmitten des ihn umtosenden Pöbels dahin, wohin eben die weißen Männer mit ihren Revolvern rannten.

„Jane!" rief er in sich hinein, „Jane! Die Bestien wollen das Heim stürmen, in dem du junge Seelen aus der Finsternis ins Licht führst, sie wollen arme, schutzlose Kinder schänden, damit sie entartete Mischlinge, belastet mit den tierischen Instinkten ihrer Väter, zur Welt bringen!"

Plötzlich kam ihm der Gedanke, daß ja Jane sicher unter den Kindern weilen und das Schicksal der halbwüchsigen Mädchen auch das Schicksal des schönen jungen Mädchens werden würde.

Rasende Angst beflügelte seine Schritte, schußbereit hielt er die Pistole in der Hand.

Da begann das Gitter des Zentralparkes, eine Straße seitwärts, und hier lag ein schlichter Bau aus roten Ziegeln, der die Aufschrift trug:

„Heim für elternlose, farbige Mädchen."

Eine unübersehbare Menschenmenge umwogte das Gebäude, Schüsse fielen, Pulverdampf flog auf, das gellende Schreien tobsüchtiger Menschen, die Weherufe Verwundeter erklangen.

Behende kletterte Carlo auf einen Laternenpfahl, um die Situation zu überblicken, bevor er als Farbiger erkannt werden würde.

Eine Schar von etwa drei- bis vierhundert schwarzen Männern stürmte gegen die ungeheueren Massen der Weißen an, um diese vom geschlossenen Portal fortzudrängen. Die Neger schossen, die Weißen taten desgleichen, hier und dort sah Carlo einen Mann mit aufgehobenen Armen stürzen.

Plötzlich erdröhnte unter den Weißen ein Ruf:

„Platz da! Unsere Jungen stürmen!“

Carlo sah, wie etwa zwanzig weiße Männer einen Laternenpfahl trugen und mit ihm den Sturmlauf gegen das Tor begannen. Mit ungeheuerer Wucht prallte der eiserne Pfahl gegen das Tor an, noch drei oder vier solcher Stöße und das Tor mußte zerbrechen und sich den Männern öffnen, auf deren entmenschten Gesichtern viehische Gier und Mordlust geschrieben standen.

Carlo glitt von dem Laternenpfahl, von dem aus er beobachtet hatte, nieder.

Duckte sich auf den Erdboden, kroch zwischen den Beinen der fluchenden und nach ihm stoßenden, aber ihn nicht erkennenden Menschen durch, bis er mit übermenschlicher Anstrengung hinter den Pfahlträgern war, eingekeilt in die Massen des lynchlustigen Mobs.

Blitzschnell überlegte er. Würde er hier die Lyncher angreifen, so wäre er im nächsten Augenblick eine Leiche, ohne etwas verhütet zu haben. Also drückte er den Hut wieder ganz tief ins Gesicht, drängte weiter vorwärts, bis er an den wagrechten Pfahl, der eben zum zweitenmal als Sturmbock in Aktion trat, vorbei war und neben dem Tor des Gebäudes stand. Und nun gab es keine Überlegung mehr, sollte es nicht zu spät werden.

Carlo hob die eine Hand, schrie den nur von einer dünnen Schicht Weißer getrennten Negerburschen ein: „Hallo, Jungens, mir nach!“ zu, warf sich gegen die Träger, schlug den einen mit einem Fausthieb nieder, streckte einen zweiten, einen dritten, einen vierten durch Schüsse aus der Pistole zu Boden.

Entsetzt, nicht wissend, was eigentlich geschehen war, wich um ihn her die Mauer der Lyncher, ließen die Träger den Pfahl fallen. Und in diesen Augenblicken der Verwirrung stürmten die Neger mit letztem

Kraftaufgebot vor, Dutzende von weißen Männern fielen von Schüssen getroffen, ein Chaos entwickelte sich, und Carlo sah noch undeutlich, wie die Farbigen in kompakten Massen das Tor besetzten, während eben mit gellenden Pfiffen berittene Miliz einhersauste. Dann fühlte er einen furchtbaren Hieb gegen den Schädel, einen stechenden Schmerz in der Brust, und es wurde Nacht vor seinen Augen.

***

Carlo erwachte in einem weißen Bett, sah Blumen auf dem Fensterbrett stehen, ein Kanarienvogel zwitscherte im Messingbauer.

Wo war er, was war mit ihm geschehen? Er wollte sich aufrichten, sank aber stöhnend zurück und fühlte, daß sein Kopf und sein Oberkörper Bandagen trugen.

Langsam erwachte die Erinnerung, unklare Erkenntnisse von einem Kampf, von Schüssen und Blutvergießen dämmerten ihm. Wo war er aber jetzt?

Die Türe ging auf und ein Neger, der ihm bekannt erschien, beugte sich über ihn:

„Erkennen mich nicht, was? Doktor Thompson, mit dem Sie vorgestern bei Miß Jane Morris zusammen waren! Verflucht, das hätten wir nicht gedacht, daß wir einander so wiedersehen werden! Na, bei Ihnen ist es ja noch glücklich abgelaufen. Ein Schlag mit einem Revolverkolben gegen den Schädel, und dadurch eine kleine Gehirnerschütterung und außerdem ein Schuß unterhalb der rechten Schulter, hart an der Lunge vorbei. Die Kugel ist schon wieder draußen, die Wunde gereinigt und ganz ungefährlich. In drei, vier Tagen können Sie das Bett verlassen."

„Wo bin ich?" fragte Carlo, während ihm schon die vom Fieber schweren Augen zufielen.

„In guten Händen, bei guten Freunden," lächelte der Arzt. „Und nun trinken Sie das und schlafen Sie!"

Als Carlo zum zweitenmal erwachte, fiel die Morgensonne in sein Zimmer und an seinem Bett saß – Jane.

Erfrischt, fieberfrei, von Lebenswillen und Glücksgefühl durchströmt, haschte er nach ihrer Hand, zog sie an die Lippen.

„Jane, Sie hier! Wie glücklich bin ich, daß Ihnen nichts geschehen ist! Aber nun sagen Sie, wo bin ich, was ist geschehen, als ich niederstürzte?"

Jane beugte sich über ihn, sie zitterte am ganzen Körper, eine Träne fiel aus ihren Augen auf seine Stirne.

„Carlo, Sie Lieber, Guter, Sie! Sie wollten nicht zu uns armen Schwarzen gehen, und nun haben Sie für uns fast Ihr Leben hingegeben!"

Dann erzählte sie zwischen Schluchzen und Lachen, daß seine Tat wirklich das Heim und wahrscheinlich dadurch ihr und der Mädchen Leben gerettet habe. Als er die Sturmbockkolonne unter für sie furchtbaren Verlusten zurückgetrieben, hatten die Neger neuen Mut geschöpft, die Verwirrung benützt, die Lyncher zurückgeworfen und das Portal gehalten, bis die berittene Miliz, die auf dringende Vorstellungen des Redakteurs Crawford angeritten kam, den ganzen Platz säubern konnte. Bei den Kämpfen vor dem Gerichtsgebäude und dem Heim waren aber insgesamt siebzig Neger und fünfzig Weiße gefallen. Heute herrsche wieder Ruhe, da ein Regiment Regierungssoldaten Ordnung halte.

„Und wie bin ich von dort weggekommen?" fragte Carlo schaudernd.

„Ich habe durch eine Spalte der geschlossenen Fensterlade die ganze Szene mitangesehen. Als nun der Platz gesäubert war, stürzte ich sofort mit dem Schuldiener hinunter, und bevor die Soldaten es bemerkt hatten, zogen wir Sie herein. Zuerst hielt ich Sie für tot. Als ich aber dann sah, daß Sie lebten, da war ich so glücklich, wie ich es vielleicht in meinem ganzen Leben nicht mehr sein werde!"

Jane schluchzte und es vergingen wortlos Minuten, bevor sie weiter berichten konnte.

„Nun, zuerst verband ich notdürftig Ihre Wunde, dann wurden Sie von mir und Doktor Thompson im Schutze der Nacht mittels Autos unauffällig hierher zu mir geführt. Ins Hospital wollten wir Sie nicht bringen, weil sonst vielleicht bei einer gerichtlichen Untersuchung Ihre

Teilnahme an den Kämpfen herausgekommen wäre. Und nun sind Sie mein und meiner Mutter Gast und wir werden Sie gesund pflegen. Lange wird es ja nicht dauern, meint Doktor Thompson, Und dann können Sie vielleicht gar noch die ›La Gloire‹ erreichen und dieses Land für immer verlassen."

Fragend, verwundert, verständnislos sah Carlo sie an.

„Nun ja, Carlo, jetzt mute ich es Ihnen wahrhaftig nicht mehr zu, hier bei uns zu bleiben! Nicht im geringsten mehr kann ich es Ihnen verargen, wenn Sie diesem Lande den Rücken kehren und nach Ihrem ruhigen, friedlichen, schönen Wien zurückkehren wollen!"

Da richtete sich Carlo im Bett auf.

„Nein, Jane, jetzt gehe ich erst recht nicht, jetzt bin ich auf Gedeih und Verderb der Eurige, jetzt weiß ich, daß ich zu der Rasse meiner Mutter, zum schweren, schwarzen Blut gehöre! Ich werde hier bleiben und für dieses arme Volk leben! Und ich werde ein liebes, schwarzes Mädel nehmen und Kinder haben, die dunkler sein werden als ich, und diese Kinder werden als ganze Menschen aufwachsen und Kinder bekommen, die kaum noch wissen werden, daß auch weißes Blut durch ihre Adern strömt. Jane, wollen Sie dieses schwarze Mädel sein, wollen Sie mein treues, gutes, tapferes Weib werden?"

Da schlank Jane mit glücklichem Lächeln ihre Arme um ihn und küßte seine Augen und seine Lippen.